NF文庫
ノンフィクション

特攻隊語録

戦火に咲いた命のことば

北影雄幸

潮書房光人社

特攻隊語録——目次

第三章　恩愛の固い絆

第四章　母に捧げることば

第五章　死にゆく十代の真情

第六章　特攻隊の命の叫び

特攻隊語録

戦火に咲いた命のことば

プロローグ

特攻は戦火に咲いた哀切な詩情である。これは特攻隊員の残した遺書・遺稿を読めば自《おの》ずから明らかである。死を前に綴られたこれらの遺書・遺稿は、疑いもなく特攻隊の若者たちの魂の叫びであり、命のことばである。

しかもこれらの叫びやことばには、避けられぬ死を前にして、愛する人々に対する若者たちの無限の哀感がこめられ、汲《く》めども尽きぬ清冽な詩情がただよっている。彼らの残した遺書・遺稿は、その一行一行が青春の真情を、時に秘めやかに、時に高らかに謳《うた》いあげたまことに美しい一編の詩という以外にない。

その詩には、絶体絶命の危地にある祖国日本を、我が身に代えて守らんという若者特有の純粋で清潔な使命感と責任感が横溢《おういつ》している。それはある意味で男のロマンでもあり、かつまた男の美学でもある。われわれが特攻隊の若者たちの遺書・遺稿を読むと、身ぶるいするような感動に襲われるのは、哀切で清冽な詩情の底に、壮烈な男のロマンを見、また凛烈な男の美学を見るからである。

たとえば、フランス人ジャーナリスト、ベルナール・ミローは、その著『神風』の中で、特攻を壮大な叙事詩と捉えて、こう記している。

――神風は著者にとってひとつの叙事詩となった。なぜなら数千人の日本の若者が、愛機をあやつって滑走路に出てきて、そこから敵撃滅の意気に燃えて絶対の死が待つ所へ出発していったのであるが、その各人が実にさまざまに様子の異なる感情を抱いて出ていっているので、そのさまは大きな叙事詩を形成しているように思われたからである。――

特攻全体を壮大な叙事詩と見るならば、特攻隊の若者たちが書き残した遺書・遺稿は、そのそれぞれが彼らの尽きせぬ想いを綴った抒情詩と見ることもできる。しかもその抒情詩はすべて死を前提にしているため、きわめて純粋で、きわめて澄明な響きのこもった詩となっている。いわばこれらの詩は、彼らの青春の真情の清冽な奔騰といってよい。そこには作り物の詩にはない真実の輝きがある。おそらく日本の青春のもっとも良質で、もっとも美しい心がこの詩の中で語られているのである。

なお特攻と一口にいっても、各種の特攻部隊があるので、簡単にその違いを述べると、まず神風特攻隊に象徴される航空特攻、ついで人間魚雷回天による回天特攻、これは神風特攻に対して神潮特攻と呼ばれる。ついで人間爆弾桜花による桜花特攻、これは神雷特攻とも呼ばれる。ついで爆装ボートによる震洋特攻、さらには戦艦大和を旗艦とした連合艦隊最後の艦隊である第二艦隊による沖縄水上特攻などがある。

このうち出撃回数といい動員兵力といい、もっとも大規模であったのが航空特攻で、海軍の神風特攻が二千三百六十七機、陸軍の振武隊などによる特攻が千九十四機で総出撃機数三千四百六十一機、特攻戦死者は海軍が二千五百三十五人、陸軍が千八百四十四人、総数四千三百七十九人となっている。

いってみれば、この四千三百七十九人分だけの悲劇が現出し、その家族や縁者を巻きこんださまざまな哀詩が特攻の陰で展開されたのである。先のベルナール・ミローが特攻を一大叙事詩と見た理由もここにある。

なお、特攻の成功率は一割を切っている。すなわち総出動機数三千四百六十一機中、命中が百三十三機、至近弾となって敵艦船に損害を与えたのが百二十二機で、両方合わせても成功率は七・四パーセントである。この成功率を高いと見るか低いと見るか、基準がないのでよくわからないが、一つだけはっきりといえることは、敵艦に命中しようが命中しまいが、敵艦隊の上空まで達した特攻隊員はほぼ百パーセント間違いなく死ぬということであり、かつその上空に達するまでには並外れた勇気を必要とするということである。

世界の戦争史にも類例を見ないケタ外れの勇気を発揮したのは、そのほとんどが二十歳《はたち》前後の若者であった。たとえば海軍の予科練出身と陸軍の少年飛行兵出身の特攻隊員の主力は十八、九歳で、なかには十七歳の少年もいた。また海軍の予備学生出身と陸軍の士官候補生出身の特攻隊員の主力は、二十二歳から二十四歳くらいまでで、二十五歳以上となるとその数は急減する。特攻はまさに十代後半と二十代前半の若者たちによって敢行された史上稀にみる壮烈な決死行だったのである。

そして戦後、特攻に関しては賛否両論が噴出したが、当時、陸軍の特攻基地があった知覧町の女子青年団員であった松元ヒミ子の声は傾聴に値する。

「日本を救うため、祖国のために、いま本気で戦っているのは大臣でも政治家でも将軍でも学者でもなか。体当り精神を持ったひたむきな若者や一途《いちず》な少年たちだけだと、あのころ、私たち特攻係りの女子団員はみな心の中でそう思うておりました。ですから、拝むような気持ちで特攻を見送ったものです。特攻機のプロペラから吹きつける土ほこりは、私たちの頬に流れる涙にこびりついて離れませんでした」

そして松元ヒミ子は哀切な言葉を口にする。

「三十八年たったいまも、その時の土ほこりのように心の裡《なか》にこびりついているのは、朗らかで歌の上手な十九歳の少年航空兵出の人が、出撃の前の日の夕方『お母さん、お母さん』と薄ぐらい竹林のなかで、日本刀を振りまわしていた姿です。――立派でした。あゝひとたちは……」

なんという哀切な話であることか。「――立派でした。あゝひとたちは……」という言葉の中に、涙ながらに特攻隊の出撃を見送った、当時女学生であったであろう松元ヒミ子の万感の想いがこめられている。この少年兵の哀しいまでに美しい真情がわからなければ特攻を語る資格はない。と同時に、「――立派でした。あゝひとたちは……」という言葉の重さを思い知らねば特攻を語る意味はない。

特攻を美化してはならないというのもこのためである。特攻という歴史的事実は、単なる個人的な美談や英雄譚《たん》として矮少化《わいしょう》して把握するべきではなく、精神の純粋性という人間性の尊厳を世界の精神史に鮮烈に刻みつけた一大モニュメントとして把握するとき、特攻という自己犠牲にもとづく崇高な行為は、私利私欲の渦まく現在社会に対する痛烈な反措定として巍然《ぎぜん》として屹立するのである。

また特攻隊の若者たちの真情を理解するうえで欠かせないのが残された遺族の哀しみである。これを知ると戦争というものの不条理が明瞭に見えてくる。たとえば神風特攻隊の一員として二十三歳で散華した林市造少尉の母まつゑは、戦後、つぎのように語っている。

「泰平の世なら市造は、嫁や子供があって、おだやかな家庭の主人になっていたでしょう。けれども、国をあげて戦っていたときに生まれ合わせたのが運命です。日本に生まれた以上、その母国が、危うくなった時、腕をこまねいて、見ていることは、できません。そのときは、やはり出られる者が出て防がねばなりません」

この主張は、日本で生まれ日本で育った日本人として、まったく正しい。個人的にはいかなる思想を持とうとも、祖国が累卵の危機に直面したなら、何はさておき、その手に武器を執《と》って起ちあがるのが、日本男子というものである。戦争が不条理だからといって、我が身を安全な所において、祖国の危急を傍観するようなことは、腰抜けの卑怯者のやり方である。たとえかなわぬまでも剣を手に執り敵に一矢《いっし》を報いる、それが節を守り、義を貫く日本男子の本然の姿である。

特攻精神とは、特攻隊の若者たちが、自らの血と汗と涙で創りあげた日本の青春のもっとも良質な部分を抽出した結晶水の如きものであり、その偉大なパワーは先の大戦で十二分に証明されている。

非常の時には非常の士を必要とするとされているが、かつて日本が存亡の危機に瀕したとき、祖国防衛の捨て石にならんと、数えきれないほど多くの若者たちが自らの意志で特攻を志願した。ここに特攻の最大の価値がある。彼らは地位や名誉や財産を得るために馳《は》せ参じたのではない。我が身を犠牲にして祖国日本の美しい山河やそこに住む愛《いと》しい人々を守らんと覚悟して特攻を志願した。その殉国捨身《じゅんこくしゃしん》の精神には一点の曇りもない。

こういう純粋で清冽な青春があったという事実を忘れてはなるまい。忘れるところから精神の荒廃がはじまる。たとえば陸軍特攻隊振武隊の一員として二十二歳で特攻散華した込茶章少尉の父惣太郎は戦後、つぎのように述べている。

「息子を特攻隊で失ったことは残念で悲しいことですが、章はあれで学生時代から好きだった航空界に入り、喜びも悲しみも含めた悔いのない青春を彼なりに送ることができたことは、いまの青少年よりむしろ幸福であったと思います」

特攻隊の若者たちには、命を捨てても悔いぬ、人生の大きな目的があった。そしてその目的を達成するために青春の炎を烈《はげ》しすぎるほどに烈しく燃焼させ、その多くが非命に斃《たお》れた。小説や映画といった作り物ではない壮烈かつ壮大な青春ドラマが、当時は日本中いたるところで繰り広げられていた。これはまさに日本史の偉観であり、現代の青春の遠く及ぶところではない。そこでは本物の血と本物の汗と本物の涙が大量に流された。

それは一大歴史ロマンというにふさわしく、そこから流れ出た哀切でかつ清冽な詩情は、日本史がつづくかぎり、その芳香を永遠に香らせつづけることであろう。日本人にとって特攻には、それだけ重くかつ深い情念がこめられているのである。世界の精神史に占める特攻の思想的意義はここにある。

特攻を思うということは、懐古趣味にひたることでもなければ、軍国主義に賛同することでもなく、特攻の真実の姿を知ることによって、日本民族のもっとも清冽でもっとも美しい精神を取り戻すことである。たとえば、陸軍特攻隊振武隊の一員として二十四歳で散華した井上清少尉の母たかはこう述べている。

「八月十五日、天皇陛下の休戦の命《めい》を聞いた時は、耳を疑いました。そして身も心も抜け殻の様になってしまいました。十四日までは勝利を、世界平和を信じつつ、火だるまとなって、敵艦に突入して散って行った、幾多の若者達の事を思うと……。でもこれらの若者の献身的な働きが、現在の平和と繁栄をもたらしたのだと確信しています」

この言葉の重みを忘れてはなるまい。特攻隊の若者たちのようにひたすらに平和を願い、その実現のために自ら望んで祖国の捨て石として散っていった幾多の至純の魂を持てたことは世界史の奇蹟であり、また日本史の誇りである。

本書にはこの若き特攻隊員の魂の叫びともいえる純粋精神がそこかしこに奔騰している。

そしてこの命のことばの底深くに滔々《とうとう》と流れる、哀切でかつ清冽な詩情を感得するとき、民族のロマンは鮮烈によみがえり、平和を当然のこととしている現代のわれわれ日本人が今日をいかに生き、明日をいかに生きるべきかという人間存在の本源ともいえる命題に、特攻隊の若者たちは一つの指針を与えてくれるはずである。

平和な時代であればこそ、戦争の時代を忘れてはならない。その意味で特攻を考えるということは、われわれの精神がその純粋性を失っていないかどうかを検証することでもあり、いわば特攻隊の若き勇士たちによって、現代の日本人はその魂の在り様《よう》を試されているのである。

第一章　特攻にみる清洌な詩情

名もなく強く美しく——私は一兵士の死をこのうえもなく尊く思う

後世史家に偉いと呼ばれることも望まない。名もなき民として自分の義務と責任に生き、そして死するのである。

海軍少尉　佐々木八郎

神風特別攻撃隊・第一昭和隊、昭和20年4月14日、南西諸島海域にて戦死、23歳

東京帝国大学の学生の頃、佐々木少尉は日記にこう記した。

「大内君は僕が戦死することなど考えてはならぬという。自分の任務でない所で死ぬのは、ヘロイズムの一時の感激である、そんなのは愚かしきことだという。また反動的な任務に死ぬのはいやだし、そんな死に方をした者に感心もせぬという」

この大内という学友は、戦後、東京大学経済学部の教授となる大内力であるが、その発言

はいかにも独善的で個人主義的な考え方にもとづくもので、無私の精神、無償の奉仕の香気がまるでない。それに対して、佐々木少尉は自分の考えをつぎのように述べている。

「僕は、戦の庭に出ることも自分に与えられた光栄ある任務であると思っている。現下の日本に生きる青年として、この世界史の創造の機会に参画できることは光栄の至りであると思う」

祖国に仇なす敵がいれば、勇気をふるい起こして敢然とそれに立ち向かうのが青春の熱情であり、また詩情である。自己保身、自己弁護の醜《しゅう》に比べれば、「日本に生きる青年として」佐々木少尉の考えには間違いなく美がある。たとえ自分にとって不利益なことであっても、公のために犠牲の道を歩むのが、日本武士道の道統である。そして佐々木少尉はさらにつづける。

「我々は死物狂いで、与えられた義務としての経済学を研究して来た。この道を自ら選んだ自分の義務であるからだ。そのうえ体力に恵まれ、活動能力を人並み以上に授かった自分としては、身を国のために捧げ得る幸福なる義務をも有しているのだ」

日本に生まれ、日本で育った者にとって祖国は日本以外にはあり得ないし、祖国に尽くすことを、「身を国のために捧げ得る幸福なる義務」と感得し得るか否かで、真正な日本男子であるか否かも決まる。そして佐々木少尉はこう結論する。

「二つながら、崇高な任務であると思う。戦の性格が反動であるか否かは知らぬ。ただ義務や責任は課せられるものであり、それを果すことのみが我々の目標なのである。全力を尽したいと思う。反動であろうとなかろうと、人として最も美しく崇高な努力の中に死にたいと思う」

特攻隊員は祖国を救うために、「人として最も美しく崇高な努力の中に」死んでいった。そこには日本の青春のもっとも良質でもっとも美しい個性がきらめき、彼らの死は日本史に比類がないほどの清冽な詩情を刻みつけたのである。

そして佐々木少尉は「形に捉われることを僕は欲しない。後世史家に偉いと呼ばれることも望まない」として、この戦争を、

「名もなき民として自分の義務と責任に生き、そして死するのである」

と断言する。青春が躍動するような美事な心映えである。

その年、すなわち昭和十八年十二月九日、佐々木少尉は学徒出陣で海軍に入団するのだが、その前日の日記につぎのように書き留めている。

「僕は今は遺言を書くまい。ただ今まで恩顧をうけた人々がそれぞれの道を真っ直ぐに歩んで、それぞれの天命を全うされんことを望むのみである。すべては大いなる天の解決するところ、各人が世界史の審判に何の恐るるところなく直面せられんことを望むのみである」

日本人が日本史を生きるかぎり、時には命を賭けて戦わねばならぬこともある。その時には存分に戦い、美しく死ぬ。日本男子とはそういうものである。

今、時ここにいたって吾らが御楯《みたて》となるのは当然である。悲壮も興奮も

ない。若さと情熱を潜《ひそ》め己れの姿を視《み》つめ、古《いにしえ》の若武者が香を焚き出陣したように、心静かに行きたい。征く者の気持は皆そうである。

海軍少尉　市島保男

神風特別攻撃隊・第五昭和隊、昭和20年4月29日、沖縄南東海上にて戦死、23歳

昭和十八年十月十五日、早稲田大学戸塚球場で全学生徒が集合し、出陣学徒壮行会が挙行された。市島少尉はその感激をつぎのように日記に記している。

「記念碑に行進を起すや、在校生や町の人々が旗をふりながら万歳を絶叫して押し寄せてくる。長い間、心から親しんだ人達だ。一片の追従《ついしょう》や興奮でない誠実さが身に沁《し》みて嬉しい。思わず胸にこみ上げてくるものがある。図書館の蔦《つた》の葉も感激に震えているようだ。静寂なる図書館よ。汝の姿を再び見る日あるやなしや。総長のジッと見送ってくれたあの慈眼、佐藤教授の赤くなった眼、印象深い光景であった」

そして市島少尉はこう覚悟した。

「学半ばにして行く我等の前には、感傷よりも偉大な現実が存するのみだ。この現実を踏破してこそ生命は躍如するのだ。我は、戦いに！　建設の戦いに！　解放の戦いに！　学生兵は行く！　いざさらば、母校よ、教師よ！」

そしてそれから四日後の十月十九日には、市島少尉の所属する同大航空部の壮行会も開か

れたのだが、多くの学生が酒に酔って気勢をあげるなかで、市島少尉は冒頭の言葉のように、「心静かに行きたい」と願ったのである。

そして海軍に入団して一週間後の同年十二月十六日、市島少尉はその感懐をつぎのように日記に綴った。

「家族の健康を祈り、己れは誠を尽して一水兵に徹せねばならないのだ。強く男らしく最も完全なる海軍軍人となることこそ、自分に与えられたただ一つの道である。己れを虚《むな》しくして万事にあたらん。ただ皆の健康を祈るのみ」

そして年が明けて昭和十九年、飛行兵を志した市島少尉は四月二十一日に最後の試験飛行を終え、戦闘機乗りとしての本格的な第一歩を踏み出した。そしてほぼ一年、特攻要員となった少尉は出撃五日前の日記にこう書きつけた。

「隣りの室では酒を飲んで騒いでいるが、それもまたよし。俺は死するまで静かな気持でいたい。人間は死するまで精進しつづけるべきだ。まして大和魂を代表する我々特攻隊員である。その名に恥じない行動を最後まで堅持したい」

市島少尉の美学がここに鮮明に出ている。仰いで天に愧《は》じずという日本男子の美しい生き方の典型がここにある。寡黙は美であり、男は寡黙であるべきだと市島少尉は信念し、さらにこう書きつぐ。

「私は自己の人生は人間が歩みうる最も美しい道の一つを歩んできたと信じている。精神も肉体も父母から受けたままで美しく生き抜けたのは、神の大なる愛と私を囲んでいた人々の美しい愛情のお蔭であった。今限りなく美しい祖国に、我が清き生命を捧げうることに、大きな誇りと喜びを感ずる」

市島少尉は、「限りなく美しい祖国」に「我が清き生命を捧げうること」を軍人としての至上の名誉と確信している。祖国に詩情を感ずることは明らかにロマンである。

そして特攻出撃の当日、すなわち昭和二十年四月二十九日の天長節の日、市島少尉は今生最後の文章を日記に書き留めた。

「空母を含む敵機動部隊、前日とほぼ同様の位置に来る。神機まさに到来。一挙に之を撃滅し、もって攻勢への点火となさん。

一二一五、搭乗員整《とと》列。進撃は一三〇〇より一三三〇ごろならん。

空は一片の雲を留めず。麦の穂青し。

わが最後は四月二十九日、一五三〇より一六三〇の間ならん」

男子はその一生を一編の詩としなければならぬとされているが、市島少尉はその人生の最後の日に「空は一片の雲を留めず。麦の穂青し」という一行を綴ったことにより、美事に特攻を抒情した。

沖縄は断じて敵にゆずらず。生命もいらず、名誉も地位もいらず、ただ必中あるのみ。深山のさくらのごとく、人知れず咲き、散るべき時に潔よく散る。何の雑念も含まず。

海軍中尉　西田高光

神風特別攻撃隊、第五筑波隊、昭和20年5月11日、南西諸島海域にて戦死、23歳

昭和二十年四月二十五日、西田中尉は戦闘日誌にこう記している。

「いよいよ出撃もあます二三日だろう。明日より菊水四号作戦あり。一号より三号まで多大なる戦果とともに、数多《あまた》の戦友は散華した。

　ひととせをかへり見すればなき友の
　数へ難くもなりにけるかな
四号作戦終れば、いよいよ俺の中隊突入の番だ。最後まで自重せん」

そして冒頭の凜烈な覚悟の宣言となるのである。この「生命もいらず」以下の文章は、維新の英傑・西郷隆盛のつぎの言葉を彷彿《ほうふつ》とさせる。

「命もいらず、名もいらず、官位も金もいらぬ人は、仕末《しまつ》に困るものなり。此の仕末に困る人ならでは、艱難《かんなん》を共にして国家の大業は成し得られぬなり」

　この西郷が理想の男子像とするのが、孟子のいう「大丈夫《だいじょうふ》」である。

「天下の広居に居り、天下の正位に立ち、天下の大道を行く。志を得れば民と之れに由《よ》り、志を得ざれば独《ひと》り其《そ》の道を行ふ。富貴も淫《いん》する能《あた》はず、貧賤《ひんせん》も移す能はず、威武《いぶ》も屈する能はず。此れを之れ大丈夫と謂《い》ふ」

西田中尉も鮮明な男子像をもっており、弟久光への遺言として、つぎのように記している。

「男らしい男になれよ、俺の分も孝行してくれ、たのむ。では元気で。健康は生きるためにも死ぬるためにも絶対に必要だ」

死ぬための健康とは、敵を撃攘するための戦闘力と精神力を維持するための体力の涵養である。

五月一日、西田中尉は戦闘日誌に、

「吾今日も生あり。明日の必中にこそ捧げん」と記し、戦闘の日々をつぎのように抒情した。

訣別の歌

言うなかれ君よ
別れを世の常をまた生き死にを
海原のはるけき果てに
熱き血を捧ぐる者の大いなる胸を叩けよ
満月を盃に砕きて暫《しば》しただ酔いて勢《きお》えよ
吾等征《ゆ》く沖縄の空
君もまたこれにつづけ
この夕べ相離れまた生死相へだつとも
いつの日にかまた万朶《ばんだ》の桜を共に見ん

いうなかれ君よ
別れを世の常をまた生き死にを
空と水うつところ
悠々として雲は行き
雲は行けるを

そして出撃前日、西田中尉は戦闘日誌にこう書き留める。

「燃ゆる殉忠の血潮、撃滅の闘志、必中の確信、日本男児として誰にも劣らざる気概はある。……軍人としてこの機をいただき、よろこびに耐えざるものだが、今俺は死していいのかとも思う。否、今死んでもよい、開戦の当初に引返す戦機を作るのだ。今こそ征かざれば征く時なし」

そして西田中尉は己れを「大空の防人《さきもり》」と位置づけ、烈々たる武魂を奔騰させる。

「今日の機を得ずして死して逝った多くの友を思い、今こそこの壮挙に参加しうる自分の幸福を満喫し、必らず二十三年の生涯の生けるしるしをこめ、総力を尽して皇国のため必らず命中、最後の御奉公をいたさん。二〇〇瓩《キロ》爆弾に国民の憤激をこめて、血と汗でなれる愛機もろとも敵を太平洋の海底深く葬り去らん」

国家に殉じて一命を捧げることこそ、軍人として最大の名誉であり、西田中尉はこれを男子の本懐として、この戦闘日誌をつぎの一節で閉じている。

「昭和二十年五月十一日午前九時三十分前後、皇国の一臣高光、すべてのものに感謝しつつ別れを告げん。明朝は三時半起《おこ》し。つきぬ名残りもなしとせざるも、明日の必中のために寝る。ただ皇国の必勝を信じ、皇国民の一層の健闘と幸福を祈りつつ」

そして日誌の最後のページには、

「お父さん
お母さん
兄弟
そして教え子
その他の人々　さらば」

と書き添えられていた。散るべきときに美しく散る。日本男子はそれさえ心得ておけば十分である。

俺ハ立派ナ日本人ニナレバ満足ダ。忠義一途《いちず》ノ人間ニナレバ、ソレガ人ニ知ラレズニ消エヨウト、誤解ノ中ニ葬ラレヨウト、俺ハ満足ダ。

海軍少尉　塚本太郎

回天特別攻撃隊・金剛隊、昭和20年1月21日、ウルシー海域にて戦死、21歳人間魚雷回天の搭乗員であった塚本少尉は、戦局の悪化に伴い、それとなく己れの決死の覚悟を伝える書簡を両親に送った。

「何も言ふ事は無い。只来《きた》るべき秋《とき》を静かに待ってゐます。日本中が軍神で埋れねば勝てぬ戦です」

軍神で日本中が埋もれるとは、当時の国をあげてのスローガン「一億総特攻」を意味しており、その先駆となるのが回天部隊、すなわち神潮特別攻撃隊であると、塚本少尉は自負していた。しかし回天は軍の最高機密であり、たとえ両親であろうとも、その存在を語ることは許されず、それゆえ塚本少尉は婉曲《えんきょく》に、

「御両親の幸福の条件の中から太郎を早く除いて下さい。話さねば会わねば分らぬ心ではない筈《はず》、何時《いつ》の日か喜しい(ママ)決定的な便りをお届けします」

と記した。決定的な便りとは、いうまでもなく回天特攻による敵艦轟沈である。

その後、出撃も間近に迫った昭和十九年十一月、塚本少尉は回天基地のある瀬戸内・大津島から、実家のある東京へ一時帰省した。そのとき少尉は一冊の手帳を家に残して基地へ戻ったのだが、その手帳には「特攻隊」と走り書きしたページがあり、そこにはつぎのように記されていた。

「壕《ほり》ヲ埋メタ屍ガ無ケレバ城ヲ攻落スルコトハ不可能ダ」

「愛スル人々ノ上ニ平和ノ幸ヲ輝シムル為ニモ」

「母ヲ忘レヨ」

この「母ヲ忘レヨ」は反語であって、手帳の別のページには、

「俺ノ母親ハ　日本一ダ」

と記され、さらに冒頭の凛烈な覚悟の表明となるのである。

塚本少尉の人生の大目標は、「立派ナ日本人」となることであった。ここにいう立派とは、立身出世して地位や富を得ることではなく、日本男子として祖国防衛のために悔いなく戦うことであった。

そして塚本少尉は祖国日本に対する熱い思いをこう書き留めている。

「俺ハ日本ヲ恋シテイル。首ッタケダ。ダカラ、無条件」

無条件とは、愛する祖国のためには無条件で死ねるということであり、これがいわゆる恋《れん》闕《けつ》の情の原初の姿である。そしてまた無条件とは論理を超越した絶対的な価値でもあり、そこにただよう清冽な詩情を感得できないと、特攻隊員の祖国愛は遂にわからない。


私は誰にも知られずにそっと死にたい。無名の幾万の勇士が大陸に大洋に散っていったことか。私は一兵士の死をこのうえもなく尊く思う。

海軍少尉　溝口幸次郎

神風特別攻撃隊・神雷第一爆戦隊、昭和20年6月22日、沖縄方面海域にて戦死、22歳

戦争は国家の指導者が策定するものであるが、戦争が始まれば第一線で戦うのはいつも若い戦士たちである。彼らの決死の戦いがなければ戦争などできるものではない。

戦争ではつねに英雄が生まれるが、そのほとんどすべては無名戦士である。それを知るからこそ溝口少尉も、「私は一兵士の死をこのうえもなく尊く思う」と断言するのである。

「一将功なって、万骨枯《か》る」が戦争の実相にもっとも近いかもしれないが、そうであってはならぬと信念するのが、軍人精神の正しい在り様《よう》である。

溝口少尉もそれを知るゆえ、「一兵士の死」を「白鳥の死」にたとえて、こう記す。

「何事でも『死』なるがゆえに尊いということはできない。『生』の美しさを感じうる者には『死』の美しさを知るであろう」

溝口少尉は、生の美しさを懸命の美しさと見ている。少尉にとって、命を生きるということは、命がけで懸命に生きるということにほかならなかった。それゆえ少尉の好きな格言は、

「現在の一点に最善をつくせ」

であり、

「ただ今ばかり我が生命は存するなり」

であった。この考えは武士の精神の在り様とも重なる。たとえば当時の軍人にもっとも愛読された武士道書『葉隠』にも、

「端的只今の一念より外は之《これ》無く候。一念〳〵と重ねて一生なり」

とある。人の一生とは、只今現在の積み重ねであり、現在を懸命に生きなければ、命を生

きたとはいえない。それゆえ溝口少尉は己れの人生をこう語る。

「私の二十三年間の人生は、それが善であろうと、悪であろうと、悲しみであろうと、喜びであろうとも、刻み刻まれてきたのです。私は、私の全精魂をうって、最後の入魂に努力しなければならない」

いうまでもなく、「最後の入魂」とは祖国のために敵艦に突入することである。そして溝口少尉は、特攻散華する半月ほど前に、祖国と自分との関わりをつぎのように記している。

「美しい祖国は、おおらかな益良夫《ますらお》を生み、おおらかな益良夫は、けだかい魂を祖国に残して、新しい世界へと飛翔し去る」

この詩情をわからずに、特攻を論じても意味はない。ある意味で特攻とは、美しい日本の歴史と文化そのものなのである。


訪問者あるも進んで私の事に就《つい》て話さるるやうなる事の決して無きやう、願はくば君が代守る無名の防人《さきもり》として、南溟の海深く安らかに眠り度《たく》存じ居り候。

海軍中尉　久住《くすみ》宏

回天特別攻撃隊・金剛隊、昭和20年1月12日、パラオ・コッソル海域にて戦死、23歳海軍兵学校出身者は、大過なければ少将までも進級するエリート軍人である。だが昭和十九年十月から特攻が始まると、心ある軍人には進級などもはや考慮の外であった。国が滅ぶかどうかという大事の前には、一身の出世など眼中になしとする覇気ある若い軍人が輩出した。久住中尉もそういう軍人のひとりであり、特攻出撃が決まると、両親宛につぎの遺書を書いた。

「有史以来最大の危機に当り、微力乍《なが》らも皇国守護の一礎石として帰らぬ数に入る。二十余年の御高恩に報ゆるに此の一筋道を以てするを、人の子として深く御詫び申し上げ候」

そして久住中尉は特攻の覚悟をこう綴る。

「皇国の存亡を決する大決戦に当り、一塊の肉弾、幸に敵艦を斃《たお》すを得ば、先立つ罪は許され度《たく》、此の度の挙、もとより使命の重大なる比するに類無く、単なる一壮挙には決して無之《これなく》、生死を超へて固く成功を期し居り候」

ついで中尉は、両親と祖母へ細やかな気遣《きづか》いをみせる。

「御両親様には私の早く逝きたる事に就《つい》ては、呉々《くれぐれ》も御落胆あること無く、私は無上の喜びに燃えて、心中一点の曇りなく征きたるなれば、何卒《なにとぞ》幸福なる子と思《おぼ》し召され度《たく》、祖母上様と共に愈々《いよいよ》御健《すこや》かに御暮し下さるやう祈り上げ候」

ここまではいずれの特攻隊員にも共通する内容であるが、久住中尉はここで「次に二三御願《おね》願《がい》聞き置かれ度」と前置きして、本心をつぎのように記している。

「第一に万ヶ一此の度の挙が公にされ、私の事が表に出る如き事あらば、努めて固辞して決して世人の目に触れしめず、騒がるる事無きやう、葬儀其の他の行事も、努めて内輪にさるる様、右固くお願ひ申上げ候」

昭和十九年七月から八月にかけて、絶対国防圏の一角であったマリアナ諸島が米軍の手におち、同年十月にはレイテ沖海戦で日本海軍は惨敗を喫した。もはや個人の武勲を取り沙汰する戦局ではなかった。

「逆に軍人の真価が発揮されるのも、こういう非常時であり、久住中尉も毀誉褒貶《きよほうへん》は埒外《らちがい》のこととして、ただひたすらに戦うという真の武人の本領を発揮せんとしたのである。武勲云々《うんぬん》よりも、冒頭の言にあるように「君が代守る無名の防人」として、力のかぎりに戦い、その詩情とともに生を終えんとした。これがまさに武人の本領というものであり、軍人の真の栄光もそこにある。そしてそれを知るからこそ、久住中尉は辞世をこう詠《よ》んだ。

もろもろのまとひは断たん君がため
　南溟ふかく濤《なみ》分くる身は
命よりなほ断ちがたきますらをの
　名をも水泡《みなわ》といまはすてゆく

久住中尉は、「もろもろのまとひ」も「ますらをの名」をも捨て、ただひたすらに国のために戦う覚悟であったことが、この辞世によっても明らかにわかる。死後の名誉などということよりも、特攻散華という壮烈な行動自体に、久住中尉は日本男子の清冽な本懐を見ていたのである。

美しい大空の白雲を墓標として、私は満足して、今、大君と愛する日本の山河とのために死んで行きます。

海軍少尉　吹野匡

神風特別攻撃隊・旭日隊、昭和20年1月6日、比島方面海域にて戦死、26歳

昭和十八年九月、全国の大学、高等専門学校などに在学中の学生の徴兵猶予が停止された。そのため理工科系を除いた全国の学生は、ただちに本籍地ごとに分かれて徴兵検査を受け、祖国の急を救うためにペンを持つ手に銃を執《と》って出陣して征った。吹野少尉もそういう学徒兵の一人であり、海軍に入団して一年あまりたった昭和十九年の大晦日、この日はまた戦死の六日前であるが、少尉は母宛に手紙を出している。

「昨秋、私が海軍航空の道を選んだことは、確かに母上様の胸を痛めたことと思います。常識的に考えて、危険性の少い道は他に幾等《いくら》もありました。国への御奉公の道においては、それでも充分果されたかもしれません。しかし、この日本の国は、数多くの私達の尽きざる悲しみと歎《なげ》きを積み重ねてこそ立派に輝かしい栄えを得てきたし、また、今後もこれあればこ

そ栄えていく国なのです」

国家というものは、つねに無名の民によって支えられてきたし、国家の危急存亡の秋《とき》には無名の民が自ら進んで剣をとった。国家の歴史の大本は、いわば無名の民によって作られてきたのである。そしてその無名の民を、ご心の一番大切な部分で支えてきたのが、民それぞれの母である。吹野少尉もそれを痛感するゆえ、こう記している。

「私が、いささかなりとも国に報ゆるところのある益良雄《ますらお》の道を進みえたのも、一《いつ》に母上のお蔭であると思います。母上が、私をしてこの光栄ある海軍航空の道において、輝かしい死を、そして、いささかの御奉公を尽させて下さったのだと誇りをもっていうことができます」

そして吹野少尉は、冒頭の「美しい大空の白雲を墓標として」という清冽な死の覚悟を書きつけたのである。

吹野少尉がこの手紙を書いた時点は、神風特攻隊が編成されて二ヵ月あまり後で、日本の航空機搭乗員の誰もが、特攻以外には祖国の危機を救う方法はないと確信していた。そしてフィリピンの最前線に配属された吹野少尉はそこで改めて死を決意した。

「海軍航空隊に生活して、初めて私も悠久の大義に生きる道を悟りました。戦地に来て未《いま》だ十日ですが、私の戦友部下達の相当の数がすでに戦死しました。これらの友と部下達のことを想うと、生きて再び内地の土を踏む気持にはなれません。私は必ず立派に戦って、悔《くい》なき死場所を得るつもりでおります」

すべての特攻隊員にとって、国家に殉じて特攻散華することは、「悠久の大義に生きる」ことにほかならなかった。国家と国民を代表する特攻隊員として、特攻死ほど誇らしいものはなかった。数ならぬ自分であっても、国家のために全力を尽くすことができるという詩情は、戦士としての彼らの闘魂を奔騰させる最大のエネルギーとなった。それゆえ吹野少尉はこう断言する。

「皇国三千年の歴史を考うる時、小さな個人、或《あるい》は一家のことなど問題ではありません。我々若人《わこうど》の力で神洲の栄光を護り抜いた時、皇恩の広大は小さな一家の幸福をも決して見逃しにはしないと確信します」

そして吹野少尉は、まるで恥《は》じらうかのように、

「要は、私が心から満足して立派に死んでいったことを知って、母上から喜んでいただければよいのです」

と書き添えた。この六日後に特攻死する吹野少尉は、このとき、無名の兵として美しく戦い、立派に死ぬことを、改めて胆《きも》に銘じたのである。

気高い捨て石の精神──国家が特攻を必要とする、故に俺は志願した

国のため親も忘れ家もなく、将来の栄達もとより望まず、唯々一途《いちず》に国のために軽き命を捨石となす事を無上の光栄と覚え、其処《そこ》に幸福を見出す時が尊い心だと思ふ。

陸軍少尉　柳生諭

陸軍特別攻撃隊・第六九振武隊、昭和20年4月12日、沖縄周辺海域にて戦死、22歳

昭和二十年二月二十六日、柳生少尉は太平洋の真っ只中で展開されている硫黄島の戦いに思いを馳《は》せて、日記にこう記した。

「硫黄島は益々熾烈《しれつ》にそして勇敢に攻防の絵巻が繰《くり》開かれてゐる。祖国の兵共《つわものども》の偉大なる闘志、闘魂、戦ふに武器少く、守るに人少く弾少し。食するに食糧少く、吾々の想像も及ばぬ

所に崇高なる至誠尽忠に徹した精神が有るのだ」

硫黄島の戦いは二月十六日から三月十七日まで行なわれ、日本軍守備隊二万一千は敵に自軍より大きな損害を与えて玉砕した。そして太平洋の暗雲は、沖縄に向かって拡がりつつあった。そこで柳生少尉はこう記す。

「今は雌伏の時なり。この次に……、今度の時に皆の仇をこの腕にて立派に打取るのだ。……やがて咲く桜の花。……その時こそ吾々が祖国の為の捨石となる時だ」

この時、柳生少尉には意中の人がいた。だが「祖国の為の捨石」となると覚悟した少尉は、これも二人の宿命であったのだとしてこう記す。

「諦《あきら》めねばならない人、始めから分ってゐた。……唯《ただ》誠の心を知り得たと言ふのみで分れ《（ママ）》るのが一番幸福ではなからふか。……かうした幸福感を胸にして征かれる自分が最大の幸を持ちし男だ」

愛していても、その人を幸福にする未来は特攻隊員にはない。だからその人を心から愛したという美しい想い出を胸に秘めて出撃し、存分に戦うことだけが、特攻隊員に残された唯一の未来となる。そこで冒頭の「国のため親も忘れ家もなく」という凜烈な文章となるのである。

そして特攻出撃が間近に迫っていることを知った柳生少尉は、

「立派な、そして清らかな気持で臨む事が出来れば満足するなり」

として、死生観の確立を図る。

「悠久の大義に生くるのも一つの死生観なり。特攻隊として許《ばか》りが悠久の大義に生きるものならず。自分の最善の力を尽し、自己の腕のありたけを尽して最后に臨む時、之《こ》れも立派な死生観なり。たとへその仕事が世の人に喧伝せられずとも立派なものなり。結局は自分の成す仕事に依《よ》り、悠久の大義に生きるか否やを考へず、死生を超越して掛かればよい」

戦いは私利私欲のためにするのではなく、国家の永遠平和のためにするのだと悟ったとき、軍人の死生観というものは確立する。そして死生観を確立した柳生少尉は晴《は》れ晴《ば》れとした心をもって、遺書を認《したた》めた。

「国の非常に立ちて戦ふは、男子之《の》本懐にして之《これ》に過ぐるもの無之《これなく》候はば、最后迄彼《か》の富嶽《ふがく》（富士山）の如く清《き》よく美しく有りたいのが日頃小生の望む所に御座候」

古来、いかに逆境にあろうとも武士の心懐は爽快でなければならぬとされているが、柳生少尉も「最后迄彼の富嶽の如く清よく美しく有りたい」という。軍人はかく生き、かく死してこそ美しい。軍人は国家と国民を代表して戦う選民であり、その一挙手一投足には国家の名誉と国民の誇りがかかっている。決して卑怯、卑劣なふるまいを為してはならないのである。まして光輝ある日本軍人ならなおさらであり、そこで柳生少尉は己れの赤心をこう吐露する。

「武功も死もあせるものに非《あら》ず。唯々立派なる最後を、大和男子の本懐を遂げ、悠久の大義に生き申すべく、日頃の念願之《これ》一つに御座候」

そして少尉は特攻出撃できる喜びをこう書き留《と》める。

「幸ひにも真の男となる日が参《まいり》候。男としての行くべき道に立ち居《おり》候。最後に大きな仕事を成す事の出来るは非常なる喜びにて、御両親様も共々御喜び下度《くだされたく》候」

この「真の男となる日が参候」という覚悟が特攻魂というもので、ここに男の美学、男の詩情が凝縮されているし、この特攻魂を理解せずして殉国の勇士たちの真情は語れない。そして柳生少尉はこの遺書をつぎの一文で閉じた。

「君国の為惜しからぬ命に候はば、欣然《きんぜん》として飛び立つつもりに御座候。二十有余の霜星《そうせい》の裡に育《は》ぐくまれし身を、吹き寄す風雲が神州に及ぶ時捨てる幸福と光栄、此の上なき事に候。最後に御両親様の御健康と御幸福を祈り申上候」

柳生少尉は、国家と国民のための捨て石となる「幸福の栄光」を噛みしめて出撃していった。日本男子として有終の美を飾るとはこういうことである。

派手を好むのもよい。然し地味に東亜の捨石となる覚悟なくして誰が縁の下の力持《ちからもち》にならうか。冷静に考へて自己の最善を地味に尽すことが最も大切なのではあるまいかと信ずる。

海軍少尉　片山秀男

神風特別攻撃隊・第四筑波隊、昭和20年4月29日、南西諸島周辺海域にて戦死、23歳

特攻隊員の場合、その死は大いに賞揚されて、その名が全軍に布告されるという名誉に浴する。それがまた特攻隊員の励みともなるのだが、中には片山少尉のように、捨て石に徹することこそ軍人にとっては至上の誉れであると自覚する凛烈な軍人精神の保持者もいた。たとえば片山少尉は、昭和十九年十一月十八日付の日記にこう記している。

神風特別攻撃隊敷島隊の大戦果が、国民を大いに感奮させた頃のことである。関行男大尉率いる「特攻隊が新聞で盛んに報道されている。如何《いか》にも日本人らしい立派な最後である。然《しか》し一面から見れば特攻隊の人達は幸福な人達である。日本人たる以上、皆かゝる最後を希求するのは当然であって、就中《なかんずく》、選ばれた人のみがかゝる幸福を獲得したのである」

そこで冒頭の「派手を好むのもよい。然し地味に東亜の捨石となる覚悟なくして誰が縁の下の力持にならうか」という重厚な精神の吐露となるのである。

軍人は黙々として己れの任務を遂行するをもって本分とする。死はその単なる結果にすぎず、その死が華やかであろうがなかろうが、本人が関知することではない。それゆえ片山少尉は「自己の最善を地味に尽すことが最も大切なのではあるまいか」と確信するのである。

軍人精神の根底にあるのが自己犠牲の精神であり、それを象徴するのが捨て石の精神といえる。これは、俺がやらねば誰がやるというきわめて男らしい気概とも結びつき、

「オレ達ガ死ナナケレバ一億ガ亡ビルノダ」

という特攻魂を喚起するのである。軍人にとって国家とは絶対のものであり、特攻隊員という特攻隊員は、

「国亡びなば山河なし」

と思い、

「国亡びて何の物があらうか」

と考える。それゆえ国の存在の重さに比べれば、自分の存在などまことに微々たるものとなる。だがその微々たる存在が、少しでも国家の役に立つなら喜んでその身を捧げんというのが特攻隊の若者たちに共通する真情である。

そこには功名心などはいささかもない。特攻隊員はみな、無名の兵士として国家の捨て石となることにためらいはない。逆に一命を捧げて国恩に報ずることに密《ひそ》やかな誇りを抱き、その誇りのなかに彼らは散って征くのである。ここに詩情を感じ取らねば日本人とはいえまい。

ある特攻隊員はいう。

「祖国愛、自分は従容《しようよう》として死に就《つ》くことが出来るつもりなり」

また別の特攻隊員はいう。

「祖国、日本への愛の中に死ぬことのできる人間は幸福である」

特攻隊員にとって、祖国の捨て石となることは悲劇ではあっても、決して不幸なことではなかった。祖国日本への愛を一途に、かつ烈《はげ》しく燃やした青春が不幸なはずがない。

もちろん、我々は消耗品にすぎない。波のごとく寄せくる敵の物量の前

に、単なる防波堤の一塊《いっかい》の石となるのだ。しかしそれは大きな世界を内に築くための重要なる礎石だ。

海軍少尉　安達卓也
神風特別攻撃隊・第一正気隊、昭和20年4月28日、沖縄周辺海域にて戦死、23歳

東京大学から学徒出陣で海軍へ入った安達少尉は、手記「凡太郎の生涯」で、入団直前の自身の死生観を語っているが、そこではまず、死は苦悩だとしてさらにこう述べている。

「この苦悩があればこそ、我々には我々の死に方ができる。それは断じて敵に対する逡巡《しゅんじゅん》ではなく、最も勇敢なる『死』であらねばならない。我々はむしろこの苦痛を誇りとするものである。この苦悩を越えて『死』そのものを見つめる時、我々の真の世界が開ける」

安達少尉は、戦争における死の苦悩のなかに新しい生命の獲得を見ている。

「強烈な現実の嵐の前に『死』に直面し、その中に新らしく生きてくる我々の学の精神こそ、我々の内にひめたる真の学的精神であらねばならない。我々は学を戦に代えた。それは学のあくなき追求であり、新らしき生命の獲得なのである。一人たりとも学徒が生をえて帰還したら、その内から真の東西の理想が生れ、雄大な生成発展の構想が構成され、真に東亜の人々を新らしき道義の道に導きうるであろう」

そこで安達少尉は、冒頭の「我々は消耗品にすぎない」という強烈な反語を提示して、

「しかしそれは大きな世界を内に築くための重要なる礎石だ」と位置づけ、さらに、「我々は喜んで死のう。新らしい世界を導くために第一に死に赴くものは、インテリゲンツィアの誇りであらねばならない」と宣言するのである。安達少尉は、学徒兵には学徒兵の戦い方があると確信している。「東亜の人々を新らしき道義の世界に導く」ためには、あくまでも美しく戦い、美しく死なねばならぬというのが安達少尉の信念であり、それゆえ少尉はこう記す。

「余はあくまでも戦う――明治維新の自由の志士達の指向した道義そのものに対するひたむきなる情熱を愛するが故に……日本民族の生き方そのものの中に見出される道義へのひたすらなる情熱は、余の心から愛し信ずるところだ。たとい微々たりとも、その中に燃ゆるものは自らの信じる美《うる》わしき、高き世界のための焔《ほのお》なのだ。その故にこそ死をもって殉ずるのだ」

その後、大竹海兵団で訓練の日を送る安達少尉のもとに、ある日、両親が面会に来た。母は心づくしの寿司を差し入れ、父は言葉少なに少尉の身を案じた。このとき少尉は、「生涯の最高の感激を身に受け」たという。そして、心の中で、

「母上、私のために作って下さったこの愛の結晶をたとえ充分いただかなくとも、それ以上の心の糧《かて》をうることができました。父上の沈黙の言葉は、私の心にしっかりと刻みつけられています。これで私は父母とともに戦うことができます。死すとも心の安住の世界を持つことができます」

と叫びつづけた。そして安達少尉はこの日の日記にこう記した。

「戦の場、それはこの美しい感情の試煉の場だ。死はこの美しい愛の世界への復帰を意味するがゆえに、私は死を恐れる必要はない。ただ義務の完遂へ邁進《まいしん》するのみだ」

愛の力は死をも超克《ちょうこく》するとはこういうことである。安達少尉が心に一点の曇りもなく、沖縄海域で特攻に美しく殉じたのは、この面会の日から一年三ヵ月後の昭和二十年四月二十八日であった。

国家ハ空中勤務者ヲ必要トスル故、男子タル俺ハ当然志願シタ。敵ヲ撃滅スルノガ俺ノ任務ダ。国家ガ特攻ヲ必要トスル、俺ハ志願シタ。

陸軍少尉　大塚要

陸軍特別攻撃隊・第四三三振武隊、昭和20年5月25日、沖縄周辺海域にて戦死、23歳

昭和二十年一月二十五日、満州第一五三五四部隊に所属していた大塚少尉は、フィリピン戦線で陸海軍の特攻隊が連日のように大戦果をあげていることを知り、戦闘日誌にこう書き留めた。

「特別攻撃隊ニ志願スルヤ否ヤ、論ヲ待タズ。我ガ身アルハ国アルガ故ナリ。国ナクシテ家ナシ。生アラバ死アリ。特別攻撃隊ニ参加シテ玉砕スルハ、我ニトリ最上ノ死場所ナラム」

二月八日にはつぎのように記している。

「大詔奉戴日《たいしょうほうたいび》ナリ。覚悟ヲ新ニス。立派ニ死ス事ヲ考ヘル等、以テノ外ナリ。死生観等ハ暇ナ人間ノ考ヘルコト、我ハ凡人ナリ。唯命ゼラレルママ、任務ノママニ為スベキ事ヲ為セバヨイノダ。迷フコト更ニ無シ」

軍人は命令一下、ただちに死地へ赴かねばならぬことがある。いわば軍人の命は自分の物であって、かつ自分の物ではない。すべては国家の要求によって決まる。それゆえ三月二十八日、大塚少尉は、

「俺達ハ当リ前ノコトヲ、当リ前ニ実行スレバ宜《よろ》シイ。国家ガ要求スル所ニ飛込メバ宜《よ》イノダ」

として、特攻隊を志願した。沖縄決戦を直前にしたこの時期、国家は出来るかぎり多くの特攻隊員を必要とした。その国家の要求に応えるのが、軍人たる己れの任務であると悟っていた大塚少尉はためらうことなく特攻隊を志願し、その感懐を冒頭にあるように、きわめて簡潔に、

「国家ガ特攻ヲ必要トスル、俺ハ志願シタ」

と日誌に書きつけたのである。少尉は、特攻隊が捨て石であることを知っていた。逆に国家が捨て石を要求しているのなら、誇りをもってその要求に応えるのが、軍人としての己れの崇高な任務であると確信していたのである。それゆえこうも記す。

「世論にまどはず政治にかゝはらず。命《めい》のまま動くのが軍人の本分たるべし」

そして沖縄戦が熾烈の度を加えた五月五日、大塚少尉は飛行団長から出動を命じられ、その日の日誌にこう記した。

「日本男子なるもの、誰もが期してゐることにして斯《か》く別に騒ぐことなし。時機の問題ならずや。その出撃の早きか、又は遅きかによる」

そして大塚少尉は、特攻隊員としての透徹した死生観を明らかにする。

「俺達に生死は問題外なのだ。特攻隊員も、でない軍人も何等《なんら》変る所はない。特攻隊員たる故に特別に扱はれるのは心苦しい次第。軍人は誰でも同じではないか。命令、任務。たゞそれだけだ。死は易し死は帰するなり、死は無なり、己《おのれ》なければ何かあらむ」

こう信念した大塚少尉は捨て石であることに徹するため、

「我々、特攻隊員たる故に、世にあまへてはならぬ。我々は凡人にすぎぬ」

とし、また、

「特攻隊員ときまって、一月を過したり。我に進歩ありしや。人間死ぬまで修養すべきものぞ」

と己れを厳しく律したのである。

そして五月二十四日、翌日出撃との命令が下され、大塚少尉は母宛の遺書の一節に、

「国のお役に立つ、君の御楯《みたて》となる。男子としてこれ以上の光栄がありますでせうか」

と書き留め、

「明日又我が隊で無線による連絡の任務を自分がすることになりました。『我突入す』の最

后の無電を。要はかならずやりますよ」と明言した。捨て石となることは、少尉にとっては無上の光栄以外の何物でもなかったのである。

身ヲ軍籍ニオキ大東亜戦争ニ際会ス。国家危急ノ秋《とき》、一片ノ護国ノ捨石トナルヲ男子一生ノ本懐ト観ズ。

陸軍中尉　佐藤淑雄

陸軍特別攻撃隊・飛行第六〇戦隊、昭和20年5月24日、南西諸島海域にて戦死、22歳

佐藤中尉は昭和十八年十二月に陸軍に入営したときから、

「予ハ、大元帥陛下ニ捧ゲ奉レル身ナルヲ知ル」

という強烈な自覚があった。この自覚は、

「予ハ生ヲ万邦無比ノ皇国ニ禀《う》ケタリ。予ハ茲《ここ》ニ絶大ノ感激ト喜悦トヲ覚エ、且《かつ》予ノ使命ヲ悟ルナリ」

という考えに基づいている。日本に生まれた者が日本を愛す、それは当然のことである。だが真の日本男子であるかどうかは、祖国日本の危急存亡の秋《とき》、天から禀《う》けた一命を祖国のために捨てられるか否かにかかっている。佐藤中尉の場合は、陸軍に入営すると飛行機乗り

を志した。

「昭和十九年二月、自ラ志シテ航空兵科ニ転ズ。余ノ使命ハ空ニ在リ。以来予ハ透徹セル死生観ニ生キ、大空ニ散ラント覚悟セリ。空中勤務者ナレバ、常ニ死生栄辱《えいじょく》ニ恬淡《てんたん》タレトハ常ニ申サル言葉ナリ。余ノ心境未ダコノ境地ニ到達セズ。サレド軈《やが》テ信念トナル日モ近カラン」

航空科というのは他の兵科と違って、訓練期間中から少なからぬ殉職者を出す。死は極めて身近な隣人であって、航空科に配属された者は、殉職者を眼前にすると、誰もが例外なく明日の我が身を思ったという。そのぶん、死生栄辱に恬淡《てんたん》となっても不思議ではない。それゆえ佐藤中尉は、特攻出撃を前に認《したた》めた遺書に、

「余《よ》更ニ功ヲ願ハズ、只皇国軍人トシテ戦場ニ屍ト相果ツルヲ希《ねが》フノミ」

と書き留め、「一片ノ護国ノ捨石トナル」という冒頭の凛烈な文章を記したのである。中尉自身は空中勤務者として生死を超脱した恬淡とした境地には達していないとしているが、「護国ノ捨石」となることを決意した時点で、すでに堅牢なる死生観を確立したと見てよい。死生観の要諦は、死生とはいいながらその実、生を捨てることにあり、生を捨てさえすれば「功ヲ願ハズ」「皇国軍人トシテ戦場ニ屍ト相果ツルヲ希フノミ」とするのも当然なのである。それゆえ佐藤中尉は、

「父母、兄弟姉妹ニ後顧《こうこ》ノ憂《うれい》ナク、総《あら》ユル係累ヲ絶チテ任務ニ死スルヲ無上ノ喜ビトス」

と明言する。これがいわゆる明鏡止水の境地というもので、すべての憂いとすべての係累

を絶ち切れば、あとは己れの任務である特攻に全力を尽くせばよいということになる。しかも中尉の場合は、「護国ノ捨石」になるという不動の信念にその全思想が支えられているため、他の何物にも惑わされることなく心おきなく戦えるという、軍人としてもっとも爽快な位置に己れを置くことができた。男子の本懐とはまさしくこういうことなのである。

我とても、木石《ぼくせき》ならぬ身、愛欲のきづな絶ち難し。されど悠久三千年の国体を磐石《ばんじやく》の泰《やす》きに置かんが為、又は子孫のため捨石となるは数ならぬ身、何の惜しむ事やあらん。

陸軍兵長　宗宮亮平

陸軍特別攻撃隊・飛行第六六戦隊、昭和20年6月6日、沖縄方面海域にて戦死、20歳

鹿児島県の万世基地で特攻待機していた宗宮兵長は、昭和二十年四月十日の日記に、自らを叱咤《しった》するつぎのような文章を残している。

「軍籍に身を置いて今日で恰度《ちょうど》満三年。何時《いつ》任官するのか、此の言葉を聞くたびに身を削られる思《おもい》がする。何も此の俺が悪いわけではない。自分も此の事を承知で少年飛行兵になったのだ。何等そんな事にこだわる必要はないのだ」

そして宗宮兵長は己れの迷妄を烈《はげ》しく叱って、闘志をたぎらせる。

「しっかりしろ馬鹿者、階級が何だ、早く偉くなりたかったら、なぜもう少し勉強をして陸士（陸軍士官学校）でも受けなかったのだ。今更《いまさら》女々しいぞ。私利、私欲から脱却しろ。迷妄を払いのけろ。そうして身分に相応した忠義を尽すのだ。要は実力だ。操縦者である限り腕に物を言はせるのだ。陸軍兵長宗宮亮平は大いに頑張れ！」

そして宗宮兵長は己れの心に整理をつけると、烈々たる闘魂を奔騰させる。

「沖縄の決戦は正《まさ》に最高頂に達せんとしてゐる。この時に立たずんば、汚名を千載に残さん。一切の私事を捨てて大義に生きるのだ。幾多の空海の特攻隊の英魂に対しても、申し訳無いではないか」

「死生命《めい》あり、論ずるに足らずだ。死ぬ者は死に、生きる者は生きるのだ。身を捨ててこそ浮ぶ瀬もあるのだ。国運を賭した此の大決戦に散るのは、男冥利《みょうり》に尽きるとも言ふべきだ」

「日本男子が一私事に拘泥《こうでい》して、散り場所を得ざれば、祖先の位牌《いはい》に対しても、顔向けが出来ない」

「我々が、此の神国を護《まも》らずして一体誰が護るのだ。優柔不断な我が心、須《すべか》らく一切の私情を捨てて、悠久の大義に生きるべし」

そして宗宮兵長は五月三日、正式に特攻を志願し、「得《え》も言はれぬ爽快な気分なり」と記して、さらに、

「祖国の存亡、関頭に立ちて、男子として其の身を処するは、実に難しきものなり」

としつつ、冒頭の「捨石となるは数ならぬ身、何の惜しむ事やあらん」という凜烈なる言《げん》

を記すのである。

そしてその十日後、戦友の特攻散華を宗宮兵長は日記にこう書き留めた。

「共に大志を抱き、天空翔破《しようは》の夢遂に成りて、共に神技を磨く事一年有余、痛恨悲憤遣《や》る方なし。人生僅《わず》か二十年にして永遠の神となる。その壮烈なる最期は春風に散る若桜にも譬《たと》へんか。空中勤務者の最期として最もふさわしかりき。我等が最期もかくあれかしと祈るのみ」

さらに兵長は「齢《よわい》十七歳にして身命を皇国に捧げたる我等」と前置きし、

「常に郷党家門の面目を思ひ行動を律すべし。断乎妄想を断ちて本然の任務に邁進すべし。身を清廉潔白に保ち、若桜の一陣の春風に散るが如き最期を遂げたきものなり」

と書き添えた。

宗宮兵長に出撃命令が下ったのは、六月六日であった。そして兵長は出撃直前、つぎの遺書を認《したた》めた。

「出撃の命《めい》ある。愛機巨弾を抱き待機す。

生還もとより期すべからず。只、任務に生きるのみ。

我が同期の友も、小木、肱岡《ひじおか》、相次いで散華す。我のみ今に到る。

此の期に及び何をか言はん。

祖国、万代の安泰と家郷の繁栄を祈るのみ」

捨て石としての無名の死を、武人至高の誉れと思いきわめた者を、日本真男子という。

何も私がやらなくとも、特攻隊員となる搭乗員は幾《いく》らもあるだらうに、と考へる人もあるかも知れません。だがそう言ふ考へ方は、私の心が許しません。

海軍少尉　小泉宏三

神風特別攻撃隊・第五昭和隊、昭和20年4月29日、沖縄東方海域にて戦死、23歳

特攻隊は志願制であり、自らが望まなければ隊員となることもない。だが意気ある若手のパイロットは望んで特攻隊を志願した。国の大事に殉ずるは、空の戦士である我をおいて他になしという強烈な使命感が、彼らにそうさせたのである。

小泉少尉は、「勝敗の一大神機は正にこの沖縄決戦にある」として、特攻に志願した理由をつぎのように両親宛の手紙で説明している。

「今日本は正に存亡の秋《とき》にあります。米国はその兵力の殆んど大部分を集中して、沖縄に侵攻して来ました。これに対して日本も、その全力を傾けてこの撃滅を期しているのです。そして凡《あら》ゆる点に於て困難な条件の下にこの戦局を打開し、一大攻勢に転ずるには、その方法は唯一つ、特攻に依《よ》る外はなくなったのです」

そして小泉少尉は、特攻に志願することの是非を両親に投げかける。

「この秋に当り、日本を救う道が特攻隊以外になかったとしたら、お父さんやお母さんは如《い》何《か》なる道を執《と》られますか。言ふまでもなく、光栄ある特攻隊員の一員となられて、祖国日本の為に立たれると思ひます。私の選んだ道が即《すなわ》ち之《これ》です」

そこで冒頭の責任感にあふれた言葉となる。確かに自分が志願せずとも、他の誰かが志願することは疑いない。だがそれは己れが戦士であることを否定することになる。戦士が戦いを放棄すればもはや戦士でなくなる。戦いを自ら求めるのが戦士というものであり、敵が強大であればあるほど、戦士の士魂は烈々たるものとなる。真正の戦士とはそういうものである。それゆえ小泉少尉はこうつづける。

「この戦争遂行に一体何万の尊い人命が失はれた事でせう。これら靖国の神々の前にも、そして幾多の困苦を闘ひつゝ生産に敢闘しつゝある人に対しても、絶対かかる私的な考《かんがえ》は許されません。俺がやらなくて誰がやるか、各々がこの気持で居なかったら日本は絶対に負ける、と言って過言ではありません」

戦士にとって必要なのは、気概であり、気迫であり、気合《きあい》である。「俺がやらなくて誰がやるか」という強烈な自負心なしには、戦争などできるものではない。この闘魂こそが十の力を二十にも三十にもする。それゆえ小泉少尉も特攻死を男子の光栄とみて、両親をこう諭す。

「国が敗れて何の忠がありませうか。七生報国の決意を果すべき時は今、正にこの一期に掛《かか》ってゐるのです。お父さん、お母さん、私を失はれる事は悲しいことでせうが、このやうな事情を良くお考えになって下さい。そしてこの決戦の一ツの力に、自分の子がなった光栄に思《おもい》を及ぼして下さい」

戦場に屍をさらすことは、戦士にとっては至上の名誉であり、また無上の光栄である。だが戦士の親にとって、これほどの哀しみはない。そして最終的なところでは相容れないこの親と子の立場の違いからくる葛藤が、特攻隊の悲壮美をいや増しに増していることもいなめぬ事実である。

だが最終的に子は決然として出撃してゆき、親は悲しみに耐えつつ子を送り出し、その武勲を祈った。かなわぬことであっても、親は子の無事を願い、子は親の幸福を願い、それぞれが悲愁に耐え、孤独に耐えた。国家の命運を賭けて敢行された特攻が日本民族の一大叙事詩といわれるのもそのためである。

日本に如何《いか》なる危難襲ふとも、必ずや護国の鬼として大日本帝国の楯とならん。身は大東亜の防波堤の一個の石として南海に消ゆるとも、魂は永久に留《とど》まりて、故郷の山河を、同胞を守らむ。

海軍一等飛行兵曹　川尻勉

回天特別攻撃隊・多聞隊、昭和20年7月24日、比島東方海域にて戦死、18歳

昭和二十年七月十四日、回天特別攻撃隊多聞隊は瀬戸内の大津島を出撃し、同月二十四日、ルソン島の東方約四百五十キロの地点に達した。そしてその日午後二時、母潜伊五三の大場佐一艦長は「回天戦用意！」を発令した。数隻の駆逐艦に護衛された油槽船と商船七隻からなる船団を発見したためである。ほどなく川尻一飛曹を含めて四基の回天が母潜を発進していった。

この回天戦では米駆逐艦アンダーヒルの撃沈を確認、その後伊五三は敵の爆雷攻撃の回避運動に入ったため、正確に確認はできなかったが、爆雷の破烈音以外に数度、爆発音を聞いている。おそらく回天の戦果と思われる。そして当然のことながら、四人の回天搭乗員は生還しなかった。

川尻一飛曹は出撃に際して、「父上様、御一同様」と宛名書きした、つぎの遺書を残している。

「勉この度、幸いにも日本男子として誉《ほまれ》とすべき死所を得、醜艦轟沈せんと張切り居り候。昭和の聖代に生を享《う》けてより十八年、志を大空に樹《た》て、大空の雲を我《わが》墓標とせむとせしも、新兵器搭乗員として神潮特攻隊の一員となり、一途に体当りへと邁進し来り候」

ここにいう神潮特攻隊とは、航空機特攻の神風にならった回天特攻隊のことで、回天の搭乗員の大多数は飛行予科練習生出身の飛行兵曹と、予備学生出身の若い士官であり、川尻一飛曹は予科練出身であった。

そして川尻一飛曹は、回天特攻に対する壮烈な決意をこう語る。

「心はやれども機到らず、今日まで腕を撫《ぶ》して生き長らへしも、ここに好機至りて出撃出来る身となり申し候。日本男子としてこれ以上の幸福、喜《よろこび》これなきものと存じ居り候。父上の子として、川尻家の長男として恥じざる最後を為さんと心掛け居り候へば、何卒《なにとぞ》御安心下され度《たく》候」

日本男子として恥じざる最期を遂げんと誓った川尻一飛曹は、そこで烈々たる武魂を発揚する。

「若冠《ママ》十八歳の身をもって、一人二千殺の出来得る身をお喜び下され度《たく》候」

「一人二千殺」とはなんと壮烈な覚悟であることか。昭和初期の血盟団のスローガンが「一人一殺」、硫黄島の守備兵のスローガンが「一人十殺」であったことに比べて、回天にかける川尻一飛曹の期待の大きさがうかがえよう。

そして一飛曹は冒頭の言葉にあるように、己れを「大東亜の防波堤の一個の石」として位置づけ、「大日本帝国の楯とならん」と決意するのである。この捨て石の精神こそ、特攻隊の若き勇士たちの赤心を象徴するものであり、特攻隊の名を世界の精神史に鮮烈に刻みつけた最大の理由である。

この捨て石の精神には、自己犠牲などという言葉では決して表現し得ない、深い情念がこめられている。古語に「身を殺して仁を為す」とあるが、捨て石の精神はそれよりはるかに高邁《こうまい》な思想がこめられており、特攻隊の名を世界の精神史に不朽のものとしたのも、まさにその故《ゆえ》なのである。

この大東亜戦の勝負は、喜久男の双肩に在るを自覚し、今後ますます砕身、一死君恩に報ひる覚悟です。予科練は国の柱になります。

海軍一等飛行兵曹　鈴木喜久男

神風特別攻撃隊・第一〇銀河隊、昭和20年5月25日、沖縄方面海域にて戦死、18歳

わが命をもって故国を醜敵から守らんという裂帛の気合《きあい》なくして、特攻攻撃などできるものではない。多くの特攻隊員は、その要員に命じられたとき、例外なく一死を決し、自らを死士と思いきわめた。死士ならばもはや死を恐れる必要もないからである。

古来、「男子よろしく硝煙弾雨の中に死すべし」といわれている。まして軍人なら戦場で敵と刺し違えて死ぬことこそ本望である。鈴木一飛曹も大東亜戦争の勝敗は自分の双肩にかかっていると自覚していた。その気概や壮とすべきであろう。孟子のいう「自ら省みて縮《なお》くんば、千万人と雖《いえど》も我ゆかん」という気概である。

そして鈴木一飛曹は、自らを予科練の代表にもたとえ、「予科練は国の柱になります」と断言する。思えば特攻隊の若者たちは、その各々《おのおの》が国家を代表する戦士として自らを規定して、敢然と敵機動部隊に突入していったわけである。捨て石としてこれほど誇りある死に方はない。

また同じ神風特別攻撃隊第二八幡護皇隊の長谷川伊助二飛曹（十九歳）は遺書に、

「敵、我本土に迫る。我等のなす処大なり。進んで皇国の礎とならん」

と明言している。このわが身を捨てて御国《みくに》を守らんとする捨て石の精神こそが、特攻隊の若者たちの精神のたたずまいというものを一段と美しくした。戦争を抒情するとはこういうことである。


また神風特別攻撃隊神雷桜花隊の亀田尚吉二飛曹（十八歳）は、こういう至言を吐いている。

「人ハ何時《いつ》カハ死ス。死ヌベキ時ニ、人タルノ値、生ズルナリ」

男子の真価は危地に立ったときに初めて明らかになるとされているが、自分以外の何ものかのために潔く死ねるかどうかで男子の価値は決まるということである。その何ものかが、国家でもよいし、故郷でもよいし、あるいは肉親でも恋人でもよい。そういう何ものかのために死してこそ、日本男子と生まれた甲斐があり、また死に甲斐もある。


特攻隊の若者たちはまさにこの死に甲斐の実践者であり、捨て石としてこれほど美しいものはない。古来、武士は起《た》つべきときに起ち、死ぬべきときに死ぬ、といわれ、また死処を得ることこそ武士の本望、といわれてきたが、特攻隊の若者たちは現代の武士として、美事にその本望を果たしたことになる。

私もあと二十日で大尉に進級するのではありますが、死んで中佐にならうと、少佐にならうと、階級はどうでもよろしい。大義の道にかわりなく敢《あえ》て進級を望みません。

海軍中尉　中西達二

神風特別攻撃隊・常盤忠華隊、昭和20年4月12日、南西諸島海域にて戦死、22歳

平時であるならば、軍隊に入って出世の道を歩むのも許されぬことではない。だが戦時ともなれば、話はまったく変わってくる。最前線で多くの将兵が非命に斃《たお》れているとき、身の安全を図って、立身出世を願うなど、男子のなすべきことではない。

軍人にとっては戦場こそが唯一の晴れ舞台であると同時に、最高の死処である。戦野に屍をさらすことをもって至高の名誉と思わねば真正の軍人とはいえない。軍人の使命とは戦いに勝つことであり、軍人の宿命とは戦いに死ぬことである。それゆえ中西中尉のいうように、真正の軍人にとっては、「階級はどうでもよろしい」ということになる。軍人にとって、戦争は階級でするものではなく、強靱な精神と肉体とをもって行なうものであり、あくまでも日本軍人らしく美しく戦うためには、何よりも烈しい闘魂と揺るぎない信念、それに武士道に則《のっと》った凜烈な美学が要求されるのである。

海軍兵学校出身の中西中尉は、この闘魂と信念と美学を堅持して、特攻出撃の前日、両親宛の遺書に特攻隊員となった感概をつぎのように記している。

「大日本帝国の危機愈々《いよいよ》到来しました。この時に当り、私は出撃を望み、選ばれて特攻隊員となりました。私の宿願ここに達せられ、無上の光栄に思って居ます。『南西諸島の戦闘は、我が国の存亡にかかはる戦ひであるが、全力をあげてその目的を達成せよ』とのお言葉をいただきました。連合艦隊長官は彼《か》のZ《ゼット》旗をあげられました。この時、体当り部隊の一指揮官として出撃する私の本懐、これに過ぐるものはありません」

しかしそれでも中西中尉は、

「体当りするときに、寸前どんな気持になるかが気にかかります」

とし、

「迷わぬために歌でもうたって体当りしてやらうと思っています」

と記している。古来、武士の心懐はいかに逆境にあろうとも爽快でなければならぬとされているが、中西中尉は莞爾《かんじ》として出撃することを念願し、こう記している。

「先日、多数の同期生と教へ子のものが第一陣をうけたまわって、特攻隊として出てゆき大戦果をあげましたが、皆んなニッコリと笑って元気に私に挨拶して出てゆきました。今度は私がニッコリ笑って元気に出てゆく番です」

そして中西中尉は、死の恐怖を笑いとばすように、痛快にこう記す。

「私達三人（愛機は三人乗りの艦上攻撃機）がドカンとやれば、何千人かの米軍が道づれに地獄まで来てくれるかと思へば、実に愉快です。人生にこれほど胸のすくことはないですよ。明日の出発はよくよく考えてみると、実に楽しい気がします。こんなに嬉しく出てゆける私は又幸福者と思ひます」

死ぬとわかった戦《いくさ》にも喜々として出陣してゆく。捨て石の精神の見事さはここにあり、これこそ日本武士道の精華というべきものなのである。

あまりにもオンボロの飛行機で途中不時着するかもしれない。たとえ成果が上がらなくても、国の為にこの命を捧げる気持は同じだから、なげかないように。

陸軍少尉　小川真一

陸軍特別攻撃隊・扶揺隊、昭和20年3月29日、沖縄・渡嘉敷島北方にて戦死、23歳

大東亜戦争中の日本軍についてまわった悲劇は、どの戦場でもつねに物資、弾薬、食糧が不足していたことである。国内では食糧は十分とはいえないまでもある程度は確保されていたが、物資、燃料の不足ははなはだしかった。飛行機でいえば燃料不足のため搭乗員の訓練が満足に出来ず、飛行時間が百時間未満という練度不足の搭乗員までが特攻に参加していた。

その上、飛行機も部品の調達が満足に行なわれず、戦争末期には欠陥品のような飛行機まで が特攻に使用され、搭乗員を大いに悩ませた。だが搭乗員たちは、整備兵たちのつらい立場を誰よりもよく知っていたため、泣きごとも恨みごともいわず、そのオンボロ飛行機に乗

って、勇躍沖縄に向けて出撃して征った。その心映えの清《すが》しさに、出撃を見送った整備兵たちは、こみあげる涙を抑えることができなかったという。

　冒頭の言葉は、陸軍特別攻撃隊の小川少尉が、出撃二週間ほど前に別離の挨拶にと帰省したとき、姉の智恵子《し》に語った言葉である。日本軍はこのようなオンボロ飛行機をもって、鉄壁の防空体制を布いた米機動部隊に突入していったのであるから、その勇気と度胸は絶賛に値しよう。整備不良の飛行機だからといって特攻を拒否する者は一人もおらず、逆にたいした故障でなければ、是非ともそれで出撃させてくれという搭乗員がほとんどであった。

　彼らは自分が国家の捨て石であることを知っていたし、捨て石となって黙々と任務を完遂することを大いなる誇りと思っていた。そしてどうせ敵艦に突入して肉体とともに粉々に砕け散るのなら、新型で高性能の飛行機を使うなど勿体《もったい》ないと思っていた。己れを捨てたこの心根《こころね》の清《すが》しさに感動しない者はおるまい。

　昭和二十年三月二十八日、小川少尉以下八名の特攻隊員が出撃した。これが知覧から出撃した初めての特攻隊であった。そのため、知覧の町長をはじめ、国民学校や知覧高等女学校の生徒たちが全員飛行場に集まり、特攻隊の出撃を盛大に見送った。

　ところが出撃八機のうち、三機が故障のため基地に帰投するはめになってしまった。小川少尉も帰投組の一人であった。

　小川少尉は帰投するとすぐさま基地司令に翌日の出撃を申告した。この日の朝まで同じ釜の飯を喰った戦友が特攻散華したのに、一人だけおめおめと生き残ることはできない。捨て石には捨て石の意地があり、その意地を貫いてこそ日本男子である。小川少尉はこの朝、出撃命令を受けると、遺書を認《したた》め、その末尾をつぎの一節で締めた。

「気持益々冷静、平常心でやれさうです。家門の名誉之《こ》の上なし。最後に扶揺《ふよう》隊の歌をやりながら、全機、元気出発します。さようなら」

全機が元気で出発したなら、全機が見事に死なければならない。結局、小川少尉の申告は許可され、少尉は翌日未明に出撃、戦死公報によれば、同日午前五時五十一分、沖縄・渡嘉敷島北方海域の米艦に見事に突入、散華したという。死花も花なら咲かせ得だというが、小川少尉は捨て石として、見事に一花咲かせたことになる。

桜花のごとく潔く――桜咲く日本は、あまりに美しい祖国なり

世は春なり。時が時なれば、わが世の春を歌うであろう。桜咲く日本は、あまりにも美しい祖国なり。

海軍少尉 諸井国弘
神風特別攻撃隊・第五筑波隊、昭和20年5月11日、南西諸島海域にて戦死、23歳

特攻がもっとも頻繁に行なわれたのは、昭和二十年の三月から四月にかけての桜の季節である。それゆえ特攻隊には散る桜が重なり、その壮烈な最期を切なく悲しく、また美しく抒情する。特攻が真夏に行なわれていたなら、これほど哀切な詩情は湧かなかったであろう。

昭和二十年三月十四日、筑波航空隊にいた諸井少尉は、

「死という最も厳粛な事実が日一日と迫って来る今日、何を言い、何を考えよう」

として、日記につぎのように書き付けた。

「今日、母より葉書を頂く。忘れよう忘れようとして、なかなか忘れられない家のこと、このなつかしいわが家も、国家あってのわが家。国家なくして何のわが家ぞ。今正《まさ》に国家危急存亡の秋《とき》、この祖国を護るのは誰か。我々をおいて他に誰があろう」

多くの特攻隊員にとって、国家とは、すなわち故郷の美しい山河であり、そこに住むいとしい人々であった。国家が単なる法理論上のものであり、建て前上のものであったなら、あれほど多くの若者たちが国家を守るために、自ら進んで敵艦に肉弾突撃するはずがない。

当時、彼らは、死ぬための猛訓練を重ねながら、夜になると寝床の上で、懐かしい故郷を思い、家族を思った。たとえば、諸井少尉はその点を三月二十五日の日記につぎのように記している。

「追憶ほど楽しきことはない。我々の現在に美しきものは、心を楽しくするは、追憶の他なし。しかし、未練がましき追憶ではない。自分の心を清く正しくするのも、これである」

追憶は美しい。時は春である。筑波航空隊の庭にも、満開の桜が咲いていたが、諸井少尉の心は故郷奈良の春に飛んでいた。その追憶の中の桜は、現実の桜より幾層倍も美しかったに違いない。しかも追憶というものは不思議なもので、追憶する人間の魂が単に故郷に飛ぶばかりでなく、時空の壁をも飛び越し、

いにしへの奈良の都は咲く花の匂ふがごとく今さかりなり

という歌まで思い出してしまうのである。そこで諸井少尉は、「桜咲く日本は、あまりに

も美しい祖国也」と記したのである。

しかも現在、この美しい日本を蹂躙《じゅうりん》しようとしている敵がいる。青年の純粋な心は、こういう暴虐な敵の存在を決して許さず、自分の手でその敵を撃攘《げきじょう》しようという強烈な意志が働く。特攻隊を志願する若者があとを断たないのはそのためであり、まさしく桜の追憶は、「自分の心を清く正しくする」と同時に、祖国の清らかさや正しさを汚さんとする者に対しては、その撃攘を強力に志向してやまないのである。

いざ出撃だ！　この地、今既に春、桜花咲き乱れ、吾等の突撃を祝《しゅく》すが如し。吾れも又今日に咲き、桜花の如く大君の為散らんとす。

海軍中尉　熊倉高敬《たかよし》

神風特別攻撃隊・第二筑波隊、昭和20年4月14日、南西諸島海域にて戦死、24歳

生物の本能というものは当然のことながら生きるということを前提としている。ところが特攻の場合は絶対的な死を前提とするから、いざ出撃ともなれば、よほど牢固たる死生観を持った者でなければ、心乱れるものである。もちろん心乱れたからといって、出撃を中止するわけにはゆかないから、特攻隊員は各自それぞれの方法をもって、心を落ち着かせることになる。熊倉中尉の場合はつぎのような方法をとった。

「十時、ちょっとの間をみて最後の手紙を走り書きし、八重桜の花を二つ三つ封入して荷を整備す。もう何も思ひ残すことはない。数刻後には見事体当りしていくのである。遺書でもないが、ちょっと書いただけで気が落ち着いてきた」

手紙に八重桜の花びらを二つ三つ封入するという粋な行為自体、熊倉中尉の落ち着きを示しているといえよう。さらにこれを記した熊倉中尉の陣中日誌には、その日の特攻隊が出撃するまでの一連の段取りがつぎのように記されている。

――十一時、昼食、直ちに飛行場指揮所に集合。白、赤、黄、紫、青、いろいろのマフラーで各自の区隊の団結を示し、若武者は集《つど》ふ。日の丸の鉢巻を飛行帽の上にして背に流す。昔の白虎隊のごとき感じ。

――十二時、十航長官命名式。

――一時、第一区隊、沖縄を目指して、二五番（二五〇キロ爆弾）を翼下に下げ、砂塵を上げスタート。千何百隻かの輸送船、巡洋艦、戦艦、駆逐艦、全部海底のもくずと化さんと出撃す。ああ。

ところがこの日、熊倉中尉は搭乗機が離陸直前になって故障したため、出撃できなかった。

「ああ、なんたることであらふ。後《おく》れをとった！」

特攻隊員にとってこれほどの無念はない。自分のせいではなくとも、出撃できなければ戦友に後れをとった卑怯者の恥しらずと己れを卑下してしまうのである。熊倉中尉は、

「落すまいとしても落つる涙をどうすることもできず、残念なり！」

として、その夜のつらさを、陣中日誌につぎのように書き付けている。

「諦めても眠れるものではない。食事もいらぬ。くやしさで一杯である。長官の言葉など全然耳に入らぬ。分隊長の言葉もだめである。この気持は解るまい。ああ俺はどうして運が悪いのか」

出撃がのびれば、それだけ長く生きられるのだからよいではないかと思う者もいようが、そういう考えは、美しさに欠ける。特攻隊員にとって、特攻とはあくまでも美でなければならず、その悲壮美に己れの身を投入することで、そこに哀切な詩情が生まれるのである。そこで熊倉中尉は夢想する。

「今頃は皆、沖縄海面を紅《くれない》の海と化して、浮かべるものを沈め、飛ぶものをたたき落して、笑ひながら俺の行くのをあの世で待っていることであらふ。時計を見ては、最後の編隊も突入した頃だと思ふ。今頃沖縄付近の空は、真ッ赤に色づいた火の海と化して居ることであらふ」

敵艦から射ち上げてくる激烈な対空砲火の炸裂が真紅《しんく》なら、炎上しつつ真一文字に敵艦に突入していく特攻機も真紅であり、戦場は花吹雪にも似た真紅の乱舞となる。壮烈を通りこして、凄絶というにふさわしい光景であり、特攻隊員の誰もがこの真紅の戦場で心ゆくまで戦い、美しく散華することを望んだ。これほど男のロマンを呼び起こす凛烈な詩情はあるまい。真紅に染まった特攻機はまさに散る桜以外の何ものでもなかったのである。

ほどなく熊倉中尉の再出撃が決まった。その出撃直前に中尉が綴ったのが、「吾れも又今

日に咲き、桜花の如く大君の為に散らん」という赤心《せきしん》を披瀝《ひれき》した冒頭の遺書なのである。そして熊倉中尉はこの出撃を、

「男子の本懐これに過ぐるものなし。全力を尽くし神州護持の任を完遂せん事を期す」

とし、つづけて、

「生前の御世話を深謝すると共に、父母上様始め皆々様の御健闘を祈って筆を置く」

としてこの遺書の末尾を結んだ。

咲く桜の華やかさよりも、散る桜の清《すが》しさに涙してこそ、滅びの美学の象徴ともいえる特攻美の実相に一歩近づくことができるのである。

散る桜　のこる桜も　散る桜
未だこういう大悟の境地をしかと把握してはいませんけれど、これはほんとうに真理だと思います。

海軍少尉　真鍋信次郎
神風特別攻撃隊・隊名不明、昭和20年5月25日、南西諸島海域にて戦死、22歳

桜の散り際を見ると、昔のサムライの見事な死にざまを心に描くのが日本男子の心情というものである。およそ桜の散りざまに己れの死にざまを重ね見るという壮烈な物の見方をす

るのは、世界広しといえども日本人だけであり、これが日本男子の美学の根本となって、死を視《み》ること帰《き》するが如しという凜烈な境地もここから生まれたわけである。

桜の散り際は潔く、美しい。古来、男子の死にざまはかくあれかしという思いが、「花は散り際、武士は死に際」という言葉に託されたのである。そしてこの武士の死生観は、たくまず現代の武士である軍人に受け継がれ、いわゆる軍人美を形成する一つの要素ともなった。それゆえ軍人に好まれる句は、冒頭の、

散る桜　のこる桜も　散る桜

や、さらに凜烈な、

風吹かば　かねて覚悟の桜かな

といった死をイメージする句となる。たとえば真鍋少尉はつぎのような句をあげている。

散る時が　浮ぶ時なり　蓮《はす》の花

散るとはすなわち死であり、かつまた死とはすなわち美であるとするのが、武士道美の根幹であり、そして死を美と感得することにより、武士道独特の堅牢な死生観が生まれるのである。

真鍋少尉の死生観もきわめて牢固たるものであった。

「およそ生をうけたものはすべて死すべき運命をもって生れてきております。必ず死ななければならないんです」

昔から、さむらいとは死ぬる日に向かって生きる者とされ、武士の命はいつ果てようとも

潔いものでなければならぬとされている。自分の命にかかずらわっている男にろくな奴はいないというのが、武士の世界での絶対命題である。

それゆえ武士にとっては、死ぬこと自体は問題ではない。問題はどう死ぬかだけであり、世に恥じぬ死に方をするのが武士の窮極のつとめともいえる。武士は死ぬべきときに死せざれば、返って辱《はずかし》めを受ける。それゆえ死ぬべきとき、すなわち死処を得ることこそが武士の本望となる。真鍋少尉はそれをつぎのように述べている。

「だから死すべき好機を発見して死ぬことができたならば、大いに意義のある人生を過ごしえたことになると思います」

古来、武士たる者は起つべきときに起ち、死ぬべきときに死なねばならぬとされているが、この起つべきときと死ぬべきときを正確に見極めて、その時がきたなら、ためらうことなく起ち、潔く死ぬことができる者こそが真武士と呼ばれ、真男子として称えられるのである。

そして武士道に則ったこのように潔い死は永遠の生につながるというのが武士道における死生一如の思想であり、それを真鍋少尉は軍人用に換骨奪胎して、つぎのように述べている。

「御国のために死ぬということは、天地《あめつち》と共に窮《きわま》りなき皇国日本と、とこしえに生きることであると思います」

ここに死生一如の思想は忠孝一如の思想とも重なって、日本男子の思念と行動を律する凛烈な原理となり、それを象徴するのが桜花なのである。それゆえ真鍋少尉は日本男子を規定してこう述べる。

「散るべき時にはにっこりと散る。だが生きねばならぬ時には石にかじりついても生きぬく、これがほんとうの日本男子だと思います」

このように厳しく己れを律する者は、その存在自体が疑いなく「美」であり、かつまた「詩」なのである。

山口にも既に桜が咲いていると思ひます。明日散る桜が私だと思って下さい。

海軍中尉　中西達二

神風特別攻撃隊・常盤忠華隊、昭和20年4月12日、南西諸島海域にて戦死、22歳

中西中尉は昭和二十年四月十二日に出撃して特攻散華したが、その前日、遺書ともなる手記を認《したた》めた。その中に出くるのが右の一節であるが、中尉はよほど桜を愛したらしく、この文につづけて、つぎのように記している。

「私はかつて『忠花』という名前をつけました。忠花があす散るのです。或《あるい》は未だ開かずに散るかもしれませんが、私の隊は出来れば『忠花隊』と名づけたいと思っています」

忠花はすなわち忠華で、中西中尉の指揮する特攻隊には、「常盤忠華隊」という名がつけられた。桜の花の散り際の美しさ、潔さにならおうとしたのである。そして中尉は、この遺

書につぎのように記している。

「父上、母上、泣いて下さい。いくら泣いてもよろしい。泣いて私を弔《とむら》って下さい。しかし父上、母上、私の本懐を察して下さい。……現在の私には何等《なんら》心残りはありません。唯《ただ》父上母上に対する不孝と不忠、父上母上の悲しみが気にかかります。父上にも母上にも、私の死は最大の悲しみだらうと思ひます。悲しんで戴ければ、私も安心して出てゆける思ひがします」

ところがここで中西中尉は「がしかし」と入れてこうつづけた。

「私は決して死にません。悠久の大義の道にいつまでも歩を進めています。そうして必ず皈《かえ》って来ます。あの靖国神社に、あの護国神社に、又父上母上の枕元に」

そして冒頭の「山口にも既に桜が咲いていると思ひます」という文章につづくのである。中西中尉にとって、桜は故郷の想い出を象徴するものであった。出撃の前日にもかかわらず、桜に関する文章を書いた中尉は懐かしい故郷山口の郷愁にふけることができた。

「山口のあの山、この川、あの道、この道、今眼前に次々と映じて来ます。先日こちら（鹿屋）に来る際、山口の上空を旋回して、皆んなにお別れしようと思っていましたが、エンジンが少し悪くなったので宇佐に下《お》りて修理したため、時間がなくなって山口まで行けなかったのが残念です。しかし大島郡は眼下に見て、方便山ははるか彼方《かなた》に見、たしかに機上で皆にお別れした気でいます」

おそらくその時、機上から見た古里は桜の花が満開だったのであろう。中西中尉は機上からその下に住む愛しい家族全員に別れの言葉を述べ、春爛漫《らんまん》と咲く桜の花を目に焼きつけて古里上空を跡にしたに違いない。

明日をも知れぬ特攻隊員である中西中尉にとって、桜の花は死にゆく己れと生き残る家族を結ぶ、美しく哀しいただ一つのよすがだったのである。

同封の桜花、母上の真心こもるものだけに、心より嬉しく思いました。私もこの桜花のごとくありたいとは、学生時代より常日頃思っていただけに、今、家の庭の桜花を手にし、感慨一入《ひとしお》なるものがあります。

海軍少尉　土屋治

神風特別攻撃隊・第二六金剛隊、昭和20年1月9日、比島周辺海域にて戦死、22歳

桜の花の散り際の美しさに心を奪われぬ日本男子はいないし、まして特攻隊員ならなおさらである。桜のように美しく咲き、潔く散る。それはあたかも軍人の行動原理そのもののようである。軍人は存分に戦い、立派に死ぬのが本懐であり、軍人であるなら誰もがそのような本懐を遂げたいと熱望している。土屋少尉もその種のいかにも軍人らしい軍人の一人であり、愛吟する和歌も、憤死した幕末の志士・佐久良東雄の、

ことしあらばわが大君のおほみため

人もかくこそ散るべかりけれ

であり、花のうちでは、

「なんといってもいいのは桜花であります」

ということを口癖としていた。そして前線に送られてきた母の手紙に同封された桜花を見て、感動した心模様を綴ったのが冒頭の文章である。これは桜を贈ってくれた母に宛てたお礼の手紙の一節であるが、この手紙の中にはつぎのような凜烈な文章も見える。

「文二兄さんの入隊による母上のお喜び、さぞたいへんなものだったことと思います。兄弟四人、皇国に生を享《う》けし感激に応え奉るべく、大いに奮闘いたす日もさほど遠くないことなれば、私はこの日をただただ楽しみにいたしております」

土屋家の男兄弟四人は、みな軍人になったということである。それを喜びとするところに、土屋家の凜烈な家風が察せられる。

当時、軍人は階級の上下に関わりなく、すべての国民に敬愛された。それは彼らが身をもって、国家と国民を守る最重要な任務を遂行していることを、国民の誰もがよく知っていたからである。兄弟四人が軍人だからといって、その家を軍国主義の象徴などというたわ言《ごと》をいう腰抜けは、当時の日本人には一人としていなかった。軍人を敬愛する国民の家族や親類にも軍人の一人や二人は必ずいたから、一死殉国の軍人の凜烈な覚悟を皮膚感覚として知っていたためである。

そして軍人であるかぎり、いかなる行動をとるにせよ、つねに死を前提としなければならず、土屋少尉も母宛のこの手紙でつぎのように言い切っている。

「今度家族一堂に会す日は、いつのことでありますやら、兄弟四人美酒酌み交すことも、もはやないと思います。しかし私達は常に偉大なる父上、母上の心の中に生きているのですから、今さらなんの未練もありません」

この思い切りのよさが桜花にたとえられ、すべからく真正の軍人は、桜花のごとき潔さを、その行動原理の根本としたのである。

いざさらば、われは栄《はえ》ある山桜、母の御《み》もとに帰り咲かなん。

海軍中尉　緒方襄

神風特別攻撃隊・神雷桜花隊、昭和20年3月21日、沖縄周辺海域にて戦死、23歳

神雷桜花隊は特攻隊の中でももっとも壮烈な兵器・人間爆弾「桜花」をもって、敵艦に激突することを使命とする。祖国防衛に対する不動の信念と火を吐くような烈々たる闘魂がなければ、このような兵器を操《あやつ》れるものではない。いわば「桜花」はその名のように、美しく散ることのみを要求する非情の兵器である。

しかしその搭乗員である緒方中尉は、つねに静けさをたたえた武人で、和歌や詩をたしなみ、桜をこよなく愛した。たとえば中尉はつぎのような澄明な詩を詠《よ》んでいる。

懐しの町　懐しの人
今吾れすべてを捨てて
国家の安危に赴《おもむ》かんとす
悠久の大義に生きんとし
今吾ここに突撃を開始す
魂魄国に帰り
身は桜花のごとく散らんも
悠久に護国の鬼と化さん

いざさらば
われは栄《はえ》ある山桜
母の御もとに帰り咲かなん

この詩を詠んだあと、緒方中尉は書簡をもって母三和代に特攻志願の決意を伝えた。すると母は取るものも取りあえず、自宅のある熊本から中尉が赴任している鹿屋基地に急いだ。そしてその夜、母は鹿屋に一泊し、今生の別れとなるであろう中尉と楽しくも哀しいときを過ごした。その時に母が詠んだのがつぎの和歌である。

うつし世のみじかきえにしの母と子が今宵一夜を語りあかしぬ

そして翌朝、中尉はさりげなく母の鞄《かばん》に辞世を認《したた》めた紙片を入れた。その辞世は、右の詩の末尾の三行に手を加えたものであった。

いざさらば我は御国《みくに》の山桜　母の身元にかへり咲かなん

特攻兵器桜花で敵艦に激突してこの身は砕け散るとも、魂魄は母の身元へ帰り、そこでまた花と咲きましょうという意味である。

そして熊本の自宅へもどった母は、鞄の中から中尉の辞世が認められた紙片を見つけて、つぎの歌を詠んだ。

散る花のいさぎよきをばめでつゝも母のこゝろはかなしかりけり

この歌に説明はいるまい。実は母三和代は前年、すなわち昭和十九年十二月二十五日に、フィリピン・ミンドロ島で中尉の兄徹を亡くしている。そして今また中尉をも亡くそうとしているのである。いかに軍人の母とはいえ、その悲しみを抑え切れるものではなく、右の哀切な和歌となったのである。

そして昭和二十年三月二十一日、緒方中尉の所属する神雷桜花隊の出撃の日がやってくる。出撃三十分前、中尉は戦闘服のポケットから海軍手帳を取り出し、鉛筆で和歌を走り書きした。

清《す》がすがし花の盛りにさきがけて玉と砕けむ丈夫《ますらお》我は

緒方少尉はかねてよりの信念を最後の最後まで堅持し、桜花のように潔く、また美しく散った。特攻のこの哀切な詩情に心動かさぬ者は人ではない。

この桜程美しい桜を私は未だみた事がありません。きっとこれも見る者

の心のせいでせう。

海軍少尉　須賀芳宗

神風特別攻撃隊・第一正気隊、昭和20年4月28日、南西諸島海域にて戦死、24歳

特攻隊員は桜の花には特別の思い入れがある。華やかに咲いて、その絶頂で潔く散る桜、そこに特攻隊の若者たちは特攻美ともいうべき、清冽な美を見ていた。しかも彼らが見る桜には、単にその花ばかりでなく、桜と重なった家族との懐かしく楽しい想い出が秘められているのである。須賀少尉の場合は、家族との面会の後にこの手紙を綴ったため、桜の印象が一層美しくなったのであろう。そして須賀少尉は冒頭の文章を綴った後、さらにこう記している。

「皆さんの去った隊内にこの綺麗な桜に囲まれていさゝか感傷に溺れました。それは決して淋しい物悲しいホームシックでない事は断言できます」

そもそも「花は桜木、人は武士」とあるように、武士道と結びついた桜は、決してたおやかなばかりの花ではない。桜の名所・吉野山が「歌書よりも軍書に悲し吉野山」とあるように、桜花は滅びの美学と結びつくことによって、実に潔い悲壮美の象徴ともなったのである。

特攻隊員が愛した桜花は、当然のことながら、滅びゆく南朝に誠忠の限りを尽くした武士たちの男のロマンと悲壮美を象徴する桜であり、須賀少尉はそれを「淋しい物悲しいホーム

シック」ではないと断言したのである。そして少尉は、桜の感傷に託して、家族への尽きせぬ想いをこう綴った。

「恵まれた両親にかこまれて温《あたたか》い家庭に幸福に溢《あふ》れて育った小生が、学生時代から愛し続けたあの飛行機で勇躍征途にのぼる、実に恵まれた生涯であったと痛感したのです」

須賀少尉には、自分をこのように育ててくれたのは、両親と家族、そして日本という国家であるという思いがことのほか強い。その親の恩、家族の恩、国の恩に報いるためにも特攻隊員として選ばれたことを、大いなる誇りに思うのである。

「今、日本を守る最後の切札として出陣するに当って、日本人として又御両親の伜《せがれ》として、誰よりも誇りと喜びとを以《も》って出撃出来る事は、私の最高の勝利であると微笑《ほほえ》んでゐます。これから敵を目前に見るまで尚《なお》、高き境地を得るのが今の私の大仕事です」

ここにいう「高き境地」とは、散る桜花のように気高く潔い澄明な精神を堅持することであり、そういう清浄な心の保有者にして初めて特攻は成功すると須賀少尉は確信するのである。

少尉が家族宛のこの手紙を書いたのは、昭和二十年四月十三日に百里原《ひゃくりがはら》航空隊で家族と面会した直後であったが、少尉はその後ふたたび家族と面会できるという幸運を得た。四月十八日のことである。少尉はその二日後に鹿児島の串良《くしら》特攻基地に向かうように命令されており、そのための特別休暇が与えられて、家族との再会が可能となったのである。特攻基地へ配属となれば、もはや生還は期し得ない。

この日、外出が許されて帰宅した少尉を母は精一杯にもてなした。そしていよいよ別れの時、母は、

「目的のところまでは無事でね」

といった。目的のところとはこの場合、串良基地であり、そこまでは無事に行ってくれとしか、母はいえなかった。その先の最終的な目的のところとは、沖縄周辺の敵機動部隊であり、「無事」であるはずがなかったからである。

須賀少尉は、家族とのこの最後の面会の日からちょうど十日目の四月二十八日、串良より出撃して、南西諸島海域で特攻散華した。二十四歳であった。

戦後、母は人から、「息子さんのこと、思い出されるでしょう」と尋ねられると、決まって、

「思い出すというのではなくて、一時《ひととき》も忘れられないんですよ」

と答えるのをつねとした。悲しみというものは時が解決してくれるというが、息子を若くして亡くした母の悲しみは生涯消えることはない。この母にとって桜の想い出は、二十四歳で時間が止まった息子の若々しい面影と重なって、この世のものとは思えぬほど美しく、かつ哀しい想い出となった。

第二章　人を恋うる詩

忘れ得ぬ人へ――もう一度お会いしたかった

あの大空の彼方か、大海原の底か、最後の一瞬には必ず彼女の笑顔を脳裏に画《えが》くであろう。君の愛を想うとき、僕は胸に迫るものを制しえないのだ。

海軍少尉　小城亜細亜

神風特別攻撃隊・第四御楯隊、昭和20年8月13日、本州東方海域にて戦死、22歳

予科練出身の若者は海軍への入団が十五、六歳と若く、その後は猛訓練に明け暮れるため、同年代の異性と接する機会はきわめて少ない。ところが学徒出陣の予備学生となると、入団前に大学で短い期間ではあっても自由な空気を吸っているので、女性と親しくなる機会もあり、そこから恋愛感情を持つに至る青年もいた。立教大学に在学していた小城少尉もそんな

一人であった。

だが戦局の悪化は、恋愛の発展を許さない。ことに当時は、航空兵を志願した者は、人生半額、二十五歳で死ぬのが当然といわれた時代であり、なかでも特攻を志願した若者は自分の死が確実であるゆえに、相手の将来を考えれば恋愛に臆病になるのも当然であり、たとえ深い恋心を持ったにしても、その心の丈《たけ》を相手に語ることはほとんどなかった。

小城少尉もK子に恋した。しかし恋はしたが、特攻隊を志願した時点で自分の心にけじめをつけて、短歌を一首詠んだ。

きみを想ふこころは常にかはらねど
　すべてを捨てて大空に散らむ

この感情はきわめて複雑である。恋心を捨てたわけではなく、自分の夢や希望、あるいは未来を断ち切ったのである。若い特攻隊員の心象を象徴する言葉に「熱願冷諦」があるが、小城少尉の心もまさにこの熱願冷諦であった。K子を熱く想いつつなおかつ自分の未来を冷たく諦める。特攻隊員の純情はそれ以外の方法を思いつかなかったのである。

そして小城少尉は、「男子の志を徹する時がきたのだ!」として、自分を君という二人称で呼び、日記にこう書き留めた。

「何を恐れることがあろう。この世のすべてのきずなを、たち切った君ではなかったか。ただ一筋、国を思うの熱情の前に何の未練があろう。愛する父よ、母よ姉弟よ、そしてああ!何も思うな、考えるな、ただ征け!　征ってこの国が、この民族が救われるなら!」

この「そしてああ！」という嘆声の中に、小城少尉のK子を思う心がすべてこめられている。そして少尉は、

「君はK子を忘れたのか、否《いな》忘れはすまいね。僕には分る。判りすぎるほどわかっているのだ。君が彼女に逢わずに永遠の別れを告げるその気持が……」

と記して、冒頭の「最後の一瞬には必ず彼女の笑顔を脳裏に画くであろう」という哀切な言葉につづくのである。「最後の一瞬」とは、射ち上げてくる猛烈な弾幕をついて敵艦に突入する瞬間である。命が終わるその瞬間に愛する人の笑顔が浮かぶと確信するところに、小城少尉のK子に対する揺るぎない愛を知るべきであろう。だが少尉は、自分の未来を冷たく諦める。

「尽きぬ想いはめぐり巡る。最後のあけぼのが静かだ。僕の心も、そしておそらく君も……最後に言う。君はただ心静かに彼女の幸福なる結婚を祈り給え」

そして少城少尉は、心の何かを整理して、

「今日の逢瀬《おうせ》は明日の別れ」

と書きつけた。「サヨナラだけが人生だ」といった文士がいたが、特攻隊員は誰もが、愛する人と別れ、やがては自分の命にもサヨナラを告げなければならない宿命を持つのである。小城少尉の場合、愛はまさしく哀であり、死はいみじくも詩であった。

二十四年の生涯において、K市に生れたK子のことをほんとうに純真な

心で愛することのできた俺という男は幸だったと思う。

海軍少尉　植島幸次郎

神風特別攻撃隊・菊水部隊天山隊、昭和20年4月6日、南西諸島海域にて戦死、23歳

植島少尉は海軍に入団して一年がたった昭和十九年の秋のある日、友に、「植島よ、お母さん何といっても良いな……」と話しかけられた。そのとき植島少尉が反射的に思い出したのは、K子のことであった。そしてその日の日記に植島少尉はこう綴った。

「時々K子を思う。馬鹿だった日とは思うが、瞬時ではあった。短い年月だっただけに、たのしい夢にちがいないものであった」

学徒出陣の前、明治大学の学生であった植島は、K市のK子に出逢い、ともに恋心を持つに至った。だが時は戦時下であり、植島も学徒動員で海軍に入り、航空兵の道を選んだ。航空機志願者の訓練は苛酷である。しかしその苛酷さが逆に植島少尉にK子への思いをつのらせた。だが航空志願の予備学生に外出の許可など与えられるはずもなく、少尉はK子に対する揺れる心を日記に書きつけた。

「どの顔を見てもKに見えるのである。惚《とぼ》けているわけじゃないが、否《いな》忘れているはずなのに、また忘れなければならないはずなのに、考えれば貧しい私の思想といわねばならぬ」

人を愛するのに理由はいらない。だが愛する人を無理に忘れるためにはさまざまの理由を

つけなければならない。そしてその理由を探せば探すほど、愛する心はつのり、その人の面影が鮮明となる。愛は美しい矛盾でもある。

そしてある日、植島少尉は、K子を愛する自分を君と呼んで、揺れ動く自分の心をこう分析した。

「君は死ということ、愛人のこと、さらに人生のことがさまざまに乱れて、今非常に悩んでいるようである。君は二十五歳（数え）、恋人を持ったことのない名門の君の気持は、私から見れば非常に清らかである。君の迷う気持も分らないではない。でも少くとも僕には君が大らかなる気持を忘れているのではないかと思うのである」

植島少尉が日記にこう綴ったのは、

「私の来るべき日は、静かに迫っているのだ」

というためであった。「来るべき日」とは特攻出撃の日である。もはやためらうべき時ではなかった。特攻隊員に外出する時間など与えられないから、K子に対する愛を今生《こんじょう》の形見として日記に書きつけるほかなかった。そして冒頭の言葉にあるような愛の告白となり、さらに植島少尉はこうつづけた。

「あんな結果になって、終生離れじと誓った二人だったのに、別れてはしまったけれど。そしてこのことは、怒の一年の後に、君のことを真に愛していた自分の心理を慥《たし》かめるのに愚しくなかったこと。

Kよ、今K市で君は汗をだして働いているだろう。俺は君に恨まれているかもしれないが、君をほんとうに愛していた自分を見出して幸である」

愛の本質は、愛されることよりも愛することにこそある。生きるということの本質も、愛されるという受動の中ではなく、ひたむきに愛するという能動の中にあるのは確かであり、植島少尉はほどなく出撃したが、その短い人生の中で、K子とめぐり逢い、K子を心から愛したことの喜びを胸に、敢然と敵艦に突入していったに違いない。

ああ、視界から彼女の姿は消え去った。現世において相見ることはないであろう。私は静かに眼を閉じ、彼女の姿を瞼の蔭に浮べた。彼女はかすかに笑う。さらば愛する人よ。

海軍少尉　市島保男

神風特別攻撃隊・第五昭和隊、昭和20年4月29日、沖縄南東海上にて戦死、23歳

昭和十八年秋の学徒出陣により海軍へ入った市島少尉は、入団直前の十一月二十一日、恩師を交えた五人ばかりのささやかな壮行会に参加した。その会には市島少尉が心から愛した女性も参加していた。そしてこの日が市島少尉と彼女との永遠の別れとなるのだが、市島少尉はこの日の彼女との会話を日記に克明に綴っている。クライマックスとなるのは、壮行会も終わって帰る夜の電車の中の場面である。

座席に座った恩師の前の吊革に並んでつかまった二人は会話を始めた。

「ああ、今日は本当に楽しかった。しかし逢ったと思う途端別れだからな。名残《なごり》惜しいね」

「そうね。だけど逢わないことを考えれば、ただ逢えただけでもよかったわ。本当に今日来てよかったわ」

そして市島は彼女に遠まわしながら自分をどう思っているか尋ねた。彼女は市島に心が傾いているとほのかに告げた。

――市島は思う。

(ああ、互いに愛し合いながら、共に相手の心を知り得なかったのである)

やがて電車は多摩川園前につき、乗り換えのため、皆ホームに降り立った。淡い電光が白くホームを照らしていた。これが永遠の別れとなる。市島はその時の情景をつぎのように記している。

――二人はじっと互いの瞳に見入り、私は永久に彼女の面影をわが脳裏に収め、彼女の幻を見失うことがないように全霊を集めて凝視した。ただ二人の世界のみ。他の存在はことごとく無となり、先生もM君も既に側にない。貴い一刻が命を刻み過ぎ去って行く。無言のまま、彼女が手袋をとった手を差し出した。万感の思いをひきしめ、しっかりその手を握り、じっと瞳を見つめる。愛する人の感触が、ほのぼのと伝わってくる。――

そして市島が手に力を入れて「では」と告げると、彼女も手に力をこめてこう言った。

「もし出せたらハガキでも頂戴」

「うん、僕も美しく征くよ」

その時、すべての思い出を絶ち切るように電車がホームに入って来た。そして互いに、

「さようなら」

というと、市島は電車に乗り込んだ。やがて走り出す電車の窓から、彼女と恩師の姿が階段に消えて行くのが見えた。

そこで冒頭の追憶の言葉となるのである。いつの時代も戦争の主役は若者であり、個人の事情におかまいなく、戦争は若者をまず第一に戦場へ駆りたてる。そして市島は、愛の終わりを自分の心に刻みつけるように日記に、

「さらば愛する人よ」

と記して、さらにこう書き添えた。

「これが人生の姿なのだ。会えば別れねばならぬ。夢!! 虹の如く美しく過ぎる愛の記録だ。しかし、すべてを去り、己を捨てて祖国に捧げよ。煩悩を絶ち心静かに征くべきである」

戦争は若者から、愛も希望も、また未来までも奪ってゆく。だが若者たちもみな潔くその運命を受け入れて、敢然と戦場へと馳《は》せ参じてゆく。若者たちのこの清冽な覚悟を感得できなければ、戦争を語る資格はない。

途中Sさんと一つ傘に入って、並木道を歩いた。楽しかった。時のたつのと、駅の近づくのが残念でたまらなかった。

海軍少尉　杉村裕

神風特別攻撃隊、昭和20年7月10日、北海道千歳基地にて殉職、23歳

杉村少尉は昭和二十年六月三十日の日記にこう記している。

「直江津から立ちどおしの汽車、軽井沢で降りて一時半。雨の降る中を、Sさんのところへ行こうか行くまいか、暫《しばら》く考えつつさまよう」

北海道の千歳基地に配属となる杉村少尉は、その前に一目、Sさんに会いたいという気持ちを抑えかね、軽井沢に降り立ったのだが、それでもまだためらいがあり、駅前の店に自転車を借りに行ったのは汽車を降りてから三時間半もたった五時であった。

そして、いったん駅に戻って荷物の整理をして出かけようとしたとき、偶然にもSさんとIさんに会った。杉村少尉はその驚きをつぎのように記している。

「驚いた。ただ口を開いて、ポカンとしていたばかり。もう一度、顔を見たからお邪魔するのをやめようかといったが、やはり何となく惜しく一緒にお家まで行く。雨のそぼふる並木道を俺は自転車、SさんとIさんとは一つ傘で色々のことを話しながら行った。今日は俺を見送るため、高崎までの切符を買いに来たところだそうな」

そしてSさんは少尉と二人だけになると、寂《さび》しげな風情《ふぜい》で言葉少なくこういった。

「かえって来てくれなかった方がよかった。……あなたは残酷よ。……テニスだけでおし

まいだったら、こんな悲しい目に会わなくてよかったのに」

恋とはそういうものである。逢わなければ逢わないで、恋する想いは一層つのる。そして二人だけの時間は夢のようにすぎ、杉村少尉は日記に、

「別に話すこととてないが、そこに何時間いても同じことだが、余りにも早く時が流れた。七時六分の予定を六時二十二分に変更して、徒歩で駅に向う」

と記し、冒頭の「Sさんと一つ傘に入って、並木道を歩いた。楽しかった」というときめくような文章となるのである。この十日後に杉村少尉は殉職するのだが、少尉自身、そういう運命が待ち受けているとは夢にも思わず、日記にこうつづけた。

「雨のたれこめた山、赤川根の白い家、ずっと続く並木道、そぼふる雨、そして傍にいる人の存在感。俺は抱きしめて、接吻したいという欲望と強く戦わねばならなかった」

愛する人を強く抱きしめ、接吻したいという感情はきわめて正常なものである。だが杉村少尉は軍人である。別れは美しくあらねばならぬとする軍人に独特の美学が働く。もし自分の命があと十日しかないと知っていたら別の方法をとったかもしれないが、この日の少尉は軽井沢の詩情をたたえた清冽な想い出を作るために彼女と美しく別れた。

そして上野に向かう汽車の中で、「俺の特攻隊に行くに際しての心理状態」として、日記にこう記した。

「俺の生活の目標は、立派な人間として生きようということであった。さらに具体的に言えば、立派な日本人として生きようということであった。そして俺は、そういう理想に一歩で

も近寄ろうと努力することを限りなく尊いものとみた。私は、その努力の中に価値を見出した。私は、ただ立派な日本人として生きたいと思う」

おそらく十日後に死ぬとわかっていても、杉村少尉は死ぬその瞬間まで、「立派な日本人として生きた」に違いない。詩情を知る人間には、命を美しく生きる以外に生き方はない。

皆何と感じられたか知りませんが、心から愛した、たった一人の可愛い女性です。純な人です。私の一部だと思って、いつまでも交際して下さい。葬儀には、ぜひ呼んで下さい。

海軍少尉　旗生良景

神風特別攻撃隊・八幡神忠隊、昭和20年4月28日、南西諸島海域にて戦死、23歳

旗生少尉は特攻隊員に任命されても、遺書らしいものを残していなかったことに気づき、「遺書というような堅いものでなしに、日記のつもりで、出撃の日まで私の気持を書いて置きたいと思います」として、昭和二十年四月十六日から陣中日記を書きはじめた。だがその日記はわずか十三日分で終わった。同月二十八日に特攻散華したためである。

その日記の第一ページは、

「今日はまだ生きております」

という凛烈な言葉ではじまり、ついで、

「昨日父さんにも母さんにも、兄、姉にも見送って頂き、全く安らかな気持で出発できました。T子にもお逢いになった由、本日川村少尉より依託の手紙で知りました」

と記して、冒頭のT子こそ「心から愛した、たった一人の可愛い女性です。純な人です」という言葉となるのである。

この言葉からも旗生少尉がいかにT子を愛していたかが察せられる。だが少尉は「葬儀には、ぜひ呼んで下さい」と記したように、特攻隊員として死は免《まぬか》れ難いものとして覚悟していた。いくらT子を愛していても、二人で幸せな結婚生活を送ることなど百パーセント不可能なことを、戦友がつぎつぎと特攻散華してゆく現実を見据えて、少尉は誰よりもよく知っていた。

翌十七日の日記も、「今日も生きています」という文章ではじまり、

「父母の在す地、故郷の南端、しかもここは最前線です。体を粉《こ》にして、愛する日本を守り抜き、皆を幸福にしてあげるのだと、さらに闘魂を湧きたたせております」

と元気なことを記して、筆をT子に運ぶ。

「心に残るは、T子のことのみ、弱い心、お笑い下さい。しかし死を前にして、T子に対する気持の深さを、今更のように驚いています。人間の真心の尊さを、思って下さい」

いずこの地に離れていても、たとえそこが戦場の最前線であっても、人を心の底から愛す

れば、その人の面影を消し去ることなど出きようはずもない。それが真実の愛というものなのである。

そして出撃の日が来て、旗生少尉はその日の日記にこう記した。

「只今より出発します。何も思い残すことはありません。お父さま、お母さま、兄さん、姉さん、御幸福に」

ついでT子についてはこう記した。

「軍服をぬいで行きます。真新しいのが行李《こうり》の中にありますから、それを家に取って、古い方をT子のところへ送って下さい。必ずお願いします。戦死がわかりましたら、一度家へ呼んで、遺書などをお渡しになればよいと思います」

こう書いて、少尉は心に吹っ切れるものがあったのであろう。今生最後のこの日の日記はつぎのように結ばれている。

「日本は必ず勝ちます。帝国の繁栄のために、死所を得たるを喜んでいます。心爽やか、大空の如し。こうしているのも、あと暫らくです。

さようなら、お元気で。御一同様」

この数時間後に旗生少尉は沖縄に向かって出撃し、特攻散華している。「心爽やか、大空の如し」という言葉が、残された家族やT子にとっては、せめてもの慰めとなったであろう。こういう清冽な詩情が人を救うこともある。

私は君を愛するが故に、また四囲の人々をも愛するが故に、君に私との肉的結合はさらりと諦めて、他の人を選べと言いたい。これは辛いことだが、君を愛するが故にあえて言うのです。

海軍少尉　沢田泰男

神風特別攻撃隊、昭和20年5月8日、横須賀方面上空にて交戦、戦死、23歳

特攻隊員の中には、人を愛するがゆえに、あえてその人との別れを決断した者が少なからずいた。たとえば沢田少尉は昭和十九年十二月十五日に、一年ほど会えないでいた恋人のKに手紙を書いた。

「つい最近のある日曜日、別離以来の君からの手紙を全部読み返してみた。戴《いただ》いた時は何の気なしに読み過したであろう月並な文章の奥深く、何かしら眼頭が熱くなるようなものを感じた」

そして沢田少尉は、

「私は今ほど強く君に愛を感じることはない」

として、こうつづけた。

「この気持こそ生涯変るまい。これは私の本心だ。もともと私は、ある女の人がすぐ好きになり、それがすぐ嫌いになれば、またすぐ代りの女を見つけるというようなことのできる男

ではない」

沢田少尉はこういってKに愛を誓い、いつか一緒になりたいと望んだのである。ところがそれから一月《ひとつき》もたたぬ翌月七日、少尉はふたたびKに手紙を書いた。

「前の手紙に書いたことは、私の偽らぬ真情であり、希望である。また永久に変らぬ美しい恋だと思っているが……そう出来ぬのがこの世の中です。そうしないのが却って正しいというふうになるのが、この世の中です」

この一月足らずの間に、少尉の中でどういう心境の変化があったかわからないが、冒頭の文章にあるように、「私は君を愛するが故に……他の人を選べと言いたい」という結論に達し、この日の手紙を、

「私は近く征く」

という言葉で締めた。おそらく少尉はこの短い言葉の中に、すべての思いをこめたのであろう。特攻隊員に明日はない。

沢田少尉は前の手紙で夜空の星の美しさをロマンティックにこう表現している。

「一つ一つが何かを囁《ささや》いているようじゃないか。自分の気持が悲しい時は、星ども同じ悲しみを悲しんでいるようだし、嬉しい時には同じ喜びを喜びあっているようだね。星どもは恋する人々を見ることばかりを仕事としているので、あんなに美しいんだろう」

特攻隊としての自分の宿命を見通した沢田少尉は、おそらくこの美しい詩情の中で生死したかったのであろう。愛する人と別れることで、逆に永遠の愛を我がものとしたに違いない。

そしてそれからまた一月あまりがすぎた二月十五日、沢田少尉は日記にこう綴った。

「Kさんが結婚するらしい。ちょっと淋しい気がする。……恐らく彼女は何も言わずに嫁《とつ》ぐだろうし、俺だってお祝いの言葉さえ言わないつもりだ。そんな言葉を述べて、二人の関係を現実にひきさげたくないのだ。青春の、はかない夢なら夢でいい。みにくい現実よりましだ。しかし、がくんとした気持だけは、なかなかとれない。蔭ながら彼女の幸福を祈ろう」

美しく戦い、立派に死ぬ、それが特攻隊員のつとめであり、沢田少尉が正式に特攻隊員として指名されたのは、それから二週間後の三月一日であった。

沢田少尉はその心境をつぎのように記している。

「心は明鏡、後顧《こうこ》の憂いは更になけれど、ただ一度父母の顔を見て征きたい。心ゆくまで話して征きたい。しかもそれさえもうかなわぬ。せめて写真でも持っていればよかったのに」

そして沢田少尉は、

「進発まで、時日の余裕も少い。……この日記も、今日を限りにやめることとする」

として、その理由をこう記した。

「特攻隊員に命名されて、体当りするまでの気持なんていうものは、とても筆などにては真を写し切れるものではない。この心境は、かかる経験を有するもののみが味わいうるものとして、書くことはやめよう」

この日記の最後の一行は、

「さらば、父母、弟妹よ、御健康をお祈りします」

という文章であった。また一つ、若い命が哀切な詩情の中に失われてゆく。

吉田さんより結婚の申し込みをうく。彼女が俺を愛してくれる以上、われもまた彼女を愛す。しかれども、わが未来あまりに短し。つつしんでその申し出を断るよりほかになし。

海軍中尉　中西斎季《ただすえ》

神風特別攻撃隊・神雷桜花隊、昭和20年4月29日、沖縄東方海域にて戦死、26歳

中西中尉は人間爆弾桜花の特攻隊として、昭和二十年三月、鹿児島県鹿屋基地に配属されたが、その折、簡単な陣中日記をつけた。

「三月×日　吉田さんより久しぶりに便りあり。兄の一家無事なるを知りホット安堵《あんど》。学生時代の楽しい写真同封しあり。昔をしのんでしばしば懐しむ」

兄の一家の無事とは、三月十日の東京大空襲で実兄の家が焼失したが、死傷者は出なかったことを指す。そしてここに出てくる吉田さんというのが、中西中尉の恋人であった。中尉は慶應大学から学徒出陣したから、恋人も同じ学生仲間で、在学中、中尉とさまざまな楽しい思い出をつくったのであろう。

さらに中尉は同月、つぎのような文章を日記に書いている。

「三月×日　死は決して難くはない。ただ死までの過程をどうして過すかはむづかしい。これは実に精神力の強弱で、真白くもなれば汚れもする。死まで汚れないままでありたい」

この時期、硫黄島で日本軍守備隊二万一千が玉砕し、米軍のつぎのターゲットはピタリと沖縄に合わされた。米軍は硫黄島を大幅にしのぐ大兵力を沖縄に投入するはずである。

そして四月一日、米軍は沖縄に上陸した。戦闘用艦艇三百十八隻、補助艦艇千百三十九隻、上陸部隊十八万三千人、参加総員約五十万人という大兵力であった。迎え討つ日本軍守備隊は軍人軍属合わせて十万足らずであり、この劣勢を挽回する戦法は特攻以外にないとするのが日本軍将兵の共通した認識であった。

桜花特攻隊員である中西中尉もこの日、最終的に一死を決したに違いない。「わが未来あまりに短し」とする冒頭の文章を認《したた》めたのもその時期である。

中西中尉と吉田さんは相思相愛の仲といってもよいであろう。しかしそれだからといって、すぐに結婚できるものではない。まして戦争中であり、その上、中西中尉は明日をも知れぬ特攻隊員である。中尉は熟考に熟考を重ねたうえ、恋人からの結婚の申し出を、謹んで断わるよりほかになかったのである。

そしてそれから旬日とたたぬ四月十七日、神雷部隊桜花隊に出撃命令が下り、中西中尉は両親宛に遺書を認めた。

「愈々《いよいよ》出撃ト成リマシタ。今日アルヲ如何《ど》ンナニ待ッテ居タ事デセウ。天皇陛下ノ御為《おんため》ニ少シデモ御役ニ立チマス事ハ嬉シクテナリマセン」

そして中尉は決死の覚悟をこう伝えた。

「一億同胞ガ九千万人マデ死ストモ後ノ一千万人デ勝タネバナリマセン。勝利ノ日本ノ為ニハ死ヌ者ハ潔ク死ニ、生キル者ハ何処《どこ》マデモ強ク逞《たくま》シク生キルノガ最大ノ御奉公ト信ジマス」

中西中尉は日本の勝利のために潔く死ぬとここに宣言したのだが、生きる者はどこまでも生きぬくべきだと主張した。この生きる者の中には、両親を初めとした家族はもとより、吉田という恋人も含まれていたに違いない。それが、自分に愛を告げてくれた恋人に対する、中尉のせめてもの恩返しだったのである。

姉上様の面影がちらっと脳裏をかすめ、もう一度お会いしたかったと心のどこかで思いました。

海軍中尉　都所《とどころ》静世

回天特別攻撃隊・金剛隊、昭和20年1月12日、ウルシー海域にて戦死、21歳

回天特攻の金剛隊が瀬戸内の大津島基地を出撃して豊後水道を通過したのは、昭和十九年の暮れもおしつまった十二月三十日の午後五時であった。都所中尉はその時の感懐を、義理の姉宛の手紙につぎのように記している。

「迫り来る暮色に消えゆく故国の山々へ最後の訣別をした時、真に感慨無量でした。日本の国というものが、これほど神々《こうごう》しく見えたことはありませんでした」

そして都所中尉がこの文章につづけて綴ったのが、「姉上様の面影がちらっと脳裏をかすめ……」という冒頭の文章であった。しかも「もう一度お会いしたかった」と記している。これは明らかに、義姉に対する秘めたる愛の告白であり、抑えきれぬ慕情の奔騰といってよいであろう。おそらく、これで日本も見納めとなるという深い感慨とほどなく壮烈な回天戦で命を捨てるという熱い興奮が、都所中尉にこのような哀切な文章を書かせたに違いない。さらにつぎのようにも記している。

「母親もなく、帰るべき家もなく、もちろん子もない私には、あらためて決心などせずとも、大君のためにはよろこんで、真先に死ねる人間ですが、姉上様はこの短かい私の生涯に母の如く、また真の姉の如く、大きな光明を与えて下さいました。いつも心のどこかうつろな心持でいた私、家庭的な愛に飢えていた私が、姉上様があると知ったときのよろこび、今にしてはっきり申します。姉上様、それがどんなに嬉しいものであったか、御想像もつきますまい」

幼い頃に母を亡くした都所中尉は義姉に母を見、姉を見、さらには永遠の恋人を見たに違いない。そしてこの義姉の存在が、回天特攻隊員としての都所中尉の闘争本能を燃えたぎらせる大きな理由となっていたのであろう。それゆえ中尉はこう記す。

「艦内で作戦電報を読むにつけても、この戦はまだまだ容易なことではないように思われます。若い者がまだどしどし死ななければ完遂は遠いことでしょう」

そして中尉は特攻隊員としての自分の使命をはっきりとこう書きつけた。

「それにつけてもいたいけな子供達を護《まも》らなければなりません。私は玲ちゃんや美いちゃんを見る度にいつも思いました。こんな可愛い純真無垢な子供を洋鬼から絶対に守らねばならない。私は国のためというより、むしろこの可憐な子供たちのために死のうと思いました」

都所中尉は文字には表わさぬが、この末尾の文章には、「姉上様のために」という思いも託していたのであろう。真正な軍人は自分のためには死ねぬが、人のためにはすぐにも死ねるという。都所中尉もまさしく真正の軍人ということができる。

そしてウルシーへ向けて進撃中の潜水艦の中で記されたこの手紙は、つぎの一文で締められている。

「今、六日の〇二四五なのですが、一体午前の二時四十五分やら、午後の二時四十五分やら、兎《と》に角《かく》時の観念は無くなります。姉上様もうお休みのことでしょうね。今、総員配置につけがありました。ではさようならします。姉上様の末永く御幸福でありますます様、南海の中よりお祈り申上げます」

まるで楽しそうに義姉に語りかけているような文体の手紙である。都所中尉はこの六日後に人間魚雷回天に搭乗して母潜を発進、ウルシー海域で壮烈な戦死を遂げるが、義姉への思いの丈《たけ》を綴ったこの手紙を残したことで、日本男子として悔いのない戦いができたに違いない。たとえ叶《かな》わぬ愛でも一途に己れの想いを燃やすことができれば、その清冽な詩情の中に男は生死できるのである。

僕が唯一最愛の女性として選んだ人があなたでなかったら、こんなにも安らかな気持でゆくことは出来ないでせう。亦《また》とない果報な男であったと再び言ひます。どんなことがあっても、あなたならきっと立派に強く生きてゆけるに違ひないと信じます。

陸軍少尉　穴沢利夫

陸軍特別攻撃隊・第二〇振武隊、昭和20年4月12日、沖縄周辺海域にて戦死、23歳

男子にはそれぞれ永遠の女性というものがいる。その女性とめぐり逢えたなら、命がけでその女性と添いとげようと決めるのが、男の本能でもある。

だがそれが許されない場合もある。戦争の時である。ことに特攻隊員ともなれば死は確実であり、相手の女性の将来を考えれば、たとえ二人が深く愛しあっていようとも、結婚への願望をスラリと諦めるのが、軍人の嗜《たしな》みというものである。

昭和二十年四月十二日、出撃を数時間後に控えた穴沢少尉は、相思相愛の恋人孫田智恵子につぎのような遺書を認《したた》めた。

「二人で力を合せて努めて来たが終《つい》に実を結ばずに終った。希望も持ちながらも心の一隅で

あんなにも恐れてゐた〝時期を失する〟といふことが実現して了《しま》ったのである」

いくら愛し合った二人でも添いとげられぬことは往々にしてある。それが人生というものであり、また運命というものである。穴沢少尉は書きつぐ。

「そして今、晴れの出撃の日を迎えたのである。便りを書き度《た》い、書くことはうんとある。然《しか》しそのどれもが今迄のあなたの厚情に御礼を言ふ言葉以外の何物でもないことを知る」

だが穴沢少尉は「問題は今後にあるのだから」として、追憶にはふけらず、

「婚約をしてあった男性として、散ってゆく男子として、女性であるあなたに少し言って征きたい」

として、つぎの言葉を列挙する。

「あなたの幸を希《ねが》ふ以外に何物もない」

「徒《いたず》らに過去の小義に拘《かかわ》る勿《なか》れ。あなたは過去に生きるのではない」

「勇気をもって過去を忘れ、将来に新活面を見出すこと」

「あなたは今後の一時々々の現実の中に生きるのだ」

「穴沢は現実の世界にはもう存在しない」

穴沢少尉はこういって、今後、智恵子の歩むべき道を示唆した。ところが数時間後には死にに征く身でありながら少尉は、

「今更何を言ふかと自分でも考へるが、ちょっぴり欲を言って見たい」

として、

一、読みたい本……「万葉」「句集」「道程」「一点鐘」「故郷」
二、観《み》たい画……ラファエル「聖母子像」、芳崖「悲母観音」
をあげ、さらにこう書き留めた。

「三、智恵子。会ひたい、話したい、無性に」

これが穴沢少尉の真情であろう。最後の最後まで智恵子を愛していた。その愛の記憶の中で穴沢少尉は人生を終えたかったに違いない。そして智恵子への遺書をつぎの短い文章で締めている。

「今後は明るく朗らかに。

自分も負けずに朗らかに笑って征く」

だがこの日、穴沢少尉はもう一通、遺書を書いていた。叔父、叔母様宛とした遺書で、少尉はその中で叔父叔母に智恵子への伝言を依頼している。

「折がありましたら利夫の真情改めて御伝え下さい。そして、あの人があったが為に純情一路に生き抜けたことを嬉しく思ひ乍《なが》ら征ける幸福者であることも」

特攻隊の前途に待ちうけているものは死のみだが、永遠の恋人に思いの丈《たけ》を書き遺《のこ》した穴沢少尉は、死して智恵子の心の中に生きつづけると確信して誇らかに突入して行ったはずである。純粋に生きるとはこういうことであり、ここに清冽な詩情を見なければ生きている価値がない。

はっきりいう。俺はお前を愛している。しかし、俺の心の中には今では
お前よりもたいせつなものを蔵するようになった。それは、お前のよう
に優しい乙女《おとめ》の住む国のことである。

海軍中尉　宅嶋徳光

松島海軍航空隊付、昭和20年4月9日、一
式陸攻機長として金華山沖で殉職、24歳

宅嶋中尉は昭和十九年三月から十一月までに綴った手記に『くちなしの花』という題名をつけた。くちなしが中尉の好きな花であったと同時に口には出していえない（口無し）心の花の記録という意味をこの題名に含ませたのである。

この手記には、恋人八重子に対する宅嶋中尉の清冽な愛が全編にわたって深く静かに脈打っている。しかし右の文章にあるように、国家は非常時であり、軍人としての中尉は国家を外敵から守るために強い責任を感じていた。たとえば、右の文章はさらにこうつづいている。

「俺は、昨日、静かな黄昏の田畑の中でまだ顔もよく見えない遠くから俺たちに頭を下げてくれた子供達のいじらしさに強く胸を打たれたのである。もしそれがお前に対する愛よりも遙かに強いものというなら、お前は怒るだろうか。否、俺の心を理解してくれるだろう」

そして宅嶋中尉はこう断言する。

「ほんとうにあのような可愛い子供等のためなら、生命も決して惜しくはない。自我の強い

俺のような男には、信仰というものが持てない。だから、このような感動を行為の源泉として持ち続けねば生きていけないことも、お前は解ってくれるだろう。俺の心にあるこの宝を持って俺は死にたい。俺は確信する。俺達にとって、死は疑いもなく確実な身近の事実である」

いつの時代も子供は国の宝であり、その宝を守るためならば、命を賭けても戦うというのが男の本能である。だがこの一途《いちず》な愛国心は、八重子を愛する心との間に烈《はげ》しい葛藤を生む。

「お前に対する愛を、俺は国家におき換えた」

だがおき換えたといっても、人を愛するという感情は、理性で左右できるほど弱いものではない。そこで宅嶋中尉は「運命」という概念を持ち出し、強引に己れの感情をねじ伏せようとする。

「お前にはお前の幸福がきっと待っている。俺は俺達の運命を知っている。俺達の運命は一つの悲劇であった。……俺達は冷酷な一つの意志に支配されて運命の彼岸《ひがん》へ到達する日を待たねばならない。俺はそして最後の誇りを失わない。実に燃え上る情熱と希望と夢とを最後まで失わない」

だがこういうそばから、宅嶋中尉には八重子に対する抑えがたい慕情が浮かびあがり、それがやがて清冽な詩情を生み出す。

俺の言葉に泣いた奴が一人

俺を恨んでいる奴が一人
ほんとうに俺を忘れないでいてくれる奴が一人
俺が死んだら白いくちなしの花を飾ってくれる奴が一人
みんな併《あわ》せてたった一人……

この清冽な詩情を永遠の愛の証《あかし》として、宅嶋中尉はもう二度と八重子とは逢わぬことを心に誓い、手記にこう書き込んだ。

「俺は、遙かに俺のイマアジュの中に住んでくれる淡い碧白のプリンセスを着たお前を思い出す。それだけで幸福なのだ。お前は本当に優しかった。俺の母以外に、お前ほど俺を愛してくれた者はない。遠い空の下で美しく生きてくれるお前を思うと、それだけで俺は胸が一杯になる。平和に生活してくれることを望む」

戦争は若者から夢と希望を奪う。だが宅嶋中尉の場合、恋人と別れることによって、逆に永遠の愛を得た。これから八ヵ月後に中尉は殉職するが、その最後の瞬間までも、心のもっとも大切なところで、八重子に対する深い愛と清冽な詩情を持ちつづけたに違いない。

愛する妻へ——俺にとっては日本一の妻であった

何もしてやる事も出来ず散りゆく事はお前に対して誠にすまぬと思って居る。何も云はずとも武人の妻の覚悟は十分に出来て居る事と思ふ。

海軍大尉　関行男

神風特別攻撃隊・敷島隊、昭和19年10月25日、比島レイテ沖にて戦死、24歳

関大尉が新しく創設された神風特別攻撃隊の一番隊ともいえる敷島隊の隊長に任命されたのは、昭和十九年十月二十日の午前一時すぎであった。なぜ決定が深夜にまで及んだかというと、関大尉にためらいがあったためである。もちろん、死ぬのが怖いとか、なぜ自分がといった軍人にあるまじき理由からではない。

愛媛県西条市出身の関大尉は、骨董《こっとう》商の父を早く亡くしたあとは、母一人子一人の貧しい

生活を余儀なくされたが、それでも立派な軍人になることに憧れ、大いに努力して江田島の海軍兵学校に入ることができた。兵学校を卒業すれば、海軍での出世は約束され、母サカエにも少しは楽な生活を送らせることができる。それが孝行息子の関大尉が描いた人生設計の根本であった。

ところが特攻隊員となれば確実に死ぬ。母に孝行することなど思いも及ばぬことになる。それに関大尉は新婚早々の妻満里子がいた。結婚してまだわずか三ヵ月である。特攻で死ねば、この愛妻の一生を台無しにしてしまう。これが大尉が特攻隊長となることをためらった理由である。

特攻隊長となるには、人物、技術、士気の三拍子がそろっていなければならず、当時、関大尉の所属していたフィリピン・マバラカット基地の第二〇一航空隊には、隊長にふさわしい人物は大尉しかおらず、大尉も熟考のあげく、ようやく特攻隊長となることを了承したのである。何事でもそうであるが、初めて何かをしようとする人間には並はずれた勇気と決断が要求される。

関大尉は隊長職を引き受けると、現世での夢をきっぱりときり捨て、すぐさま遺書を認めた。一通は母サカエと妻満里子の両親宛で、もう一通は満里子自身への遺書であった。前者にはこう記されている。

「父上母上様
西条の母上には、幼時より御苦労ばかりおかけ致し、不幸《（ママ）》の段御許し下さいませ。

今回帝国勝敗の岐路に立ち、身を以て君恩に報ずる覚悟です。

武人の本懐此れにすぐるものはありません。

鎌倉の御両親に於《お》かれましては、本当に心から可愛がっていただき其《そ》の御恩に報《（ママ）》ゆる事も出来ずに行く事を、御許し下さいませ。本日、帝国のため、身を以て母艦に体当を行い君恩に報ずる覚悟です」

突然の特攻隊長任命であっても、すぐさまこのように堂々たる遺書が書けるということは、よほど牢固たる死生観が確立していたのであろう。見事である。死生一如とはこういう覚悟をいう。

ついで妻宛の遺書が冒頭の文章である。応召兵ではない職業軍人の妻は、結婚に際して夫から「武人の妻の覚悟」を求められる。軍人は煎じつめれば死の職業であり、夫がいつ戦死、殉職、あるいは自決しても、決して取り乱すことなきよう、結婚の初めに誓わせられるのである。満里子夫人も十分にそれをわきまえていたに違いない。

そして妻宛の遺書はさらに、

「御両親に孝《（ママ）》養を専一と心掛け生活して行く様。

色々と思出をたどりながら出発前に記す。

恵美ちゃん坊主も元気でやれ」

と記され、「教へ子へ（四十二期飛行学生へ）」として、つぎの辞世が記されていた。

教へ子は　散れ山桜　此《かく》の如くに

関大尉が後顧の憂いなく、敵艦に突入できたのかどうかはわからない。だが大尉に率いられた第一次神風特攻隊敷島隊の四機は、同月二十五日午前十時四十五分、スルアン島北東三十海里で敵機動部隊を捕捉、特攻攻撃を開始した。その戦果は護衛兼戦果確認機の西沢広義飛曹長によって、つぎのように報告された。

「指揮官機（関大尉）の突撃のバンクにつづいて全機が突入し、指揮官機は首尾よくめざす空母に命中した。命中によって炎々と火を発しながら逃げまわる空母に対して、列機がさらに命中し、その火柱と黒煙は千メートルも吹きあがったかに思われた。同艦はこの攻撃によってついに沈没したと思われる。他の一機は別の空母に命中して大火災を生ぜしめ、さらに他の一機は軽巡洋艦に命中して、これも瞬時にして沈没せしめた」

敷島隊の五機、全機命中の大戦果であり、特攻はこの後、正規の戦法として、終戦の日まで十ヵ月あまり、継続的かつ計画的に行なわれ、多大の戦果と無数の悲劇を呼び起こし、大東亜戦争において、もっとも清冽でもっとも悲痛な一大叙事詩を形成してゆくのである。

どうもいろいろ有難う。尽きぬ四ヶ月の思い出だった。唯々御幸福を祈るのみだ。お前の写真と御守とを抱いて行く俺の姿を想像してくれ。

陸軍少佐　西尾常三郎

陸軍特別攻撃隊・富嶽隊、昭和19年11月13日、比島レイテ沖にて戦死、29歳

西尾少佐は昭和十九年六月に岡田早苗と結婚し、赴任先の浜松に新居を構えた。だがその年、日本軍の敗勢は明らかになり、秋には戦局挽回のために陸海軍それぞれに特攻隊が編成され、陸軍初の特攻隊、富嶽特別攻撃隊の隊長に西尾少佐が任命された。

そして同年十月二十五日の夜、西尾少佐は新妻早苗にこう告げた。

「明朝、いよいよ出発だ。今度は、俺も小さいながら部隊長として征くことになった。だが、今度の出征を人に知らせるのではないぞ」

そして一人になると、簡単な遺書を葉書に認《したた》めた。それが冒頭の文章で、これはさらにつぎのようにつづく。

「小さい乍《なが》ら富嶽隊長だ。断じてやる。明日は○○に前進する。返事は要らない。御母様、御父様によく仕えてくれ。今の思いはそれだけだ。萬歳、萬歳、萬歳」

翌日、富嶽特攻隊西尾隊は九州の新田原基地に向けて出発した。編隊が西空の彼方へ消えると、見送りに来た早苗夫人に実父の岡田久夫がこう告げた。

「さっき兵長の方がそっと耳打ちしてくれたのだが、西尾隊長殿は特別の任務につかれるので、まず生還なさらぬでしょう、と言った」

早苗は前夜、夫にいわれて携帯品を用意したのだが、揃えた物は、着換えのシャツ数枚と靴下二足に半ズボン、それに洗面具と帳面だけだった。戦地に出征するにしては余りに少な

いことをいぶかしんだが、そういうことは敢えて聞かぬのが軍人の妻の嗜《たしな》みであった。

そしてこの日、浜松飛行場から帰宅した早苗は、西尾少佐から「かならず出発後見るのだぞ」といわれて手渡された紙片を開いた。そこには墨痕《ぼっこん》鮮やかに、こう記されていた。

恩愛の絆は断ち難し
断ち難きは 心弱きに非ず
一たびこれを断たば如何
強き絆は 強き反動を生ず
断々乎 断
今や 全く心静かなり

新婚わずか四ヵ月ではあったが、相思相愛、強い絆で結ばれた二人であった。そして夫はその強い絆を自らの手で断ち切った。早苗はそこに夫の強い意志を感じた。と同時にこの紙片の言葉から、夫の強い愛を読み取った。

「恩愛の絆は断ち難し」という文章はこの後かならず生きる支えとなる、と早苗は確信した。

十一月六日、フィリピン・クラーク基地に待機していた富嶽隊に出撃命令が下された。日の丸の鉢巻をしめて愛機・四式重爆撃機（キ－67）の操縦席に乗り込んだ西尾少佐に、警備中隊長の加藤香中尉が万感の思いをこめてこう告げた。

「西尾少佐殿、御成功を祈ります」

「いろいろお世話になった。では、征ってくるぞ」

西尾少佐はこう言いかけたが、言葉を改め、正面をキッと見すえて、こう言い直した。

「もとい。では征くぞ」

生きては還れぬ特攻出撃であった。

後日、寺内寿一南方軍司令官から、西尾少佐を含めた富嶽隊五名に感状が授与され、その名が全軍に布告された。そしてその感状には、

「薄暮近ク目標ニ進攻　敵機跳梁ノ下弾雨ヲ冒シテ敵戦艦ニ突進体当リヲ敢行　忽《たちま》チニシテ之《これ》ヲ轟沈セシメタリ」

と記されていた。これが陸軍特攻の第一号である。


短い間ではあったが、心からのお世話に相なった。俺にとっては日本一の妻であった。

海軍少尉　佐藤章

回天特別攻撃隊・菊水隊、昭和19年11月20日、ウルシー海域にて戦死、27歳

佐藤少尉は特攻隊員としては年かさの二十七歳であった。そして人間魚雷回天による特攻

出撃の命令が下されると、佐藤少尉は瀬戸内・大津島の回天基地から、妻まりゑに遺書ともなる最後の手紙を出した。

「かねて覚悟し念願してゐた〝海征かば〟の名誉の出発の日が来た。日本男子として皇国の運命を背負って立つは当然のことではあるが、然《しか》しこれで〝俺も日本男子〟だぞと、自覚の念を強うして非常にうれしい」

日本に生まれた男はすべて日本男子ではないかというかも知れないが、それは単なる言葉の綾にすぎない。真正な日本男子であるための大前提は、日本という国の歴史や文化や伝統を愛し、何よりも日本人を愛する心を強烈に持ち合わせていなくてはならない。

しかも単に愛国心を持っているだけでは日本男子とはいえない。愛する国を外敵から守るために戦ってこそ真の日本男子であり、佐藤少尉のいうように、「日本男子として皇国の運命を背負って立つのは当然」という不動の信念を持つことが要求されるのである。それゆえ、国家の危急存亡の秋《とき》には、あらゆる未来を断ち切って己れの命をスラリと投げ出さねばならない。これが日本男子というものなのである。

そして手紙は冒頭の「俺にとっては日本一の妻であった」という文章につづく。妻のまりゑはこの手紙を読んだとき、泣きたいほどの感動に襲われたことであろう。愛する夫からこういわれて泣かぬ妻はいない。さらに手紙はこうつづく。

「小生は何処に居らうとも、君の身辺を守っている。正しい道を正しく直く生き抜いてくれ」

特攻で散華する運命にある佐藤少尉にとって、霊魂となって永遠に妻の身辺を守ると誓うことのみが、この時にできた精一杯の愛の表現であった。そして佐藤少尉は、幼子の未来を妻に託す。

「子供も、唯堂々と育て上げてくれ。所謂《いわゆる》偉くすることもいらぬ。金持ちにする必要もない。日本の運命を負って地下百尺の捨石となる男子を育て上げよ。小生も立派に死んでくる」

この「地下百尺の捨石」になるということこそ、日本武士道の真髄であり、佐藤少尉はそれを身をもって実践すべく、「小生も立派に死んでくる」と明記したのである。

楠正成《まさしげ》が、七百の一隊をもって、十万の足利軍を迎え撃つ湊川の合戦を前に、愛子正行《まさつら》に訓戒を垂れた有名な「桜井駅の別れ」を詠んだ野矢常方の名歌に、

君がため散れと教へて己れまづ　嵐に向かふ桜井の里

という絶唱があるが、佐藤少尉も自らを地下百尺の捨て石とすることで、我が子に範を示さんとしたのである。

そしてこの手紙は妻に対するつぎの訴えで締められている。

「充分体に気をつけて、栄へ行く日本の姿を小生の姿と思いつつ、強く正しく直く生き抜いてくれ」

死ににゆく身でありながら、佐藤少尉は最後の最後まで、妻の身を案じ、将来を案じた。夫婦愛の清《すが》しさがしみじみと伝わってくる文章である。そして特攻隊にただよう清冽な詩情

は、つねにこのように哀しくも美しい別れに淵源するのである。

お前に泣かれるのが辛かったので、どうせ分ることとは知りながら黙ってまいりました。しかし心では感謝の言葉を、幾度繰返してたか分らない俺の心もくんで許してくれ。

海軍少尉　古河敬生

神風特別攻撃隊・隊名不明、昭和20年4月21日、鹿児島県出水沖にて戦死、25歳

寡言は男の美学であり、ことに軍人には不言実行が強く要求される。おしゃべりな男など絵にならないし、詩にならない。だが寡言ではあっても、心の中では人の優しさに対する感謝の言葉が渦《うず》まく多情多恨こそが日本男子の真骨頂である。

古河少尉も面会に来てくれた妻に無愛想な態度をとったことを、手紙でつぎのように詫びている。

「君に対して俺は心中では頭を下げて感謝している。しかし、それを果していかなる態度で表現したらよいだろうか。俺は無言の中に君に感受してもらいたかった。むずかしい要求であったかもしれない。だが、軍人にはそれが必要なのだ」

そして古河少尉はその理由をつぎのように説明する。

「冷たく見えるかもしれない。つれなく見えるかもしれない。しかし、これを乗り越えねばならない。俺は死を通り抜けてこねばならないのだ。君も或いは君にとって死以上のものを踏越えてこなければならぬのだ」

飛行機搭乗員はつねに死と隣り合わせの任務に従事している。戦闘においてはもちろん、訓練においても一瞬の油断が死につながる。それゆえつねに自分を客観視して冷静に見きわめる習性が要求される。

「将来を予測することはできぬが、現在を一歩一歩正しく踏みつけてゆくことはできるはず、そこに生ずる邪念を払うこそ修養であろう。俺はパイロットとして猛訓練をうけている。訓練は絶えず死の危険を伴う作業である。心に悩み心配のある者にかぎって事故を起すという。清明な一点の曇《くもり》もなき心にて、訓練に従事したい」

古河少尉がこの手紙を出したのは昭和十九年二月であり、米軍の反攻が熾烈《しれつ》の度を加えてきた時期である。絶対国防圏であるマリアナ諸島に米軍が上陸するのはその四ヵ月後であり、特攻はこの年の十月から始まる。

古河少尉が前線の鹿児島県出水航空基地に配属となったのは、翌昭和二十年四月初めで、沖縄決戦が開始された時期であり、航空機搭乗員はみな特攻で散華する覚悟でいた。古河少尉とて例外ではなく、そのため妻を心配させることを嫌って、妻には黙って最前線基地に赴任したのである。その心情を綴ったのが冒頭の「お前に泣かれるのが辛かった」という四月二十日付の手紙である。そして手紙はさらにこうつづく。

「この頃少し心に余裕ができると、お前のこと、生れてくる子供のことが気になってならない。どうか体にだけはくれぐれも気をつけてくれ」

そして古河少尉は特攻隊員となったことを告げて、さらにこう綴る。

「今日か明日かと、出撃の日を待っていたが、毎日お前がゼリーを作ってくれた時の手紙を出しては読んだり、お前の写真と、悦ちゃん(妹)の写真を出しては眺め、最初にして最後の死の出撃を待っていた。しかし、自分で驚くほど、俺の心は澄みわたり、もう一人の俺がその澄みきった心の俺をしみじみと眺めなおす感じだった」

最前線での激闘の日々、古河少尉の心の安らぎは、愛する人々の面影を密かに思い浮かべることであった。そして少尉はこの手紙をつぎの一節で締めている。

「この前やってきた萩原にも、お前のことを聞いた。しかし驚いてはいけない。萩原も来た翌《あく》る日の出陣で散ってしまった。人の命の儚《はか》なさは、今さらながら唖然とするものがあるが、この頃はだいぶ神経も太くなってきた。お前も心を〝太く〟持って、待っていてくれ、必ず帰る。お前が子供を安産するまではそう簡単には死なないつもりだ」

右の文中に、「驚いてはいけない」とあるが、古河少尉も翌日の戦闘で戦死した。人の運命などまるでわからない。わからないからこそ、今日という日を精一杯に生きねばならないのであろう。

泣くを止めよ、吾を信ぜよ、誓って死花《しにばな》を咲かせん。大言壮語を止めん。

幾多の戦友見事敵艦、敵機をほうむれり。吾ただただ黙々として必殺轟沈を期するのみ。

海軍少尉　石野正彦

神風特別攻撃隊・隊名不明、昭和20年8月1日、千葉県木更津にて殉職、24歳

昭和二十年になると、若い飛行機搭乗員のほとんどすべてが特攻を望んだ。海軍飛行兵の場合、正式な特攻要員ではなくとも、その意識はみな神風特別攻撃隊員といっても差しつかえない。学徒出陣の石野少尉も、終戦まぢかの七月二十五日、つぎの手紙を新婚の妻清子に送っている。

「二十有五年の人生ついに花と咲き、実の結ぶの機いたらんとす。畢生《ひっせい》の勇を振《ふる》いて戦わん。吾出撃の際は、おそらく特別攻撃隊員ならん。もとより本懐とするところにして悔ゆるところなし」

ところが特攻隊員となるということは、出撃すなわち死ということになる。妻帯者の場合、ここが一番の問題となり、生死をどう思い切るかで思い悩む。石野少尉が出した結論はこうである。

「未だ契り浅くして若きそこ許《もと》のことを思わずと言うにあらざれど、これ微々たる私情にして、大義に死して悠久に生くるこそ真に男子なれ」

公私を峻別せねばならぬというのが、軍人のつとめである。軍人が軍人であるかぎりは、滅私奉公が要求されるし、公私を混同すれば軍人たるの資格はない。それゆえ石野少尉は冒頭の言葉のように、心を鬼にして、「泣くを止めよ、吾を信ぜよ」と妻にいい、「誓って死花を咲かせん」と宣言するのである。

ただしいくら宣言したといっても、妻を想う秘めやかな愛というものは、そう容易《たやす》く絶ち切れるものではない。その証拠に、石野少尉は冒頭の文章につづけてこう記している。

「未来の坊や？は純真にしてのびのびとした自然児ならんことを祈る」

そして幸せであった新婚生活を、石野少尉はこう綴っている。

「思い出の地　木更津は、味《あじわ》いても味いてもなおあまりある幸福を、心の中に、胸の内に蘇《よみがえ》らしめる。……静かなる離れ屋に住いし一ヵ月の日々を想いて、ただ仕合せの運命に頭の垂《た》るるなり。そこ許《もと》も同じ想いならん。われらは幸福者なり。世にも稀《まれ》なる仕合せの星の下に住みたり」

そして石野少尉はこの手紙を、

「心静かにこの日々に感謝せん」

と書き止めた。清子との新婚生活が、少尉にとって、いかに幸福で充実したものであったかが、この言葉からも察せられよう。

だが石野少尉はこの手紙を出した六日後に殉職する。幸も不幸も、生死と同じく紙一重のものなのであろう。人間は、運命、宿命に対して敬虔《けいけん》でなければならない。

汝《なんじ》我ニ嫁《か》シテ四ヶ月、誠ニ良ク仕《つか》ヘテ呉レタ。有難ク礼ヲ言フ。何モ不服ハナイ。

海軍中尉　原田嘉太男

神風特別攻撃隊・第二御楯隊、昭和20年2月21日、硫黄島周辺にて戦死、25歳

原田中尉は開戦以来の歴戦の勇士であった。まず開戦時のハワイ真珠湾攻撃で米戦艦メリーランドを撃破し、ラバウルの敵前上陸では、上空から上陸部隊を支援し、アリューシャンのダッチハーバー空襲では敵特務艦を、オーストラリアのポートダーウィン空襲では敵輸送船を撃沈した。その戦闘空域たるや日本のパイロットの中でも屈指のものであった。

だが戦局の悪化は、このような名パイロットでさえも特攻要員とせざるを得なかった。

昭和二十年二月十六日、米軍が硫黄島上陸に先立ち事前攻撃を開始した。日本海軍はすぐさま特攻隊の出動を発令し、部隊編成にとりかかり、原田中尉は神風特別攻撃隊第二御楯隊に配属された。

二月十九日、原田中尉は新婚四ヵ月の妻達子に冒頭の文章で始まる手紙を送り、その献身に感謝しつつ、さらにこうつづけた。

「四ヶ月ニシテ後家《ごけ》トナル汝ガ何トシテモ可愛想《(ママ)》ナノダガ、覚悟ノ上ナレバ、雄々《おお》シク第一

歩ヲ踏ミ出スベシ」

国の大事に際しては、死ぬべきときに死ぬのが軍人のつとめである。新婚であろうとなかろうと、妻子があろうとなかろうと、死ぬべきときに死ななければ、軍人は千載に悔いを残すことになる。原田中尉にとっては、ここがまさに死に刻《どき》であった。あらゆる未練を断ち切って、後顧の憂いなく死なねばならない。

「言フベキ事ハ松山デ言ッタ通リ。最後ニ女々《めめ》シク何モ言ハヌ。俺モ立派ナ軍人トシテ死ネル」

古来、武士の命はいつ果てようとも潔いものでなければならぬとされているが、軍人も同様であり、原田中尉も「最後ニ女々シク何モ言ハヌ」とし、「俺モ立派ナ軍人トシテ死ネル」と断言している。これは残される妻に、だから誇りを持てという励ましの言葉であるとともに、己れを鼓舞する言葉でもあった。そして原田中尉は、この短い手紙をつぎの一文で止《と》める。

「泣クナミミットモナイゾ、俺ハ笑ッテ居ルノニ。元気デ暮セ。明日ハ征クゾ」

このとき、原田中尉が本当に笑っていたのかどうかはわからない。だがそう書きつけることによって、生き残る妻の精神的な負担が軽くなるのは確かであり、立派な軍人として死ぬことを誓った原田中尉にすれば、こう書くことが妻への最後の思いやりだったのである。

この二日後、原田中尉は硫黄島沖合で見事に敵艦に突入、命中し、立派な最期を遂げ、日本にまた一人、若い未亡人が増えた。

綾子の事に関しては母上様今後とも一層面倒を見てやって下さい。あれも正式な式も挙げ得ず、常に二人で一度でよいから帰郷したいと申して居りましたが、それは出来ませんでした。

陸軍少尉　大橋治男

陸軍特別攻撃隊・第二三振武隊、昭和20年4月1日、沖縄周辺海域にて戦死、26歳

戦時下の結婚にはさまざまの障害が伴うが、軍人との結婚となればなおさらであり、ことに軍人の両親の暖かい庇護がなければ普通の市民ならば何ということのない新婚生活でさえ円滑にはできないこともある。

その最大の理由は、軍人には軍務があり、命令一つでどんな遠隔地へも行かねばならず、その軍務もつねに命を賭けたものとなる。軍人の妻の心労というのは、一般家庭の婦人には想像もつかないほど過酷なものであり、その支えとなるのは、何よりも夫の愛であり、そしてその夫婦を優しく見守る互いの両親の存在である。

大橋少尉に特攻出撃命令が出たのは沖縄に敵の大軍団が迫ってきた昭和二十年三月二十一日のことである。その日、大橋少尉は母へ遺書ともなる手紙を書いた。

「母上様　お達者でお暮しの御事と存じます。二十八年間（数え）は夢の様でした。この二十

八年間の母上様の御苦心、御辛抱、肝に銘じて居ります。されば今日の日を勇んで征きます」

そして大橋少尉はひとり残される妻の身を案じ、

「綾子の事に付いては父上様と共に大変お世話になり、今日まで無事人並みに立って来ました。これも皆父上様、母上様の御力の賜《たまもの》と深く厚く御礼申し上げます」

と述べて、冒頭の文章へとつづくのである。

「今後とも一層面倒を見てやって下さい」という一文に、少尉の妻に対する深い愛が察せられる。女性という女性が夢にまで見る結婚式さえ挙げることができなかったことを、少尉は大いなる悔いとした。これから挙げてやりたくとも、特攻出撃する身であればそれもかなわず、残される妻を、これも残される母に託すしかない夫のつらさ、これが妻を持った特攻隊員に共通する哀しみなのである。

しかも綾子の場合、結婚してから少尉の実家に一度も帰郷したことがないため、周りはすべて見知らぬ人といってよい。それだけでも綾子にとってはかなりの心労である。少尉はそれを思いやり、手紙をさらにこうつづけた。

「それ故隣り近所の方々とは未だ親しくして居らず、突然一人ボッチリでは随分苦労すると思います。女は女と、綾子の事は母上様、くれぐ〱もよろしくお頼み申し上げ、最後に母上様の御健康をお祈りいたして失礼いたします」

これほどに細やかな心遣《こころづか》いをする人間であっても、特攻隊員ならすべての未来を絶ち切って死んでゆかねばならない。国を守るとはこれほどの大事なのであり、特攻隊員のこの哀切な真情を知ることなく、特攻死は犬死であり無駄死であったなどと半可通な批判をすることは許されない。それぞれの特攻隊員にはそれぞれの特攻隊員の数だけ、清冽な愛があり、哀切な別れがあった。これが、今にして特攻を思うとき、泣きたくなるほどの詩情を呼び起こす最大の理由である。

嫁として色々行きとどかない処も多い事と存じますが、小生の妻として、文太郎、文男、共々可愛がって面倒を見てやって下さい。

陸軍大尉　石川一彦

陸軍特別攻撃隊・第六二振武隊、昭和20年4月3日、沖縄方面海域にて戦死、31歳

特攻隊員は十代、二十代の若者が主体だが、なかには三十代の者もおり、石川大尉の場合は、三十一歳で妻と二人の男子がいた。特攻に出撃するということは、この最愛の妻子三人の未来を見届けられないということであり、夫として父として、これほどつらい思いはない。断腸の思いといってよいであろう。

石川大尉は特攻隊の隊長であり、妻子の行く末を案ずることで起こる心の揺れを部下に見せてはならなかった。公私の別を明確にし、公を私に優先させるのが、軍人としての大原則であった。それゆえ石川大尉は、両親に妻子の未来を託さざるを得なかった。そして、特攻

隊長に任命された直後、大尉は実父に書状を送った。

「さて戦局もいよいよ苛烈となり、神国の前途楽観を許さざる状況になりましたが、小生も隊長として必死必沈、任務に就《つ》く可《べ》く命令を戴きました。これが最后の御奉公であり、最后の親孝行と信じ、欣然《きんぜん》として任に就きます。決して家名をけがすが如き行動は取らざる覚悟ですから、何卒《なにとぞ》御安心下さい」

ここにある「欣然として任に就きます」という一文で、石川大尉の覚悟のほどがわかるであろう。そして、大尉は話を妻子のことに切り換え、

「ふさ江（妻）は子供二人をかかえ、今后苦労多き事と存じますが、今は総《すべ》てを犠牲にして任務に邁進《まいしん》するのみです」

と記し、冒頭の嘆願を綴るのである。

祖父母にとって、孫は何よりも可愛いものである。それゆえ大尉は、妻を孫ともども、

「可愛がって面倒を見てやって下さい」と懇願する。特攻出撃する身にとっては、両親こそが最後の頼りだったのである。そして大尉は、

「尚《なお》御両親様には今迄何一つ孝行も出来ませず、誠に申訳有りません。何卒御許しの程」

と記し、さらに出撃間近であることは、

「母上様及び下林（妻の実家）やふさ江には知らさない方が良きかと考えます故、当分父上様の胸に置いておいて下さい」

と記した。これも石川大尉の心配りであるが、そう告げられた父親も辛かったであろう。

可愛い妻子を残して息子が特攻隊員として出撃してゆくのである。出撃を止められるものなら何としても止めたいというのが親心というものである。

だがそれは止められるものでもなければ、止めるべきものでもない。そして一番つらいのが息子自身であることを知るゆえ、父親としては息子の思う通りにさせてやるしかない。特攻の戦果が華々しく報道される裏には、こういう哀しみが無数にあり、しかもその哀しみは特攻散華後にいっそう深まり、遺族のほとんどは一生、その哀しみを拭い去ることができない。

特攻を単に壮烈な英雄譚《たん》と見る誤りはその点を理解できないことに起因し、特攻の真実の姿を見きわめるためには、特攻隊員のみならず、その遺族に終生ついてまわる哀切な思いを感得することが何よりも重要である。そしてその悲愁を感得することによって初めて、特攻という史上類のない凄絶な行為が内包する人間性の尊厳というものを実感として認識でき、そこから滔々《とうとう》と流れ出る清冽な詩情に涙することができるのである。

フク子、長い間俺みたいな人間に良く尽くしてくれた。俺は幸福だった。生涯こんな幸福な事はなかった。唯々、俺は幸福だ。幸福だ。この幸福を胸に敵艦めがけて轟沈する。

陸軍少尉　大平誠志

陸軍特別攻撃隊・第二〇振武隊、昭和20年4月12日、沖縄方面海域にて戦死、23歳

　世間の夫婦は偕老同穴《かいろうどうけつ》の契りを結ぶが、特攻隊員にとって、それは見果てぬ夢であった。だが妻を持つ特攻隊員はその出撃に際し、ほとんど例外なく、妻の献身に感謝の言葉を述べ、先立つ不孝を詫びて飛び立ってゆく。だが若い妻や幼い子を残して出撃するには後ろ髪を引かれる思いがあり、多くの特攻隊員は妻子の将来を父や母に託す。大平少尉も特攻隊に選ばれたことを、

「父上、誠志は果報者です。死場所を見付けました。必ず此処《ここ》にて死にます。心中唯《ただ》必死絶殺あるのみ、必ずやりとげます。任務を完遂致します。帝国軍人として立派に任務に倒れます」

　と誇らかにいいつつ、妻子の行く末を見守ってくれるよう、つぎのように懇願している。

「余亡きあとは宜敷《よろし》く頼みます。フク子と俊一は余なきあと、余にかはって親孝行致します。此の事だけは誓ひます。必ず余の不孝を償ふであらうと信ずる。父上、母上、願はくば、フク子と俊一だけは余以上に可愛がって下さい。誠志、死に臨みて之《これ》だけがお願ひです。之が誠志の一生の最後の我儘《わがまま》です。何も云はず聞いて下さい」

　命を引き換えにすれば敵艦を轟沈することもできよう。だが命を捨てたかぎりはもはや妻子を養うことはできない。そのため妻子持ちの特攻隊員は、全心全霊をあげて妻子の養育を両親に懇願するのである。大平少尉も最後の最後まで懇願をやめない。すなわち出撃の日の

日記にも、大平少尉はつぎのように書き留めている。

「今日は私の飛行をさめであり、且《かつ》私の生命の最後です。何の未練も何も有りません。もふ云ふべき事、書き度《た》き事総《すべ》て記した。願くは、最后に良き餌（敵艦）を与え給へ。必ず大きなものを。

今迄書き留めたる事を宜《よろ》しく御願ひ致します。特にフク子、俊一の入籍の事は第一に、且《か》つ又私同様に二人を可愛がって下さい。是が死に臨みての御願ひ」

すでに特攻隊員として一死を決している大平少尉にとって、心残りといえば妻子のことだけであった。それゆえ妻に対しても、少尉はこう懇願する。

「フク子、亦《また》苦労をかけるな。私は実に申訳無い。男として実につらい。而《しか》し俺の気持を解ってくれると信ずる。死んでも泣くな。絶対に泣くな。軍人の妻だ、軍人の妻だ。心で泣いてくれ、心でな」

これは妻にいうと同時に自分にもいいきかせた言葉であろう。そして大平少尉はこうつづける。

「君の胸には俺の魂が永久にあるぞ。必ず苦しい時には手助けをする。安心すべし。暮々《くれぐれ》も俊一の事を頼む。必ず頼んだぞ。良い子に育てゝくれ。必ず俺の男を立てゝくれ。私は君を誰にもやりたくない。必ず独身にて貫いてくれ。神鷲の妻として貫いてくれと祈るのみ」

そして大平少尉はこの日の日記をつぎの一節で閉じている。

「フク子、俊一も元気で、さやうなら。

四月十二日、十時擱筆《かくひつ》。本日十二時出撃です。十五時には敵艦を轟沈致して居ります。その日が私の命日です。

大平誠志の命日は四月十二日十五時」

また大平少尉はこの日記とは別に、正式な遺書も残している。冒頭の言葉ではじまるのがその遺書で、さらにそれはこうつづく。

「俺には君は過ぎた妻だった。もったいない位な妻だった。最後に当り感謝する。

俺も女は君一人しか知らなかった。俺もずっと守り通した君一人が、世界中の女の様な気がする。君も俺の心と同じと信ずる。最后迄貞操を守ってくれ。俺も最后まで守った。貞操は女の一番大切なもの故。

あとはおれの両親にすがりつき、良くやってくれ。暮々も御身体大切に、俊一は頼んだぞ、俊一はたのんだぞ。先立つ不幸《ママ》を許せ。

ではさやうなら、永久にさやうなら。さやうなら」

そして末尾には「最愛なる妻へ　誠志拝」と記されていた。大平少尉の場合、聖戦完遂という大義名分だけでは死んでも死に切れなかったのであろう。最愛の妻と子を守るために死ぬ。おそらく大平少尉は心の奥深くでそう叫んで敵艦に突入していったに違いない。一人の夫として、一人の父として、それはそれで立派な男の最期である。

可愛い妹へ——立派な日本の娘になって幸福に暮して下さい

時計と軍刀も送ります。これも木下のをぢさんにたのんで、売ってお金にかへなさい。兄ちゃんのかたみなどより、これからの静《しい》ちゃんの人生のはうが大じ《方事》なのです。

陸軍伍長　大石清

陸軍特別攻撃隊・所属部隊不明、沖縄周辺海域にて戦死するも、日時、年齢不明

昭和二十年三月十三日の大阪大空襲により大石伍長は父を失い、病身であった母も父のあとを追うようにほどなく亡くなり、十一歳になる妹の静恵《しずえ》がひとり残された。そのため大石伍長は隊の許可を得て、九州の基地から和歌山県新宮にいる木下という伯父の家に預けられている静恵を見舞った。そして大石伍長は、両親の死の後始末と妹の身の振り方を決めると

隊に戻った。四月八日のことであり、伍長はその日の日記にこう記した。

「妹のことを伯父上にたのみ、新宮駅にて訣別。妹泣く。伯父上夫婦も泣く。せめてあと数日、妹の傍に居てやりたし」

大石伍長は特攻隊員である。米軍が沖縄に上陸を終えたこの時期、特攻隊員にいつ出撃命令が下されても不思議ではない。伍長にとって新宮駅での静恵との別れは、単なる別離ではなく、生きて相まみえることのない永別となる。右の「妹泣く」という三文字に伍長の万感の思いがこめられている。自分の特攻死のあと、ひとり残される幼い妹の行く末を思えば、伍長にとってこの別れは断腸の思いであったことだろう。

　それから二週間が経った四月二十二日、大石伍長は日記にこう記した。

「わが命、ながくともあと一ヵ月ならんか。妹へ写真、伯父上夫婦に鎌本軍曹はじめ隊員みなが集めてくれた志の航空糧食、煙草その他を小包にして送る。なかに隊員一同からの妹への激励文、みんなの集合写真を入れる」

　ほどなく妹からお礼の手紙が来たので、伍長はつぎのような返事を書いた。

「静《しい》ちゃん　お便りありがたう。何べんも何べんも読みました。お送りしたお金、こんなに喜んでもらえるとは思ひませんでした。神だななどに供《そな》へなくてもよいから、必要なものは何でも買って、つかって下さい。兄ちゃんたちの給料はうんとありますし、隊にゐるとお金を使ふこともありませんから、これからも静ちゃんのサイフが空《から》っぽにならない様、毎月おくります。ではお元気で。をぢさん、をばさんによろしく」

だが大石伍長は妹とのこの約束を守ることはできなかった。沖縄をめぐる戦局は急速に悪化し、五月に入ると伍長にも前線への進発命令が出て、伍長の所属する部隊は南九州の万世基地で出撃を待つこととなった。伍長は五月二十日の日記にこう綴っている。

「愈々《いよいよ》出発。苦楽を倶《とも》にせし整備隊員とも別れを告げ、機上の人となる。整備隊員の見送る中を飛び立ち、上空で翼を振り、機首を鹿児島へ向ける。H三〇〇〇。はるかに機上から亡き父母の霊に、幼き妹に別離を告ぐ」

ほどなく新宮の静恵のもとへ、万世基地の大野沢威徳という人物から二通の手紙が届いた。一通は大野沢の手紙で、もう一通は大石伍長の遺書であった。大野沢の手紙にはつぎのように記されていた。


大石静恵ちゃん、突然、見知らぬ者からの手紙でおどろかされたことと思ひます。わたしは大石伍長どのの飛行機がかりの兵隊です。伍長どのは今日、みごと出げきされました。そのとき、このお手紙をわたしにあづけて行かれました。おとどけいたします。

伍長どのは、静恵ちゃんのつくったにんぎゃう（特攻人形《マスコット》）を大へんだいじにしてをられました。いつも、その小さなにんぎゃうを飛行服の背中につってをられました。ほかの飛行兵の人は、みんなこし（腰）や落下さんのバクタイ（縛帯《かわい》）の胸にぶらさげてゐるのですが、伍長どのは、突入する時ににんぎゃうが怖《こわ》がると可哀さうと言って、おんぶでもするやうに背中につってをられました。飛行機にのるため走って行かれる時など、そのにんぎゃうがゆら〳〵とすがりつくやうにゆれて、うしろからでも一目で、あれが伍長どのとすぐわかりました。

伍長どのは、いつも静恵ちゃんといっしょに居るつもりだったのでせう。同行二人《どうぎょうににん》……仏さまのことばで、さう言ひます。苦しいときも、さびしいときも、ひとりぼっちではない。いつも仏さまがそばにいてはげましてくださる。伍長どのの仏さまは、きっと静恵ちゃんだったのでせう。けれど、今日からは伍長どのが静恵ちゃんの〝仏さま〟になって、いつも見てゐてくださること、思ひます。

伍長どのは勇かんに敵の空母に体当りされました。静恵ちゃんも、りっぱな兄さんに負けないやう、元気を出してべんきゃうしてください。さやうなら。

この大野沢という人物もよほど心根《こころね》の優しい男だったのであろう。大石伍長を称え、その死に静恵が傷つかぬよう、心配《こころくば》りのかぎりを尽くした文面となっている。

そしてこの手紙に同封された大石伍長の手紙は、伍長の出撃当日に書かれたもので、妹への愛に満ち満ちた哀しいまでに美しい遺書である。

なつかしい静《しい》ちゃん！

おわかれの時がきました。兄ちゃんはいよ〳〵出げきします。この手紙がとどくころは、沖《縄》なはの海に散ってゐます。思ひがけない父、母の死で、幼ない静ちゃんを一人のこしていくのは、とてもかなしいですが、ゆるして下さい。

兄ちゃんのかたみとして静ちゃんの名であづけてゐたいうびん《郵便》通帳とハンコ、これは静ちゃんが女学生に上るときにつかって下さい。時計と軍刀も送ります。これも木下のをぢさんにたのんで、売ってお金にかへなさい。兄ちゃんのかたみなどより、これからの静ちゃんの人生のはう《方》が大じ《事》なのです。

もうプロペラがまはってゐます。さあ、出撃です。では兄ちゃんは征きます。泣くなよ静ちゃん、がんばれ！


何と美しい兄妹愛であることか。兄がどういう思いでこの手紙を書き、妹がどういう思いでこの手紙を読んだのか。最後の「がんばれ！」という一言に、妹の幸福を願う、兄の万感の思いがこめられている。

確かに特攻は、国家護持、国体護持という大義名分のために敢行されたものであるが、個々の特攻隊員の真情からすれば、古里の美しい山河を守るため、そしてそこに住む静ちゃんのような愛《いと》しい人々を守るために若者たちが死勇をふるって決行したものであることを、この遺書は端《はし》なくも証明している。そしてそのゆえにこそこの遺書は読む人の心の琴線をはげしくかきならし、泣きたくなるほどに清冽な詩情をかもし出すのである。


沢山貰った御手紙は、みなポケットに入れて持って行きます。御守袋《おまもりぶくろ》

（御人形の寝てゐる）も忘れずに連れて行きます。

陸軍少尉　安原正文

陸軍特別攻撃隊・誠第一七飛行隊、昭和20年
3月29日、沖縄奥武島海域にて戦死、25歳

沖縄戦における特攻作戦の主要基地は九州にあったが、この九州からの主攻撃に策応する形で、台湾および石垣島からも少なからぬ特攻機が沖縄海域に向けて出撃していった。安原少尉は誠第十七飛行隊に所属し、昭和二十年三月二十九日、石垣島基地を飛び立ち、慶良間《けらま》列島奥武《おうむ》島付近にいる敵艦船群に突入し、壮烈な最期を遂げた。その安原少尉が書き残したのが、冒頭の文句ではじまる妹千鶴子宛の遺書であった。

この文面からもわかるように、千鶴子は兄に何度も手紙を出したようである。前線にいる将兵にとって何よりも嬉しいのは、いかに高級な慰問品よりも、肉親からの心のこもった手紙であった。その手紙を読むことで、将兵たちは美しい古里の山河を思い出し、懐かしい我が家のぬくもりに触れることができた。苛酷な訓練を繰り返し、いつ敵に襲撃されるかわからないといった緊張の日々を送る将兵にとって、肉親からの手紙を手にすることは、一番の慰めであり、また安らぎであった。ことに妹からの手紙は、姉妹を持たない若い特攻隊員から羨望《せんぼう》の目をもって見られ、もらった隊員もそれを何よりの自慢とし、出撃に際してはそれを胸のポケットに入れて最期を共にしたという。

安原少尉も妹をこよなく愛する一人であり、自己の死が妹の心を傷つけぬように気を配って、つぎのように記している。

「コリントももう出来なくなりましたが、これからは兄ちゃんは御星《おほし》様の仲間に入って、千鶴ちゃんが、立派な人になるのを見守ってゐます。泣いたりなどしないで、朗《ほが》らかに笑って、兄ちゃんが手柄を立てるのを祈って下さい」

死ににゆく身の兄とすれば、星になって妹の行く末を見守るとしかいいようがなかったのであろう。特攻隊の真の哀しみというのは、自分の未来を断ち切るということよりも、自分を取り巻く愛《いと》しい人々の未来を見ることができず、その支えとなって実際に守ってやれないことにある。

それゆえ安原少尉はこの遺書の末尾を、

「御父さんや御母さんの云ひつけを守って、立派な人になって下さい」

と書かざるを得なかったのである。しかもこれだけではなお物たりないと思ったのか、「千鶴子ちゃんへ」として、つぎの追伸を書いている。

「御人形よ、風鈴よ、鶴よ。

はるばる遠くの島まで来て呉《く》れて、毎日みんなを慰さめて呉《く》れたね。ありが度《と》う。御礼を云ひます。誰も居なくなったら花蓮港《かれんこう》の御母さんの処《ところ》へ帰って、何時《いつ》迄も可愛がって貰ひなさい」

特攻とは、見方を変えれば別れである。しかもその別れは永遠の別れであり、両親とも、家族とも、恋人とも、さらには自分の命とも別れなければならないのが特攻隊員の運命である。この哀しみを感得することなしに、特攻を語っても意味がない。そして特攻という二字がいい知れぬ詩情を帯びるのは、この別れの哀しみゆえなのである。

ともかく、何も心配することなんかこの世にはないのだ。明るく朗《ほが》らかに紡績に励み、勉強し、立派な人間になってくれ。それがとりも直さずお国への最も本当の御奉公なのだ。兄さんは、それのみを祈りつつ征く。

海軍少尉　重信隆丸

神風特別攻撃隊・琴平水心隊、昭和20年5月28日、沖縄中城湾にて戦死、23歳

兄と妹がよく喧嘩をするのは仲の良い証拠だともいわれるが、重信少尉も家庭にいたときにはよく妹の妙子と喧嘩をしたという。それゆえ特攻出撃の前日、重信少尉は妙子に遺書ともいえる手紙を書いている。

「全く意地悪ばかりして申訳けない兄だったね。許してくれ。が、いよいよ明日は晴れの肉弾行だ。意地悪してむくれられたのは、今から思えばみんな懐《なつか》しい思い出だ。お前も楽しかった思い出として笑ってくれ。兄さんが晴れの体当りをしたと聞いても、何もしんみりするんじゃないよ。兄さんは笑って征くんだ」

そして重信少尉は、自分でもようやく理解できたという人生論を少々得意気にこう述べる。

「およそ人生とはだね、エッヘン！　大きなあるものによって動かされているのだ。小さな私たちの考えも及ばない大きな力を持つあるものなのだ。それは他でもない、お前の朝夕礼拝するみ仏様なのだ」

　重信少尉は、この世のすべてのことはみな御仏様のみそなわすことだという人生観を得た。ただ少尉の仏教観というのはいわゆる抹香《まっこう》臭いものではなく、

「仏様のことを時々考えろと言ったって、仏様とはしんみりしたものとは全く関係のないものだよ」

　ということであった。そして、

「お前のような境遇の人は、今の日本はもちろん、世界中のどこにでも一杯なのだ」

といって、自分が死んだからといって、決して悲観的になるなと妹を励まし、冒頭の「ともかく、何も心配することなんかこの世にはないのだ」と諭《さと》すのである。そして、

「お父さんはじめお母さんも相当年をとられたことだから、よくお手伝いをしてあげてくれ。姉さん、昭を頼む。元気に朗らかにやるんだよ！」

　といって、つぎの三つの訓戒を示した。
一、運動は必ずやるべきだ。精神爽快となる。
一、守神《マスコット》は頼んではあったが、手に入らなくても、何の心残りも無し。雨降れば天気悪しだ、ワッハッハハ……。

一、よく読書すべし。

そして重信少尉はこの遺書を、

「幾ら書いても際限なし、ではさようなら。お元気で」

という一文で締めている。出撃前日にこのようにユーモアのこもった明るい文章を書けるということは、重信少尉の性格がよほど明るく朗《ほが》らかだったのであろう。もちろんそこには妹を悲しませたくないという意識も働いているのであろうが、「何もしんみりするんじゃないよ。兄さんは笑って征くんだ」という言葉の中に、人生を明るく前向きに生きるということの尊さを妹に伝えたかったのであろう。人はいつかは死ぬ。だが生きているかぎりは、天から与えられた命を精一杯に生きる。それが人間らしい生き方というものである。

妹よ、兄は今、死場所を得て、武人の本懐と勇んで征く。必ず〳〵立派な立派な死に方をする。

海軍二等飛行兵曹　高瀬　丁《つよし》

神風特別攻撃隊・第九建武隊、昭和20年4月29日、沖縄東方海域にて戦死、19歳

高瀬二飛曹は出撃の当日、二通の遺書を書いている。母宛と妹たち宛の遺書である。まず母宛の遺書に二飛曹はこう記した。

「母上様、丁《つよし》は愈々《いよいよ》出撃します。今更、何も悔《くい》はありませんが、暖く愛しい母上様の御恩も果さず征く事が残念でありますが、唯々皇国に命を捧げる丁を賞《ほ》めて下さい。

母上様。丁は死すとも魂はなお留めて皇国につくします。御嘆き下さるな。丁は、此の壮挙に参加出来て嬉しいです。武人の本懐です」

戦いを本懐と感ずる高瀬二飛曹はきわめて健全な軍人魂の保持者である。また本懐と書き留めることによって、子に先立たれる母の悲しみのいく分かを薄めることができると配慮したのであろう。そして母宛の遺書はつぎの一節で締められている。

「母上様、永く〳〵御幸福に御暮らし下さい。丁は母上様の御写真を胸にいだいて、必ず〳〵立派に死す覚悟です」

母にとってこの一文こそ、戦後を生きる最大のよすがとなったことであろう。自分の写真を胸に抱いて、息子は敵艦に突入していった。それは母にとって言いようのない悲しみであるが、国の大事に殉じた息子に密かな誇りも感じたに違いない。自分の写真が息子の最期を見すえたという事実は、母にとっては生涯忘れ得ぬ想い出になったであろうことは想像に難くない。

ついで妹たち宛の遺書は、冒頭の言葉ではじまり、さらにこうつづいている。

「妹よ、此の兄死すとも嘆くなかれ、五体はなくとも魂は、いつもお前達のもと、悠久の大義に生きて居る。嘆かず頑張ってくれ、祖国の為に」

高瀬二飛曹が妹たちに強く伝えたかったことは、誇りを持って生きよということであった。

「妹よ、お前達は帝国海鷲《うみわし》の妹なるぞ、兄の死に方に恥じないよう、何事も頑張ってくれ。父母上をたのんだぞ。兄が残す最後の言葉は、父母に孝、君に忠をつくせ、のみだ」

高瀬二飛曹はこの日あと数時間したら特攻死する身である。遺書に記されたすべての言葉は、二飛曹の魂の叫びといってよいであろう。そしてこの遺書はつぎの言葉で締められている。

「妹よ、たのむぞ、兄は勇んで死んで征く。妹よ、体を大切に永く永く幸福にくらしてくれ……お前達の面影を偲《しの》びつゝ征く。出撃の日」

高瀬二飛曹はこの後、母の写真を胸に、そして妹たちの面影を偲びつつ、沖縄目ざして飛び去っていった。美しく死ぬとはこういうことである。

妹よ、清純に生きて行け。心の最も美しいところで貴女を愛しつづけてきた兄の最後の言葉を忘れないでくれ。

海軍少尉　久家《くけ》稔

回天特別攻撃隊・轟隊、昭和20年6月28日、マリアナ東方海域にて戦死、22歳

久家少尉の特攻体験にはきわめて苛酷なものがあった。すなわち轟隊で見事に特攻散華する前に、少尉は実は、金剛隊と天武隊で二度出撃していたのだが、二度とも艇の故障で母潜

から発進できず、それを何よりの恥と考えていた。そしてこの苦しさを他の隊員に味わわせぬため、その遺書に、回天の故障で帰投した隊員を「くれぐれも暖かく迎へてくれ。死んでゆく俺の唯一の心残りは、それだけなのだからくれぐれもたのむ」と書き残したほどであった。このように少尉は大変に思いやりのある気質であったため、妹多恵子に対しても、つぎのような言葉を残している。

「我が最愛の妹よ。私は今最も大きなことをやらんとしている。それはおそらく貴女もわかっていると思う」

「最も大きなこと」とは、いうまでもなく、回天による肉弾特攻作戦である。そして少尉はこうつづける。

「私はかつて幾度か貴女を叱責《しっせき》してきた。それも貴女を愛すればこそであり、叱責が一つの愛情の表現であったと思ってくれ」

日本男子というのは、たとえ妹であっても女性に対すると、どうも心に鎧《よろい》をまといがちになり、素直な心を素直に表現できずにその本心を誤解されやすいが、久家少尉もそういうタイプであったのであろう。そこで少尉は改めて念を押すようにこう記している。

「今更改めて云《い》うことはないが、私が今までに云ってきたことは、ことごとく私の人生観の一端である。至らぬ兄の意見ではあったが、私の云ってきたことを思い出して、大和撫子《なでしこ》として清く美しく生きてくれ。蓮の花は泥沼の中にありながらも、あのように清らかな花を咲かせる。如何《いか》なる汚濁に充ちた世界にあっても信念を堅持しておれば、それに染《そま》らずに生きてゆけるものである」

戦争という非情な状況下で、「清く美しく生きる」には強い意志が必要であるが、「信念を堅持」すれば、それは不可能ではないと久家少尉はいう。それは少尉が回天の訓練という生死を賭けた苛酷な体験を経てきたからこそいえる言葉であろう。そして少尉は冒頭にあるように、「妹よ、清純に生きて行け」と望んだ。

混濁の世において、清純に生きるということはもっとも難しい生き方である。しかしそれはまたもっとも美しい生き方でもある。そして久家少尉は、清く美しい生き方の中にこそ、人間の真実があると、信じて疑わない。特攻に流れる清冽な詩情は久家少尉のような涼やかな心性によっても支えられているのである。

フミちゃん、立派な日本の娘になって幸福に暮して下さい。これ以上に私の望みはありません。お父様のことよろしくお願い致します。

海軍少尉　今西太一

回天特別攻撃隊・菊水隊、昭和19年11月20日、ウルシー海域にて戦死、26歳

連合艦隊が回天をもってウルシー泊地の敵機動部隊を奇襲する「玄作戦」を発令したのは昭和十九年十一月五日であり、その作戦部隊である菊水隊が瀬戸内の大津島基地を出撃した

のは同月八日であるが、その出撃の朝、今西少尉は父と妹フミにつぎの文章で始まる遺書を書いている。

「太一は本日、回天特別攻撃隊の一員として出撃します。日本男子と生まれ、これに過ぐる光栄はありません。勿論《もちろん》生死の程は論ずるところではありません。私達はただ今日の日本が、この私達の突撃を必要としていると言うことを知っているのみであります」

そして今西少尉の軍人精神が堅牢であることは、つぎの文章でも容易に理解できる。

「最後のお別れを充分にして来る様にと家に帰して戴《いただ》いたとき、実のところはもっともっと苦しいものだろうと予想して居ったのであります。しかしこの攻撃をかけるのが、決して特別のものでなく、日本の今日としては当り前のことであると信じている私には、何等《なんら》悲壮な感じも起らず、あのような楽しい時をもちました」

さらに今西少尉は、父や妹の悲しみを察しつつ、

「日本は非常の秋《とき》に直面しております」

として特攻について、つぎのように記した。

「日本人たるもの、この戦法に出《い》ずるのは当然のことなのであります。日本人としてこの真の生き方の出来るこの私、親不孝とは考えておりません。淋しいのはよくわかります。しかしここは一番こらえて戴きます。太一を頼りに今日まで生きてきて下さったことも充分承知しております。それでも止まれないものがあるのです」

今西少尉はとうに国に殉ずることに決めていた。それゆえ回天特攻にも十分の自信を持っ

ていた。少尉の気がかりは、父と妹のことだけであり、そこで少尉は妹のフミに冒頭の言葉を残し、父の将来の世話を頼んだのである。そしてさらに少尉はこう記した。

「他人が何と言え、お父様は世界一の人であり、お母様も日本一立派な母でありました。この名を恥かしめない日本の母になって下さい。この父と母の素質を受け継いだフミちゃんには、それだけの資格があるのですから」

今西少尉は心から妹の幸福を望んだ。日本一の母になれということは、日本一幸福な女性になれということでもあった。それゆえ自分の死を乗り越えよという。

「何にも動ずることのない私もフミちゃんのことを思うと、涙を留めることが出来ません。けれどフミちゃん、お父様、泣いて下さいますな。太一はこんなにも幸福にその死所を得て征ったのでありますから、そしてやがてお母様と一緒になれる喜びを胸に秘めながら、軍艦旗高く大空に翻《ひるがえ》るところ、菊水の紋章もあざやかに出撃する私達の心の中、何と申上げればよいのでしょう」

そしてこの遺書はつぎの壮烈な一文で結ばれる。

「回天特別攻撃隊菊水隊今西太一唯今出撃致します」

末尾の署名は、

「出撃の朝　太一」

であった。

特攻とは非情なもので、出撃すれば特攻隊員はまず確実に死ぬ。だが死ぬとわかった特攻に自らの意志で志願した若者がこの国に数えきれないほどいたという事実を忘れてはならない。この志願はすなわち死願であったが、祖国の危急に際して、多くの若者が自ら望んで誇らかに死願したところに、たとえようもなき至高の価値がある。

いとしい幼子へ――父恋しと思はば空を視よ

父恋しと思はば空を視《み》よ。大空に浮ぶ白雲に乗りて父は常に微笑《ほほえみ》て迎ふ。

陸軍大尉　渋谷健一

陸軍特別攻撃隊・第六四振武隊、昭和20年6月11日、沖縄周辺海域にて戦死、32歳

昭和二十年六月十一日夕刻、渋谷大尉率いる第六十四振武隊国華隊が万世飛行場を離陸した。これが万世基地最後の特攻であった。

この日の渋谷大尉を、飛行第六十六戦隊の苗村七郎少尉が目撃し、のちにこう語っている。

「渋谷大尉は、万世特攻隊ただ一人の妻帯者で三十二歳。出撃のとき、愛児の写真を胸に入れ、『子供に不孝なようだが必ずわかってくれる時があろう』、そう言ってバンバンと足踏みをし、白鞘《しろさや》の短刀を握って、矢印へ桜をあしらった尾翼の方からヒラリと愛機へ飛び乗った

大尉の後ろ姿が、いまも鮮烈に眼の底に残っています」

　ここにいう愛児とは二歳になる倫子で、さらに一人、夫人光《みつ》のお腹の中で育っていた。殺伐とした最前線にあって、大尉のただ一つの安らぎは、この二人の子の健やかな成長を心に描くことであった。光夫人の言葉によると、渋谷大尉の性格は、

「主人は身辺をいつも綺麗に整理して来信なども二、三日後には机やカバンの中にも見ることができないほどで、日記などもみることができませんでした。遺書なども主人にとっては日常の会話が遺言のようなものでしたので、とくにそれらしいものはございません」

ということであったが、大尉は子供たちの成長した後に読んでもらうために、「倫子竝生《ならびに》れ来る愛子へ」と題する文章を書いていた。そこには、外敵から祖国を、

「愛する子孫の為に断じて守らざるべからず」

　として、子供たちに呼びかけるようにこう記されている。

「父は選ばれて攻撃隊長と成り、隊員十一名、年齢僅《わず》か二十歳に足らぬ若桜と共に決戦の先駆と成る。死せず共、戦に勝つ術《すべ》あらんと考ふるは、常人の浅墓《あさはか》なる思慮にして、必ず必ず死すと定まりて、それにて敵に全軍総当りを行ひて、尚且《なおかつ》現戦局の勝敗は神のみ知り給ふ。真に困難と謂《い》ふ可《べ》きなり」

　そして大尉は、「父は死にても死するにあらず、悠久の大義に生《いく》るなり」として、二人の子供に教訓するようにこう記す。

「一、寂《さび》しがりやの子に成るべからず。母あるにあらずや。父も又幼少に父母病《やまい》に亡くなれ

ど、決して明《あかる》さを失はずに成長したり。まして戦に出て壮烈に死せりと聞かば、日の本の子は喜ぶべきものなり」

そしてここに冒頭の「父恋しと思はば空を視よ」という、親が子を思う透明な哀しみに満ち満ちた文章となるのである。渋谷大尉の優しさが胸にしみこむ文章でもある。

つぎの教訓は、「二、素直に育て」と記して、こうつづけている。

「戦ひ勝《かち》ても国難は去るにあらず、世界に平和のおとづれて萬民大平の幸を受ける迄、懸命の勉強をする事が大切なり」

渋谷大尉がこの文章を綴ったのは、沖縄戦でも日本の敗色が濃厚となった五月初めであり、そういう時期に、「世界の平和」と「萬民大平の幸」を述べるところに、大尉の揺るぎない世界観が見てとれる。大尉が軍人の勁烈な覚悟を保持しつつも、きわめてリベラルな精神の保持者であったことが、これからもわかる。そして最後になる三番目の教訓は、母への孝行である。

「三、御身等《おんみら》の母は真に良き母にして、父在世中は飛行将校の妻は数多くあれ共、母程《ほど》日本婦人としての覚悟ある者少し。父は常に感謝ありたり。戦時多忙の身にして、真に母を幸福に在《あ》らしめる機会少く、父の心残りの一つなり。御身等成長せし時には、父の分迄母に孝養を尽せらるべし。之《これ》父の頼《たのみ》なり」

ここで大尉は妻への愛を奔騰させている。これを読んだ妻が、哀しみの中にもたとえようもない喜びをじっと噛みしめたであろうことは想像に難くない。大尉もこう書き留めることで、最愛の妻へのかたみとしたのである。

そして大尉は、この教訓をつぎの一節で締めている。

「現時、敵機爆撃の為、大都市等にて家は焼かれ、父母を亡ひし少年少女数限りなし。之《これ》を思へば父は心痛極りなし。御身等は、母、祖母に抱かれて真に幸福に育ちたるを忘るべからず。書置く事は多けれど、大きくなったる時に良く母に聞き、母の苦労を知り、決して我儘《わがまま》せぬ様望む」

子供の成長を暖かく、時に厳しく見守るのが、親のつとめであるとともに喜びでもある。その親としての最大の喜びを捨ててまで、国家に我が身を捧げるのが特攻隊員の宿命であり、この宿命の何たるかを知ってはじめて、特攻の実相というものが理解できるのである。

素子が生れた時おもちゃにしていた人形は、お父さんがいただいて自分の飛行機にお守りにしております。だから素子はお父さんと一緒にいたわけです。素子が知らずにいると困りますから教えてあげます。

海軍少尉　植村真久

神風特別攻撃隊・大和隊、昭和19年10月26日、比島レイテ東方沖にて戦死、25歳

特攻隊員はみな年が若いが、子持ちの特攻隊員の場合、その子も当然のことながら、乳幼

児が多い。植村少尉の子も乳児であった。だが特攻に征くということは、現世でのこの親子の関係を断つことでもある。子を持つ特攻隊員にとっては、これが一番の哀しみであり、かつ心残りであった。

そして心残りのまま出撃して任務を果たせなくては、それこそ千載に悔いを残すことにもなりかねない。そこで植村少尉は幼い愛児・素子に手紙を書き、子を思う親のまごころの一端なりとも文字にして書き残さんとした。哀しいことながら、特攻隊員が幼い子どもにしてやれることは、それしかなかった。

そこでまず植村少尉は愛児素子にこう呼びかける。

「素子は私の顔をよく見て笑いましたよ。私の腕の中で眠りもしたし、またお風呂に入ったこともありました。素子が大きくなって私のことが知りたい時は、お前のお母さん、佳代伯母様に私のことをよくお聴きなさい。私の写真帳もお前のために家に残してあります」

特攻隊員として苛酷な訓練に明け暮れる植村少尉にとっては、たとえわずかであっても愛児とすごした時間こそ暗闇にきらめく宝石のように美しい思い出となっていたのであろう。そして少尉は愛児の名の由来をつぎのように記している。

「素子という名前は私がつけたのです。素直な、心の優しい、思いやりの深い人になるようにと思って、お父様が考えたのです」

これによっても、植村少尉の優しい人柄というものがよくわかるであろう。そして少尉は特攻隊員の宿命をわかりやすく説き明かす。

「私は、お前が大きくなって、りっぱな花嫁さんになって、しあわせになったのを見届けたいのですが、もしお前が私を見知らぬまま死んでしまっても、決して悲しんではなりません。お前が大きくなって、父に会いたいときは九段にいらっしゃい。そして心に深く念ずれば、必ずお父様のお顔がお前の心の中に浮びますよ」

死が既定の事実である特攻隊員にとって、肉親とのつながりのよすがとなるのは靖国神社しかなく、死して靖国神社に祀《まつ》られれば、そこで懐かしい家族に会えるというのが、特攻隊員に残された唯一の希望であった。

そして愛児への便りはさらにこうつづく。

「父はお前は幸福者と思います。生れながらにして父に生きうつしだし、他の人々も素子ちゃんを見ると真久さんに会っているような気がするとよく申されていた。またお前の伯父様、伯母様は、お前を唯一つの希望にしてお前を可愛がって下さるし、お母さんもまた御自分の全生涯をかけてただただ素子の幸福のみを念じて生き抜いて下さるのです」

死が目前に迫っている植村少尉にとって、素子は輝くばかりの生の証《あかし》であったのである。

そこで念を押すように少尉はこう告げる。

「必ず私に万一のことがあっても親なし児などと思ってはなりません。父は常に素子の身辺を護っております。優しくて人に可愛がられる人になって下さい。お前が大きくなって私のことを考え始めた時に、この便りを読んでもらいなさい」

そして追伸として、冒頭の人形の話につながるのである。

植村少尉はその年、すなわち昭和十九年の十月二十六日、素子のおもちゃをお守りにして、神風特攻隊大和隊の隊長として、フィリピン・レイテ東方にいた敵機動部隊に突入、特攻散華した。前日に関行男大尉の敷島隊が突入しているので、大和隊は神風特攻第二号となる。特攻隊員が特攻で死ぬ。それは当然のことであるが、その当然が無性《むしよう》に哀しい。

オオキクナッタレバ、ヂブンノスキナミチニスヽミ、リッパナニッポンジンニナルコトデス。

陸軍大尉　久野正信

陸軍特別攻撃隊・第三独立飛行隊、昭和20年5月24日、沖縄周辺海域にて戦死、29歳

子どもはいつの時代も国の宝である。我が子を大切に育てるということは、いわば宝石の原石に磨きをかけるようなものであり、心をこめて磨けば、その原石は輝きをまし、やがて自ら光を発するようになる。それは親にとって人間としてもっとも大切な仕事であり、かつまたもっとも楽しい仕事である。

育児というのは児《こ》を育てるということであるが、事実は児を育てると同時に親が児に育てられてもいるのである。これは児にとっても親にとっても、一生を通じての大事業といえるし、人と生まれてこれほどやり甲斐《がい》がありかつ意義のある事業もない。

だが子を持つ特攻隊員はその大切で楽しい仕事を放棄しなければならぬ運命にある。久野大尉もそんな一人で、出撃時の大尉には、五歳になる正憲と三歳になる紀代子がいた。五歳と三歳といえば可愛いさかりである。いかに御国のためとはいえ、その子らの成長を見守ることもできず、永《なが》の別れを告げなければならないことは、大尉にとって断腸の思いであったろう。

そこで大尉は二人の子どもの心の中に永遠の父親像を焼きつけるために、愛情があふれんばかりの遺書を書いた。

「父ハスガタ《姿》コソミエザルモ、イツデモオマエタチヲ見テイル。ヨクオカアサンノイイツケヲマモ《守》ッテ、オカアサンニシンパイ《心配》ヲカケナイヨウニシナサイ」

この文章につづくのが、「大きくなったら「リッパナニッポンジンニナルコトデス」という文章である。現代では「立派な日本人」なる言葉はまず耳にしないが、この言葉には、真・善・美のすべてが含まれ、当時は民族の誇りを象徴する言葉でもあった。日本人であるなら、男も女もみなが立派な日本人となることを目指した。それは正義の人となることであり、勇気のある人となることであり、また誇りある人となることでもあった。そして、日本人の皆が皆、立派な日本人となることを目指したがゆえに、逆に日本という国家に対して誇りを持ち、また日本人と生まれたことに喜びを持ち得、立派な日本人となることこそ、民族にとっての最大のアイデンティティーだったのである。

久野大尉が二人の幼子に「立派な日本人」になれと言い残した陰には、こういう深遠な思想がこめられていたのである。そして大尉はこうつづける。

「ヒトノオトウサンヲウラヤンデハイケマセンヨ。『マサノリ』『キヨコ』ノオトウサンハカミサマニナッテ、フタリ《二人》ヲジット見テイマス。フタリナカヨク《仲良》ベンキョウヲシテ、オカアサンノシゴト《仕事》ヲテツダイナサイ。オトウサンハ『マサノリ』『キヨコ』ノオウマニハナレマセンケレドモ、フタリナカヨクシナサイヨ」

久野大尉がこの文章を書いたのは特攻出撃の直前である。おそらく大尉の目には涙がにじんでいたことであろう。そしてこのいたいけな子どもたちを守るために、何としても存分に戦い、立派に死のうと覚悟したに違いない。それが軍人の本懐というものである。そしてこの遺書はつぎの一節で締められている。

「オトウサンハオオキナジュウバク《大重爆》ニノッテ、テキ《敵》ヲゼンブヤッツケタゲンキナヒトデス。オトウサンニマケ《負》ナイヒトニナッテ、オトウサンノカタキヲウッテクダサイ」

この闘魂こそが日本男子の武徳というもので、自分に戦闘力があるうちは戦いに戦う。これが武人の本領であり、古来、男子たる者、起つべきときに起ち、死ぬべきときに死ぬ、とされているが、激越《げきえつ》な戦いの中にも愛する妻子を忘れぬところに清冽な詩情が流れ出るのである。


愛児よ。若《も》し御許《おもと》が男子であったら、御父様に負けない、立派な日本人になれ。若し御許が女子であったなら、気だてのやさしい女性になって呉れ。そして御母様を大切に充分孝養をつくしてお呉れ。

陸軍少尉　倉元利雄

陸軍特別攻撃隊・第六〇振武隊、昭和20年5月11日、沖縄周辺海域にて戦死、年齢不明

倉元少尉は、新妻の喜美子に出撃の日まで自分が特攻隊員であることを告げなかった。年若い喜美子を悲しませるに忍びなかったからである。

当時、都城基地にいた倉元少尉は、上官である第六十振武隊長の平柳芳郎大尉の粋なはからいで喜美子を都城に呼ぶことができ、特攻隊員が宿舎にしている千亭の隣りの藤の井という旅館でつかの間の新婚生活を送ることができた。昭和二十年四月下旬のことである。出撃隊員とその妻が一緒に起居するなどということは、当時の特攻隊では考えられないことであったが、温情家である平柳隊長の優しい心配りが隊員たちにも旅館の人たちにも通じ、喜美子は皆から大事にされ、つかの間ではあるが、新婚らしい楽しい生活を送ることができた。

だが五月十日、第六十振武隊に出撃命令が下った。翌朝、倉元少尉は喜美子に遺書を書いた。

「喜美子。出発の時は許して呉れ。御許を愛すればこそ、一時をも悲しみをさせたくない心にて一杯だった。決して嘘を言ふつもりではなかった。（特攻隊に参加したことを隠してゐた

が）どうか元気をだして全《あら》ゆる苦しみ、悲しみと闘って行って御呉《おく》れ。強い心で生きて行って呉れる事を切に〳〵望む。では只今より出発する。御許の幸福と健康を祈る。五時十二分」

だが倉元少尉はこれだけでは物足らなかったのか、さらにこう書き加えた。

「喜美子。有難う。有難う。俺は幸福だった。喜んで征く。五時十五分」

そして「愛児よ」で始まる冒頭の文章を書き添えたのである。喜美子は妊娠しており、やがて生まれてくる子のための文章であった。しかも倉元少尉は、前夜にその子の名前も決めていた。男児の場合は、

〈命名　倉元宏《ヒロシ》　昭和二十年五月十日出撃前夜　父　利雄　誌〉

とあり、女児の場合は、

〈命名　倉元僚子《リヤウコ》　昭和二十年五月十日出撃前夜　父　利雄　誌〉

とあった。

倉元少尉は妻への感謝と子どもの誕生を何よりの喜びとして、出撃して征った。決して後ろ髪を引かれる思いで出撃したわけではない。それを証明するように、喜美子に宛てた遺書の冒頭にはこう記されていた。

「皇国の御臣の一人と生まれ来《きた》り、報国の微忠を致す。男子の本懐此の誉《ほまれ》に過ぎたるは無し。欣々《きんきん》たり粛々《しゆくしゆく》たり。只念ず、任務完遂即轟沈」

特攻隊員はさまざまな思いを胸に出撃して征く。倉元少尉の場合は、自分の命と引き換え

に、新しい命を天から授けられる喜びを胸に、勇躍、出撃して征った。そう考えれば、確かに「男子の本懐此の誉に過ぎたるは無し」ということになろう。人の命はいつかは果てる。そしていつかは果てる命なら、死処を得ることこそ武人の本望といえる。特攻に伴う詩情は、つねに生死の重大事にかかわるために、なおいっそう清冽なものとなるのである。

父も近く御前達の後を追って行ける事だらう。厭《いや》がらずに今度は父の膝に懐《ふところ》でだっこして寝んねしようね。それまで泣かずに待ってゐて下さい。千恵子ちゃんが泣いたらよく御守《おもり》しなさい。では暫《しばら》く左様なら。

陸軍中尉　藤井一

陸軍特別攻撃隊・第四五振武隊、昭和20年5月28日、沖縄周辺海域にて戦死、30歳

藤井中尉は特攻隊員としては年かさの三十歳である。これには哀しくも壮烈なわけがある。藤井中尉は歩兵より転科して陸軍航空士官学校に入校した変わり種で、同校卒業後の昭和十八年春、熊谷陸軍飛行学校に赴任した。

同校では少年飛行兵の生徒隊中隊長として訓育を担当し、国を愛し、国に殉ずる精神の美しさを生徒たちに叩きこみ、彼らを一人前の特攻要員に育てあげた。そして藤井中尉は、「お前達だけを死なせはしない。中隊長も必ず行く」

と繰り返し、事実、自らも特攻を志願した。教え子たちを特攻に行かせ、自分は安全な後方にいるということに、藤井中尉の軍人魂は耐えられなかったのである。部下に死ねと教えたからには、まず自らが死んで範を示すのが軍人道の正しい在り方である。

だが藤井中尉には、若い妻と三歳になる長女一子、一歳の次女千恵子がいた。しかも中尉は航空士官学校を出ていたが操縦士ではなかったため、当局は中尉の志願を却下した。責任感旺盛な中尉は悩んだ。教え子たちに後から必ず行くといった言葉も、このままでは嘘となってしまう。

中尉のこの煩悶《はんもん》に誰よりも心痛めたのが妻のふくであった。そこでふくは一つの決断を下して、

「私達がいたのでは後顧の憂いになり、思う存分の活躍ができないでしょうから、一足お先に逝って待っています」

という内容の遺書を認《したた》めた。それからふくは千恵子をおんぶし、一子の手と自分の手を紐で結んで、飛行学校近くの荒川に入水した。十二月の寒風の吹きすさぶ日であった。

ほどなく三人の遺体が発見され、藤井中尉は現場に駆けつけたが、冷たく変わり果てた妻子の姿に、声もなく、嗚咽をこらえるので精一杯であった。

この事件はすぐさま新聞、ラジオで全国に報道され、日本中の心ある人々の涙を誘った。そして中尉も悲しみを押しこらえ、妻子の死を無駄にしてはならじと、ふたたび特攻を血書嘆願した。軍当局も事件が事件なので、異例のことながら、中尉を特攻隊員に任命した。

まもなく中尉は最前線の特攻基地知覧に進出した。そこから中尉は出撃前、妻の父親に、

「ふく、一子、千恵子に逢えることを楽しみにしております」

という内容の手紙を書き送り、さらに天国にいる二人の幼子に冒頭の手紙を書き、その文章のあとに、

「父ちゃんは戦地で立派な手柄を立て、御土産にして参ります。では、一子ちゃんも千恵子ちゃんも、それまで待って、頂戴《ちょうだい》」

と綴った。こう認《したた》めたとき、中尉は一日も早く妻子のいるところへ行きたいと思ったに違いない。

　藤井中尉が陸軍特攻隊第四十五振武隊の隊長として十名の隊員を引き連れて知覧基地を出撃したのは、妻子が入水してから五ヵ月あまりが経った昭和二十年五月二十八日であった。そして今、筑波山を望む郷里の小高い丘の上に、親子四人の墓が寄り添うようにひっそりと建っている。

　幼児二人を道連れに入水したふくを批判する資格は誰にもないし、批判しないのが人間というものである。そして平和な現代に生きる我々は、この哀切な事件を知ることで、愛とは何か、生きるとは何か、ということの意味をじっと噛みしめればよい。

第三章　恩愛の固い絆

父への想い——次代には親孝行者に生まれて参ります

攝郎の志望を心よく御赦《ゆる》し下さいました事を重ねて御礼申上げます。次代には親孝行者に生まれて参る事を御約束致します。

海軍少尉　麻生攝郎

神風特別攻撃隊・第四筑波隊、昭和20年4月29日、南西諸島海域にて戦死、23歳

特攻隊員の親に宛てた遺書には、ほとんど例外なく、親不孝を詫びる文章が綴られている。日本は忠孝一如、忠孝一本の国体を持つ世界に冠たる国家であるから、大君に忠を尽くせばそれがすなわち親への孝にもなると彼らは教えられてきたのだが、それを丸ごと受け容れて、孝を軽視、もしくは無視するほど彼らの精神はスレていない。

二十歳前後の彼らは、どこに出しても恥ずかしくないほど瑞々《みずみず》しい感受性をもっている。

おそらく死を目前にしているぶんだけ、同世代の一般の若者よりはるかにナイーブな神経の保持者ともいえる。

　麻生少尉の父宛の遺書は、特攻隊員となれたことの喜びから、まず綴られている。

「御父上様には益々御健勝に亘《わた》らせられてゐる事と存じます。攝郎が此処《ここ》に本懐を遂げました事を御喜び下さいませ。大正拾《十》年生《せい》を我国に享《う》けてより二十余年、強健な体軀と意志により陛下に御奉公出来ました。之《これ》ひとへに御両親の御慈愛と深く深く感謝する次第で御座います」

　そして少尉は親不孝の段を、

「小学校、中学校を通じて幾多の親不孝を致し、亦《また》大学部に有りましても、何等《なんら》の孝行を致す事なく御別れ致す事は、心残りの様にも思はれます」

　と詫びつつ、忠孝一如の赤誠を明らかにする。

「然《しか》し陛下に御奉公出来まして其の万分の一でも補足出来ました事を深く信じ、嬉しく存じます。陛下の御為《おんため》ならば、如何《いか》なる場所であらうとも、決して其《その》死場所等云々《うんぬん》せぬ覚悟で御座います。例《たと》ひ一孤島にて死にましたとしても、七生報国いな万生報国の念に変りありません」

　一死殉国は軍人の持つべき当然の覚悟であり、滅私奉公こそ軍人の持つべき当然の精神であった。いわゆる「大義親《しん》を滅す」である。だが両親の深い愛によって育《はぐく》まれた若い特攻隊員にとって、これは頭では理解できても、心では納得できぬ命題であった。

そこで彼らは、冒頭の麻生少尉の言葉にあるように、「次代には親孝行者に生まれて参る事を御約束致します」と心に念じて出撃して征くのである。

だが考えようによれば、己れを親不孝と自覚して出撃するということは、最後の最後まで親を思っていたことになり、明らかにこれも一種の孝《こう》である。そしてそれを証明するかのように若い特攻隊員の多くは、敵艦に突入寸前、「オカアサーン」、あるいは「オトウサーン」と叫んだという。

親が子を愛し、子が親を慕うという美しい感情は戦争だからといって決して薄らぐものではなく、逆に戦争ゆえになおいっそう、その絆は深まるのである。

我、今、壮途につかんとす。生還を期せず。今迄《まで》の不孝御許し下され度《たし》。尽忠の大義に生く。

陸軍少尉　倉沢和孝

陸軍特別攻撃隊・第一九飛行隊、昭和20年4月6日、沖縄・慶良間列島沖にて戦死、22歳

倉沢少尉は、昭和二十年四月六日、台湾の屏東基地を出撃、沖縄・慶良間列島沖に集結していた敵艦船群に突入、壮烈な戦死を遂げたが、その三月ほど前の一月十九日にはすでに一死を決し、形見として髪を切って父安市へ送っていた。特攻隊員の遺骨が帰ることは、百パ

ーセントあり得ないからである。自分の体の一部を親に残すには髪か、爪しかない。倉沢少尉の場合、髪を送ったわけだが、送る方も断腸の思いなら、送られる方も悲愁の極みであったことだろう。

そして少尉は米軍の沖縄上陸が目前に迫った三月二十九日には、つぎの内容を認《したた》めた手紙を父へ送っている。

「向ふへ行ったら便りも思ふ様には出来なくなると思ひますが、便りなければ元気でやってゐると思って下さい」

だが冒頭の言葉ではじまる遺書を、倉沢少尉が認めたのは、それからわずか一週間後の四月六日であった。しかもこの日は出撃当日であり、少尉は発進間際に急いで記したらしく、鉛筆で書きなぐり、冒頭の短い文章のあとには、

「では御両親様始め、弟達の壮健を祈ります」

と綴られ、「和孝」という署名の上には、「出発前一筆」と記されていた。

そしてこの遺書が家族のもとに届けられたのは、三月あまりのちの七月十三日であった。父の安市はこの短い遺書のうち、「今迄の不孝御許し下され度」の箇所を凝視し、やがて、

「何たる事だ。何が今迄に不孝な事があったか? 何もないではないか」

といって号泣したという。まさに吉田松陰のいう「親思う心にまさる親心」である。安市は息子のやさしい心根《こころね》に泣いた。泣かずにはおれなかった。国の大事に身を捧げた息子を誇りに思いこそすれ、親孝行の息子に詫びられる理由など一つとしてなかった。それが

また安市の悲しみを新たにさせた。

のちに安市は『和孝を思い出すの記』という小冊子を作った。内容は、倉沢少尉が戦地から送った手紙と、特攻散華するまでの経緯、その間の家族の出来事と少尉への尽きせぬ思いが語られていた。そのなかで安市は、息子を失った悲しみをつぎのように記している。

「出来るものなら飛んで行って抱いてやりたい。声をもう一度聞きたい。だがそれも出来ぬ。お前が出立《いでたち》の時の姿が目に浮び涙が止めどもない。（中略）後日、天上で語り合ふ日を待って居てくれ。ああ、何と短い一生であった事よ」

特攻隊員の勇気は至高至上の武徳として大いに称えられるべきだが、特攻自体を美化してはならないということが、これからもよく理解できよう。特攻とは戦火に咲いた哀切な詩情なのである。

父上様、久男入隊に際し、送別の宴を賜りしその席上、「久男は私の意に叶《かな》えり」と言われしを、未だ唯一最大の誇りといたしております。

海軍中尉　根尾久男

神風特別攻撃隊・菊水梓隊、昭和20年3月11日、内南洋海域にて戦死、25歳

子は親が喜ぶ姿を見て、何よりの喜びとする。根尾中尉の場合、軍人となったことを、父

は「私の意に叶えり」といってくれた。これは日本軍人として、存分に戦え、立派に死ねということでもある。そこで中尉は手記をこうつづける。

「幸《さいわい》にして久男、御楯《みたて》として忠死いたす秋《とき》いたらば、そのおりこそ『久男は意に叶えり』とお喜び下さい。唯一の願いであります。神前に御燈明を点《とも》してお祝い下さい」

そして中尉は自らの清廉潔白を、いささかの自嘲をこめてこう記している。

「久男はすでに二十六歳となりました。人生の半ばも過ぎたるに、世間を知らず、女を知らず、金銭を持たず、今はその信条の貫徹に満足しているだけです。お笑い下さい」

この一筋の生きざまを笑える資格を持つ者などは一人もいない。軍人に必要なものは、地位でもなければ財産でもなく、ただひたむきに国家の御楯となって果てることを悔いない捨て石の精神である。

そして根尾中尉は、出撃に際して、戦友の真鍋という中尉にこう依頼している。

「戦友としてお願いいたします。私もし戦死いたすことあらば、その状況を可及的速《すみや》かに故郷の老父に知らせてやって下さい。また遺品の整理にあたっては、この感想録及び黒表紙の手帳、それに写真類及び軍刀は必ず父の許《もと》に直接お届け下さい。他の衣類等は適当にお願いいたします。金銭を始め消耗品の類は、他の戦友とお分ち下さい。かってなことばかりお願いしてすみません」

真鍋中尉は、根尾中尉出撃後、この依頼通り遺品を老父に送り、残りを形見分けという形で戦友同士で分配した。だがほどなくその真鍋中尉も出撃して帰らぬ人となった。

特攻隊員は、自らの意志で志願して国家の御楯にならんと覚悟した勇士であり、その精神はきわめて純粋である。根尾中尉も自らの性格をつぎのように分析している。

「私は元来小心にして何もできない者でしたが、他人を恨み、憎み、嘲《あざわら》いしことは一度もありません。純といえば純、馬鹿といえば馬鹿、世人がややもすれば居丈高《いたけだか》となってわめきたてているごときは、とうてい私の解しえざるところです。目に立つ物は己れの欠点と、友の良い人となりのみです」

こういう謙虚で無私の精神の持ち主でなければ、特攻という決死行に自ら望んで志願できるものではない。特攻隊員こそ、日本の青春のもっとも美しく、かつもっとも清潔な精神の象徴ともいえるのである。

御父上様、出動です。爆音高らかに愛機は笑《え》むで我を待ってゐてくれるではありませんか。あゝ感慨無量です。

陸軍少尉　野口鉄雄

陸軍特別攻撃隊・第七四振武隊・昭和20年4月13日、沖縄周辺海域にて戦死、21歳

戦局の優劣を肌身をもって知るのは、最前線で戦う兵士たちである。最前線の日本軍将兵は昭和十九年秋以降、日本軍が劣勢となっていることを誰よりもよく知っていた。そこで出

現した神風特別攻撃隊が大戦果をあげた。こうなると空中勤務者の誰もが、特攻こそ戦局挽回の切り札として捉え、自ら望んで特攻隊を志願した。野口少尉もその一人であり、手記には「特別攻撃隊志願の所以《ゆえん》」と題してつぎのように記している。

「決戦の秋《とき》、皇国航空に身を捧ぐる者、何ぞ生を惜まん。七生報国、悠久の大義に生くることの大精神、将亦《まさにまた》己が命を捧げて死に導き、祖国を勝利に導かんとする烈々たる尊い臣民道の持主こそは我々青年下士官でなくして誰であろう」

野口少尉は特攻散華によって二階級特進したが、特攻に志願した当時は下士官である軍曹であった。鬼軍曹という言葉もあるように、下士官が屈強な部隊は、部隊全体が精強になる。そして野口少尉は、特攻隊志願の根本理由をこう述べる。

「吾《われ》時に襲撃隊基本戦技術教育に身を任ぜしも、終始教育にて一貫するを潔《いさぎよし》とせず、されば吾第一戦に勇奮激闘体当りし、神と化した先輩同僚同胞の尊い精神こそ吾が血、肉をわきおどらすものなり」

軍人の本質は戦闘者であり、前線から遠く離れたところで空理空論を並べ立てても、軍人として三文の値打ちもない。逆にいえば、真正の軍人は、戦争がないことをもって一番の誇りと考えるが、いざ戦争が始まったなら、最前線で戦うことを何よりの誉れとする。ことに戦勢が味方に非の場合は、己れの戦闘力の限りを尽くして戦うのが、真正なる軍人の本領というものである。そこで野口少尉も烈々たる闘魂を明らかにする。

「今こそ新たなる憤激のもとに攻勢に転移し、生来からの唯一の希望たりし戦闘隊に転科し、生死を顧《かえりみ》ず、我が身を爆弾とし、敵の一機一艦たりとも撃滅し、唯一の頼《たのみ》とする物量を損耗せん。かかる時に特別攻撃隊徴募の快報に接し、如何《いか》で之を黙視するを得ん。天が吾に与へてくれた唯一の運命とて此れに勝るものなければなり」

野口少尉の武魂が見事なのは、特攻を自らに与えられた天命と見ている点にある。それゆえ父宛の書簡にもこう記している。

「此の戦は必ず勝たなければなりません。亦勝《またかち》は必ず我に在ると信じなければなりません。この勝利を得んが為に、御慈愛深き御父様始め皆々様を後にして、私は近日中に与へられた任地任務に向ひます」

野口少尉に与えられた任地は特攻基地万世であり、与えられた任務は特攻による敵撃滅であった。そして少尉に出撃命令が下された日、少尉は父に遺書を認《したた》めた。

「御父様、愈々《いよいよ》多年の望み叶《かな》ひ、生死を賭して国に報ゆるの日が参りました。……生前は何等孝養も出来得なかった事、くれぐれも御詫び致します。御許しの程、併《しか》し軍人として大君の膝下《しっか》に斃《たお》る事は、男子の本懐頗《すこぶ》る本望に存じます」

そして少尉は、

「今や私は祖国の隆盛と東洋平和を祈りつゝ、愛機と共に敵空母へ花と散り行く」

として、冒頭の「父上様、出動です」という緊迫感あふれる言葉につながるのである。

ことに「祖国の隆盛と東洋平和を祈りつゝ」という点に、大東亜戦争の大義名分があり、この戦争の聖戦たるの本義がある、と野口少尉は信じて疑わなかった。平和のために戦う戦争以外はすべて侵略戦争であり、大東亜戦争は祖国防衛と東洋平和のための戦争であったからこそ、特攻隊の若者たちも心おきなく戦い、立派に死ぬことができたのである。

お父さん、謹治は昭和二十年の天長節に笑って死んで行った事をお忘れなき様。敵艦目がけて突込んだ事を……。

海軍少尉　山本謹治

神風特別攻撃隊・第一魁隊、昭和20年5月4日、沖縄方面海域にて戦死、24歳

子どもが一番嬉しいことは、自分がしたことを親から誉められ、認められることである。日本男子として何が素晴らしい仕事かというと、当時にあっては国家と国民のために捨て石となって、その身を捧げることであった。この自己犠牲の精神こそ、日本男子の生きざま、死にざまというものを、こよなく美しくするのである。

山本少尉は、出撃前日に「最後の手紙」と題して、つぎの遺書を父へ送っている。

「お父さん、私は今詫間《たくま》航空隊（香川県多度津の近く）に来て居ります。今月十二日、北浦より特攻隊として当地に来、愈々《いよいよ》明日（二十九日）が出撃です。二十五年間色々御苦労をおかけしました。そして何一つ御恩報じすることなく……すべて大義の為です」

古来、大いなる義のためには一身の安全などけし粒のようなものだといわれている。大義

のために死ねるか否かで男子の価値は決まる。普段、大言壮語をしていても、いざというときに死ねないような男はろくな奴ではない。武士と軍人は死んでなんぼの世界であり、このような非情の世界で生死するためには、よほど強靭な精神の保持者でなければならない。軍人勅諭に「義は山嶽よりも重く、死は鴻毛よりも軽しと覚悟せよ」とあるのもそのためである。

そして山本少尉もそれを知るからこそ、冒頭の言葉にあるように、「笑って死んで行った事をお忘れなき様」にと念を押したのである。

死は人生の一大事ではあるが、またそれは自然現象でもあり、生ある者はいつか必ず死ぬ。それゆえ軍人、武人にとっては、良き死場所を得ることこそ本望となる。いずれ死ななくてはならぬものなら、国家と国民のためにもっとも役立つ死を選ぶのが軍人たる者の義務でもあり、山本少尉の場合は、「敵艦めがけて突込む」ことを、至上の誉れとしたのである。しかも「笑って死ぬ」と断言した。男子の理想の死に方がここにある。莞爾として死を迎えてこそ男子の本懐であり、その死が少しでも国家や国民のためになるなら、男としてこれほどの死に甲斐《がい》はない。そしてそういう死は必ず詩となり、いずれ馥郁《ふくいく》たる詩情をかもし出すようになるのである。

もう命ありて、父上のご尊顔に接することはないと思います。久夫は必ずこれまでも同様、精魂を打込んでこの国家危急の防備に、また攻撃に当らんとしております。不孝は何とぞお許し下さい。

海軍少尉　山下久夫

神風特別攻撃隊・第二正統隊、昭和20年4月28日、南西諸島海域にて戦死、23歳

戦争の世に、年頃の男子を持つ親の苦労は並大抵《なみたいてい》のものではない。苦労はせずにこしたものではないが、子のためには苦労を苦労と思わないのがまた親というものである。

山下少尉は書簡に父への感謝をつぎのように綴っている。

「あまり豊かならぬ家庭より、頭脳も大してよくもないこの私に中学へ行けと申され、また最高学府にまで入れて戴きました。その間においても気まま勝手な私ゆえ父上のお叱りを蒙ること数知らず、孝養という如きこと何一つ致さず、今まで参りました」

健康の有難味は怪我をしたり病気になってはじめて知るように、親の有難味というのは死別か永別の時にはじめてわかる。山下少尉にとっては、特攻隊員になったときが事実上の死別、永別の時であり、その時の感慨を綴ったのが冒頭の文章である。

そして少尉は父が面会に来てくれたことの感動をこう記す。

「一度お会いする機会を得ましたことは、久夫の最も幸福とするところであり、また父上の老いられたお顔を見て、感慨無量のものがありました」

だが長男である山下少尉には、内心忸怩《じくじ》たる思いがあった。

「推察するところ、忠誠を教え下さるも、わが子は必ず生きて帰る、否、生きて帰ることを祈って下さるお心を拝し、胸をかきむしられる思いが致しました。長男の私ゆえ父上のかかる思いをお察しすることは堪《た》えられぬものがありました。国が生死の岐路に立つとき、私も敢然奮闘死闘するつもりであります」

国が滅びるか否かという瀬戸際にあるとき、座して傍観するような奴は、男ではない。たとえ相手が強敵、大敵であっても、決然起ちあがるのが、武士であり、男である。古来、生死に迷わぬのが男とされ、生《せい》を盗んで生き恥をさらすほどならば、敵陣深く斬りこんで斬死するほうが見映《みば》えもよい。それゆえ山下少尉は、

「どんな苦痛も忍び、必ず男として美しく死ぬ覚悟です」

と断言し、さらに次弟照一についても、

「照一も多分、戦死することでしょう。かわいい弟、私はいつも喧嘩をしたせいか、離れると一層かわいく感じます。彼も幼にして、国難に殉ずることでしょう」

と述べている。

当時は男子ならば国に殉ずることを当然とした、剛気で爽快な男性的時代であった。反戦、非戦などという者は、女子供にも軽蔑された。男は男らしく、美しく生き、美しく死なねばならぬ時代であった。

そして出撃の日、山下少尉は遺書にこう認《したた》めた。

「朝早くより、試運転らしい爆音聞ゆ。

では今より、九九艦爆に乗り行かんとす。
では皆様、切に多幸を祈っております。
これで私はペンを置きます。さようなら。
父上、母上、私のために泣かれるな。いろいろと有難うございました。
兄弟よ、さらば。俺は征く。後を守って幸福になれ」

山下少尉はこうして出撃していった。心にいかに苦しみや悲しみがあろうとも、それを顔には一切出さず、莞爾として死地に身を投ずる。男の美学とはそういうものであり、その美学を堅持してこそ日本男子の精神のたたずまいは、いっそう美しくなるのである。

何一つ心配事もなく勇んで征けるのは、お父様が耕一に云はず御自分で整理して下されたる御蔭でございます。沖縄の地より日本万歳を雄叫《おたけ》びして居ります。

海軍少尉　本田耕一

神風特別攻撃隊・第六筑波隊、昭和20年5月14日、沖縄周辺海域にて戦死、23歳

子の人格というものは、ほとんど親の教育によって決定される。親が国を愛すれば、子も国を愛する。そして真から国を愛するということは、国のためにその身を捧げて悔いないと

ということである。

本田少尉もそういう国を愛する人間であり、特攻出撃の前日、父にこう書き残している。

「明日は耕一の晴れの出陣です。私は桜の花と共に散るのを覚悟して居りましたが、少し遅れてしまひましたが、必ず一生一代の大仕事を致します。私は父上様の寛大な御心により、二十四年間何不自由なく育つことが出来ました。色々御心配を御掛けしましたが、体当りにより御許し下さい」

男子には一生に一度は大勝負があるとされているが、本田少尉にとっては、沖縄海域にたむろする敵艦に激突して轟沈させることが、まさにその大勝負にほかならなかったし、それによって命を失うことは、男子の本懐以外の何ものでもなかった。

そして少尉はこう綴る。

「今日まで私の人生は非常に生々として、何一つ悔《くい》なき生涯でありました。私も御両親様をお世話すべき人間でありますが、時代が異り御世話様になるだけで申訳有りません。今は家の存亡より国家の存亡が大切であります」

滅私奉公という言葉もあるように、公のために犠牲の道をゆくことこそ日本伝統の武士道精神である。

その点、本田少尉も牢固たる武士道精神の保持者といえる。

そして少尉は病身の弟昌也を父に託す。

「昌也が全快することのみ祈って居ます。昌也は現社会には少しも出て居りませんから、よく世話を見てやって下さい。昌也は家の大切な人です。呉々《くれぐれ》も大切にお願ひ致します。私は今何も思う事なく唯《ただ》敵艦に命中することのみであります」

本田少尉の軍人精神が堅牢であるのは、自分の運命についてはは泣き事ひとついわず、ただひたすらに弟の将来を案じていることにはっきりと現われている。この無私の精神、無償の奉仕があればこそ、日本男子は涼やかに生き、涼やかに死ぬことができるのである。

そして少尉はふたたび父に感謝の念を捧げる。

「御父上様には十分御身大切に御過し下さい。私の荷物は何もありませんが御使用下さい。只《ただ》、最初より最後まで人生の喜びをいだいて死んで参ります」

見事な覚悟である。日本武士道の道統がここに見事に花開いている。そして最後に本田少尉は、

「耕一は長男ではありますが、何一つ家の事に関しては知りませんから、何も申しません」と記して、冒頭の「何一つ心配事もなく勇んで征けるのは、お父様が耕一に云はず御自分で整理して下されたる御蔭でございます」という文章につづくのである。

日本男子の真価は戦いの中で十分に発揮されねばならない。そして、戦場こそ男子最高の晴れ舞台と心得てこそ、軍人として美しく戦い、美しく死ぬことができるのである。軍人道を含めた武士道が、思想というよりも明らかに倫理であり、かつ倫理というよりも濃厚に美学であるといわれるのもそのためである。

今は○○基地にて出撃を今日か明日かと草原に待って居ります。此の便りが届きます頃は早《は》や永遠の眠りに付いて居ります。

陸軍伍長　渡辺綱三

陸軍特別攻撃隊・第四三一振武隊、昭和20年5月27日、沖縄周辺海域にて戦死、19歳

特攻隊員のほとんどは出撃に際して遺書を認《したた》めるが、それが遺族のもとに届くのは本人が特攻散華してから数ヵ月後のことである。渡辺伍長も出撃に当たって、つぎの遺書を認めている。

「一筆。お父さん、長々の御無音《ぶいん》お許しの程を。さぞ御心配の事と遠察、不孝お詫び致します。父上にも早《は》や覚悟の上とは思ひますが、綱三も今の度《こたび》、特攻の大命を拝しました。お喜び下さい」

「便りのないのがよい便り」とよくいわれるが、それはあくまでも平時のことであり、戦時に長いこと便りがなければ、親の不安は増す一方となる。戦地に出征した息子が怪我でもしたのではないか、病気にでもなったのではないか、あるいは最悪の場合、戦死したのではないか、そう思って親という親は身も細るばかりに心配するのが、銃後の家族の実相である。

大東亜戦争で戦死した軍人・軍属は約二百五十万人。その膨大な死者にはみな親がいる。当時の日本列島は、そういう親や家族にとってはまさに不安と悲しみの列島といってもよか

った。

そして渡辺伍長のように、久しぶりに親の元に届いた手紙が死の便りであることも稀《まれ》ではなかった。しかも冒頭の言葉にあるように、「此の便りが届きます頃は早や永遠の眠りに付いて居ります」と書かれていようなら、久しぶりに息子の手紙を手にした喜びが、一転して最大の悲しみとなる。

それゆえ渡辺伍長もそれを見越したように、こうつづける。

「然《しか》し父上、けっして淋しく思はんで下さい。綱三は御両親様より先に逝きますが、大和男子としての本懐、大義の下喜んで体当りを致します。必ず轟沈の報をお知らせします」

特攻散華は軍人とすれば最高の死に方であり、特攻による戦死者はみな二階級特進する。だから特攻隊員自身はさほど死を怖れない。命と引き換えに軍人としての名誉を手に入れることができるのであるから、まさに男子の本懐といえる。

ところが銃後の家族は息子や兄や弟の死を名誉とは思いつつも、それ以上に深い悲しみに包まれる。そこにさまざまな特攻哀詩が生まれるのであり、この哀切な詩情を抜きにして特攻を論じてもほとんど意味がない。特攻を語るとは、個々の特攻隊員の死を語るようでありながら、実はその隊員の生の真実を語ることにほかならない。煎じつめていえば、特攻を語るとは、命を生きるという人間性の尊厳を語ることにほかならず、それゆえそこから流れ出る詩情は、なおいっそう清冽なものとなるのである。

父さん、だいじな父さん。母さん、だいじな母さん。永いあいだ、いろいろとお世話になりました。好子、寿子をよろしくお願いいたします。

海軍少尉　永尾博

神風特別攻撃隊・第三草薙隊、昭和20年4月28日、南西諸島海域にて戦死、22歳

特攻隊員の多くは、生死について実に恬淡《てんたん》としている。世間から遊離したような僧堂で偉そうな説教を十年一日のように繰り返す生ぐさ坊主よりも、はるかに悟《さと》りを得ているような見事な精神をもった若者が特攻隊員のなかには驚くほど多い。つねに生死の関頭に立たされる特攻隊員という立場が、そういう見事な人格を作りあげたのであろう。

例えば永尾少尉は出撃に当たって、己れの感懐を箇条書きにして、つぎのように述べている。

「一、生を享《う》けた二十二年の長いあいだ、小生を育《はぐ》くまれた父母に御礼申し上げます。

一、親不幸(ママ)の数々をお許し下さい。

一、小生の身体は父母のものであり、父母のものでなく、天皇陛下に捧げたものであります。小生入隊後は無きものと御覚悟下さい。

一、小生も良き父上、母上、良き妹二人を持ち、心おきなく大空の決戦場に臨むことができます。

一、父上も好子、寿子を小生と心得、お育み下さい。
一、母上、父上のこと末永くくれぐれも御願い申上げます。
一、父、母上の、また妹の御健康をお祈りいたします」

永尾少尉は出撃に際して、言い残すべきことをこのように簡潔にまとめた。どの項目も特別なことが書かれているわけではないが、これを受け取った家族にしてみれば、かけがえのない息子の、そして兄の魂の叫びと受け止めたことであろう。家族の絆とはそういうものである。

そしてこの箇条書きを書き終えたあと、永尾少尉は冒頭の「だいじな父さん、だいじな母さん」と記して、さらにつぎのようにつづけて、この遺書を締めた。

「靖国の社頭でお目にかかりましょう。お身体おだいじに
ではまいります。」

これが当時の日本の青春だったのである。永尾少尉だけが特別であったわけではない。多くの若者がこうやって、勇躍、戦場へと出撃して征き、その多くが戦場で屍と化した。言ってみれば、戦場で非命に斃《たお》れた若者の数だけ悲劇が生まれ、遺族の悲しみは生涯癒《い》えることがない。しかも若者たちは私利私欲のために出撃していったわけではない。ここに崇高な人間性の尊厳を見なければ、戦争を、そして特攻を語る意味はない。

古来、男子はその一生を一編の詩としなければならぬとされているが、特攻隊員はまさしく己れの生涯を一編の詩とした。ただ、その詩はあまりにも悲しすぎた。それゆえ日本の歴

史がつづくかぎり、彼らがその命と引き換えにして創りあげた数千の詩は、あまりにも悲しくまた美しい哀詩として、比類なき清冽な調べを伴って日本人の心の底に永遠に響きつづけるであろう。

兄への決意——なつかしい旭兄様の笑顔、きっと仇はうちます

兄上様、中学校より兄さん一人に心配かけましたが、今日兄さんに満足して戴ける時が来ました。

海軍少尉　冨田三郎

神風特別攻撃隊・彗星隊、昭和19年11月6日、比島レイテ海域にて戦死、21歳

冨田少尉は三男三女の三男で、幼くして両親に死別し、陸軍大尉である兄義之が親代わりであった。そして特攻出撃の当日、「出発に先立《た》ちて」と題して、つぎの遺書を書き残した。

「今は亡き御両親様、いよいよ君国の為め散る日が来ました。男と生れて二十一年、色々御心配かけ、何も報ゆる事なかった三郎を御許し下さい。でも此の彗星《すいせい》急降下自爆(ママ)隊として、国家の存亡を双肩に死んで行ける私の幸福を喜び、迫る壮途に天佑《てんゆう》ある事を草場の蔭より御

祈り下さい」

冨田少尉はまずこう記して両親の恩に謝し、ついで冒頭の文章にあるように、「今日兄さんに満足して戴ける時が来ました」と綴った。「満足して戴ける時」とはいうまでもなく、国家のために死ぬということである。そういう死を満足とみるこの時代は、骨太い男らしさが至上の価値として誰からも敬仰された重厚な時代であった。口先ばかりで戦場にも立てぬ腰ぬけどもがたむろする軽躁《けいそう》の時代ではなかった。

それゆえ冨田少尉は、「満足して戴ける時」の到来を、万感の思いをもって、こう綴った。

「香取《かとり》を出て旬日、台湾より比島へ転進いたしましたが、男最大の栄誉を荷《にな》って征けるこの喜び、実に〱……私の戦果も必ず新聞第一頁に輝く事を思ふと実に愉快でなりません。どふしてこんな幸福を身に受けたか、天佑神助は勿論《もちろん》両親のお蔭と感謝いたします」

戦場に屍《かばね》をさらすことを喜びと感じなければ真正の軍人ではないといわれる。死を恐れぬことで人間は初めて真の自由を得る。たとえば『葉隠』にこういう言葉がある。

「毎朝毎夕、改めては死に〱、常住死身《しにみ》になりて居る時は、武道に自由を得、一生越度《おちど》なく、家職を仕《し》果すべきなり」

軍人も死を怖れなくなれば、軍務を完遂できるということである。完遂したなら当然死ぬ。簡単なことである。

さらに冨田少尉はこうつづける。

「兄上も軍務にある身、之《これ》以後私の分までも御奮闘の程を御祈ります《（ママ）》。真ちゃんも今何処《いずこ》で仇敵と戦って居るのか、弟の幸福を必ず夢みて居る事でしよふ《(ママ)》」

文中の真ちゃんとは次兄の真寿夫で、当時ボルネオに出征していた。これによって冨田家の三兄弟はみな軍人であったことがわかる。こういう軍人家庭は、名誉を大事にし、卑怯を嫌う。それゆえ冨田家では、妹の幸子でさえ、少尉に対して、幼いながらも大きくなったら、

「赤十字を志願して俺と共に働く」

といったという。当時は、男も女も、国のために働くことを当然と思い、かつこの上ない名誉と思っていたのである。

ついで冨田少尉は祖母にも別れの言葉を認《したた》めた。

「祖母上様、八十六年までも心配かけ通しで誠に申訳ありません。でもやっと安心して貰《もら》ふ時がきました。皆々様始め、村の人々へも御恩返しが出来ます。安心して私の分までもっと〳〵長く生きて下さい」

この「安心して貰ふ時」とは、すなわち先の「満足戴ける時」である。特攻隊員にとって、死とは「満足」であり、「安心」だったのである。それゆえ冨田少尉は、この遺書の末尾を、

「では皆々様の御健康を祈ります。私は征きます。我が志たる大空で敵の空母や戦艦に打ち当って思ふ存分とハヽヽヽヽ」

という文章で豪快に締め、さらに「三郎　拝」という署名の上に、

「幸福なりし」

と書き加えたのである。このように壮快な感懐を男子の本懐という。

私は大義の為に死します。旭兄様より仇をたのむとの夢の中なつかしい旭兄様の笑顔、きっと仇はうちます。今日の美しきお月様、なにか教へてくれるものが有ります。今日夜間参ります。父母様、お元気で、今、死につきます。

海軍一等飛行兵曹　麓岩男

神風特別攻撃隊・神雷桜花隊、昭和20年4月1日、南西諸島海域にて戦死、18歳

戦争で敵に肉親を殺された軍人は、わが身に代えても、必ずその仇を討たんと決意する。それも戦闘者としての軍人の血がそうさせるのである。肉身を殺されながら仇討を考えない者などは軍人の風上にも置けない。麓一飛曹も旭という兄を殺されている。それゆえ米軍に対する敵愾心《てきがいしん》は誰よりも強く、その遺書もつぎの言葉ではじまっている。

「なつかしき旭兄様。なつかしき幼き頃より共に兄弟仲良く昭和十五年までおもしろく送りました旭兄様。兄様はなぜ私より先に男児の本懐を遂げられたのですか。弟より先に参るのが道理では御座居ませんか。それなのに旭兄様は先に壮烈に散られた。実に弟として情なき次第です。然し旭兄さん、兄さんの仇は弟飛童がきっと〳〵打ってみせます」

強い敵愾心というものは、烈《はげ》しい闘魂を呼びさます。そして闘魂がたぎればたぎるほど熾

烈な行動を欲するようになる。軍人の行動とはいうまでもなく戦闘であり、戦闘の最終的な目的は敵に勝つことにある。そして軍人たる者は階級の上下を問わず、その目的達成のために精神的にも肉体的にも己れを鍛えあげねばならず、たとえ平時といえども、「常在戦場」の精神を堅持しなければならないのである。

そして麓一飛曹はこの遺書をつぎの一節で締めている。

「兄さん、心よく安らかに九段の上で見守って居て下さい。弟飛童の任務も重大です。必ず任務を完遂して兄さんの所に参ります。

兄さん、心良く九段の上で待っていて下さい。兄さんの『ありし日』を偲《しの》びつつ今日は筆を置きます。兄さんの冥福を祈りつつ筆を置きます」

だが麓一飛曹は、この遺書ではまだ書きたらなかったのか、神雷部隊の出撃直前にも、つぎの文章を書き残している。

「美しきお月様、きっと体当りは成功です。遠き春空の大空より我等の成功を見守って下さい。我等神雷部隊の勇士は大義の為に死す。神よ、我等に神助を与へ給へ。死」

そして「神機到来す。父母様よりお先に参ります」と記して、冒頭の「私は大義の為に死します」という最後の文章につづくのである。

真正の軍人は、大義に殉ずることに迷いはない。麓一飛曹は弱冠十八歳で、軍人道のこの精髄を体得していたことになる。おそらく凜烈な軍人魂というものは作られるものではなく、真男子のなかに自《おの》ずから胚胎《はいたい》するものなのであろう。

私のお墓等は極めて質素に父上母上の隣《となり》にでも建てて下されば結構です。

何よりもあの静かな山麓に眠るのですからうれしいです。

海軍少尉　久保忠弘

神風特別攻撃隊・第二七生隊、昭和20年4月13日、沖縄周辺海域にて戦死、22歳

特攻隊員には、戦死後、静かに眠りたいという願望が大変強い。出撃前の猛訓練と突入時に予想される激闘が、多くの特攻隊員に死後の静寂を求めさせるのであろう。そしてそういう特攻隊員の認《したた》める遺書にも、静謐《せいひつ》の気が濃厚にただよっている。久保少尉も闘魂をうちに秘めた寡言の軍人であり、兄正隆宛の遺書はつぎのように静かな筆致で書き出されている。

「兄さん、御変りありませんか。いよいよ最後のお便りをする時が来ました。想へば実に長い間、ほんとに御世話になりました。我ままであり気の短い兄を兄とも思わぬ不遜な私でありましたのに、最後迄心から愛して下さった事を今更の如く心から感謝致しています。思ひかへす毎に、私は色々な点で不相応な迄に運命的に恵まれて来た事をしみじみと感じます。只今すべてに対して感謝の気持で一杯です」

特攻隊員というと、勇気凛々《りんりん》とした気鋭の軍人を想像しがちであるが、実際は物静かで端正な青年が多く、その心根《こころね》も純粋で清冽である。それゆえ彼らの遺書のほとんどに、周囲の

人々への感謝の心と、その恩に報いることのできない己れの不徳が綴られている。久保少尉もその例外ではなく、遺書にこう記している。

「すでに父母亡く、今又兄さんや姉さん方に何か尽くさねばと思へば、国のためとは云へそれもかなはず申訳ありません。しかし今国のため、正に日本始まって以来の最大の大国難の秋《とき》に、国守るために一身を捧げるのですから、云はばこれが父母、兄さん姉さんに対しても、別の意味で御恩返しになると思ひ定めております。どうか私の様子を後に聞かれましたら悲しまずに喜んで下さい」

そして久保少尉はこの後、家族一人一人について感謝の念を記し、ふたたび兄正隆に向かってこう記している。

「正隆兄さん、これで御挨拶も一通り終りました。すべての人々に対して感謝し、又生命のないすべての草木も路傍《ろぼう》の石も懐しく思はれますが、心中極めてすがすがしく、ただ必死必殺の猛烈な意志をしっかりとにぎりしめて、明日の出撃を待っています」

そして久保少尉は、

「出撃の上は必ず久保家の名を恥かしめぬやう必ずやります故、御安心下さい。そして立派にやったと聞かれましたら、先祖に報告して下さい」

と武魂を明らかにしたうえで、冒頭の文章へとつづくのである。翌日出撃する久保少尉にとって、故郷の静かなる山麓にある両親の墓の隣りで永遠の眠りにつくことが、この世における最後の望みであった。そしてこの静かなる詩情がなおいっそう、特攻の哀しみを際立たせるのである。

再び還らざる出撃命令降《くだ》りました。今に及び何等心残りは御座居ません。

陸軍少尉　米津芳太郎

陸軍特別攻撃隊・富嶽隊、昭和19年11月13日、ルソン島東方海域にて戦死、27歳

陸軍初の特攻隊である富嶽隊が編成されたのは昭和十九年十月二十四日であるが、その日の感激を米津少尉は兄宛につぎのように書き送っている。

「急拠《(ママ)》出動で詳細を申し上げられず失礼致します。真珠湾の特殊任務以来、暫し再興されなかった特別攻撃隊を、愈々《いよいよ》我々の手で結成する事になりました。空の軍神たるべく、一意専心任務に邁進《まいしん》して居ります。

では戦果をお待ち下さい」

この富嶽隊の特攻機は、海軍の二百五十キロ爆弾を抱えた爆装零戦とは違って、双発の四式重爆飛龍（キ-67）に八百キロ爆弾二発を搭載したきわめて破壊力の大きい特攻機であり、護衛空母クラスなら、命中一機で確実に一隻轟沈できるほど威力を持っていた。それゆえ富嶽隊員も、海軍の神風特攻隊に負けてなるものかと鼻息も荒かった。

そのため同じ富嶽隊の根本基夫中尉は遺書に、

「突如、大命を仰ぎ欣喜雀躍出発します」

と記し、曽我邦夫中尉も、

「『欣然死地に投ず』是《こ》れわが心境なり」

と記して、さらにこうつづけている。

「人と生れて二十有余年、如何に座禅の行を組むとも悟得し難き生死の解脱《げだつ》も、今や秋天の如く爽やかに澄み渡れり。我は往く、坦々《たんたん》たる心境もて。我は、後に続く者を信ず。わが戦死のさまとその戦果を照覧あれ」

十月二十六日、富嶽隊は浜松飛行場を進発し、十月二十八日、フィリピン・クラーク基地に到達した。その後、富嶽隊は同基地に待機し、戦機をとらえて出動命令が下ったのは、十一月十二日であった。

その日、米津少尉が認《したた》めたのが、冒頭の「再び還らざる出動命令降りました」という文章で始まる遺書であり、それはさらにこうつづく。

「吾々人間として最大なる修養、孜々《しし》として死に赴く境地も既に会得し、只《ただ》軍人勅諭、戦陣訓の訓《おしえ》を其儘《そのまま》実践躬行《きゅうこう》するのみです」

東条英機の定めた戦陣訓などはいわずもがなの内容で、東条の思い上がりがこのような越権行為を為さしめたのだが、日本軍人には明治帝の御定めになられた軍人勅諭があれば十分で、ことに聖訓五箇条は軍人道の精髄であり、これを厳守して実践躬行すれば、疑いなく日本軍人らしい立派な死に方ができる。米津少尉もそれを知るからこそ、右の文章を残したのである。

そしてつぎに少尉は兄へ厚情を謝し、決死の覚悟をこう述べている。

「二十七年間の生涯を、何等《なんら》子として弟としての道を守る能《あた》はざりしを深く恥ずる次第です。総《すべ》てを兄上に委ね、心置《おき》なく悠久の大義に生きんとして居ります。男子の本懐之《これ》に過ぎず」

死して悠久の大義に生きる。日本男子の生きざま、死にざまの美しさはここにある。

兄上殿も何卒《なにとぞ》命の続く限り奮戦被下度《くだされた》く、我陰より御健闘御祈り申し居り候。横浜にて御別れせし時の英姿髣髴《ほうふつ》として眼前に浮び居り候。

陸軍少尉　清水義雄

陸軍特別攻撃隊・第七九振武隊、昭和20年4月16日、沖縄周辺海域にて戦死、22歳

仲の良い兄弟というのは、それこそ親身《しんみ》になって互いの安否を気づかう。幼い頃からともに野山を駆けまわり、互いに助け合って成長してきたのであるから、それも当然のことであろう。清水少尉も特攻出撃が決まったとき、兄につぎのような遺書を認《したた》めている。

「戦局は愈々《いよいよ》苛烈、兄上殿益々元気御奮闘のこと、遠察、小生御陰様《おかげさま》にて元気、前進を続け居り候。光栄ある○○隊に選ばれたる上は、必中必沈致す可《べ》く神かけて祈り居り候」

戦場は違えども、兄弟が共に出征できるということは、男子にとってはこの上もない名誉

である。そもそも当時は、健康な男子であれば誰もが軍隊に入り、国を守ることの意義を実感として知ることができた。日本人であるならば、日本を守ることが当然であるとして、軍人になることを誰もが義務と考えたばかりでなく、誇りとも思った。

たとえば、東大出の学徒兵で特攻散華した佐々木八郎少尉は生前、軍人は、

「身を国のために捧げ得る幸福なる義務を有しているのだ」

といい、また、

「戦の庭に出る事も自分に与えられた光栄ある任務である」

と断言している。そしてこれは佐々木少尉に固有の思想ではなく、当時の軍人の誰もが血肉としていたごく普遍的な思想だったのである。当時の若者は例外なく、自分が育った家庭をこよなく愛すると同様に、自分が生まれた日本という国を無条件で愛した。故郷はすなわち国家だったのである。

そして清水少尉も特攻散華を目前にして、故郷の風景を見た感激をこう綴っている。

「本日前進中、郷土の上空を通過、我が家の屋根の上で父上のふる旗明瞭に見られ、今尚明瞭に皆様の姿眼前に浮び居り候。我生《せい》を稟《う》けてより今日迄育《はぐく》みくれたる故郷にも空より決別致し候。今更何も思い残すこと御座なく唯命中を祈るのみ」

出撃前に、我が家を見、父親を見、故郷の美しい山河を見ることが出来たなら、特攻隊員としてこれ以上の贅沢《ぜいたく》はあるまい。おそらく清水少尉はそれらの光景を鮮やかに瞼の底に焼きつけ、この麗《うるわ》しい国土を守らんと、いっそう烈しく闘魂をたぎらせたに違いない。

それゆえに「今更何も思い残すこと御座なく唯命中を祈るのみ」と書き添え、冒頭にあるように、「兄上殿も何卒命の続く限り奮戦被下度く」と記したのである。

　そして清水少尉は、

「神州不滅之《これ》絶対の真理、小生この信念のもと、直路驀進《ばくしん》必ず命中可仕候《つかまつるべく》」

と不動の信念を披瀝し、

「兄上殿の御健闘を祈り、永久に擱筆致《かくひついたし》候」

と遺書を結んだのである。

ただ少尉はこれでもなお心残りがあったのか、追伸としてつぎの文章を加えている。

「然《しか》し小生常に兄上殿の誠心の中にあり。全身全霊を捧げ奮戦下さる時に、弟義雄何時《いつ》も共に在るを御忘れ無之《これなく》」

　自分の肉体は特攻死するとも、その魂魄は誓って兄の誠心の中に生きる、と少尉は断言した。これも疑いなく七生報国の大精神であり、特攻隊の若者の精神の純粋性を立証するものである。

　陸軍特攻隊振武隊の一員として二十三歳で特攻散華した長谷川信少尉はこう書き残している。

　単純なるもの、は美しい
　素朴なるもの、は美しい。

純真なるもの、は美しい。
おおらかなるもの、は美しい。

特攻に伴う純粋にしてかつ清冽な詩情というものは、こういう本然的な美によって、その基底を支えられているのである。

弟への教え——立派な人になって、み国のために働いて下さい

滋雄よ、もっともっと強くなれ。そして立派な人になってくれ。

海軍少尉　飯沼孟

神風特別攻撃隊・第二魁隊、昭和20年5月11日、沖縄周辺海域にて戦死、24歳

軍人は「臆病であってもよい。卑怯でなければ」といわれている。逆にいえば、卑怯なことだけは絶対にするまいと、我と我が身に誓って、それを断乎実行すれば、少なくとも軍人道には外れぬということである。これには微分も積分も必要としないから、さして難しいことではない。

特攻隊員として出撃してゆく飯沼少尉にとって、一番の気がかりは、弟の滋雄であった。

「一番不憫《ふびん》に思われるのは滋雄だ。あまりにもおとなしすぎる」

そこで飯沼少尉は、冒頭の言葉にあるように強い人間、立派な人間になれといって滋雄をさらにこう叱咤する。

「お前が兄の年ぐらいになった時、どんな人間になっているかを見たい。お前は俺と同じように地味に暮していく性《さが》かもしれない。お前の好きなことをやって暮せ。しかし大望を抱け。完成せずともよし。一つの目標を作って、それに向って真直ぐに邁進するのだ。俺は理想主義を好む。それに到達せずとも、一歩でも近づけばよいのだ」

古来、男子の男子たるゆえんは大望の有無だといわれているが、確かに覇気をなくしては男子とはいえない。見果てぬ夢を追いつづけるのが男子の生き方であるべきであり、たとえその夢が実現せずとも、その夢に向かってひたむきに歩きつづけるというところに、男のロマンがあり、男の美学がある。飯沼少尉のいう理想主義とはこういうことである。さらに少尉はこういう。

「次に判断の物指《ものさし》を作れ。それには本を読むことだ。これは非常に便利なものだ。何かあった時、この物指にあててみて、このことはよいことか、悪いことかと直ちに決定することができる。俺はこの物指をえんものと七転八倒《ばっとう》したのだが、遂にうることはできなかった。確固たるものをえよ」

物事の判断基準というものは、個々人の独自性があって然るべきだが、軍人に限っていえば、確固たる基準が厳存する。すなわち軍人勅諭の聖訓五箇条であり、これを厳守するかぎり、日本軍人として恥ずかしからぬ行動がとれる。曰く。

一、軍人は忠節を尽すを本分とすべし。
一、軍人は礼儀を正しくすべし。
一、軍人は武勇を尊ぶべし。
一、軍人は信義を重んずべし。
一、軍人は質素を旨とすべし。

そして死生観としては、勅諭本文の、
「世論《せいろん》に惑《まど》はず政治に拘《かかわ》らず、義は山嶽よりも重く、死は鴻毛よりも軽しと覚悟せよ」
の一文を厳守すれば、少なくとも軍人道から外れることはないし、特攻隊の勇士たちもこの生きざまを実践したからこそ、軍人としてあれほど立派な死に方ができたのである。男の価値はいつの世も気節の高さにある。

妥協を斎《ものい》め。気節を尊ぶは男子なり。怒るべきに怒るは男子なり、弟よ、
生活するのはお前自身である。

海軍少尉　若麻績《わかおみ》隆

神風特別攻撃隊・第一八幡護皇隊、昭和20年4月6日、南西諸島海域にて戦死、23歳

若麻績少尉は、長野の善光寺常円坊として善光寺に仕え、善光寺とともに長い歴史を誇る

若麻績家の長男である。そのため弟たちを善導する立場にあり、弟たちにつねに男は男らしくあれと強調した。

当時の社会は戦時下という緊張状態にあり、嘘が通用しない、真剣勝負の世の中であった。こういう世に生きるためには、是は是、非は非として堂々と生きるほかない。そこで少尉はまず冒頭の言葉を提示したのである。妥協を排して、気節を尊ぶ、そして怒るべきときには怒る。これが意気ある男子の生き方である。それゆえ、若麻績少尉はさらにこうつづけた。

「決して小さな型に塡《は》められることなく、常に破壊破壊と、新らしい己を建設して、青春不滅を誇れ！　重ねていう、生活するのはお前自身である」

この「青春不滅を誇れ！」という叫びの中に、若麻績少尉の人生観、死生観といったものがすべて含まれているといってもよい。さらに少尉はこうもいう。

「弟よ、願わくば向学の志を捨てるなかれ。向学の志、それは青春の熱情である」

意気なきところに青春の輝きはない。まして祖国は大戦争を行なっている。戦さの庭に立つことは、青年の義務であるとともに栄光である。そこで少尉はいう。

「戦は大きなるつぼのごとく生命を吸いこんでゆく。人は何も残しおくことはできない。防人《さき》
人《もり》吾等、征きては再び帰る日の歌はない。歌はなくただ祈る。たらちねの、安からんことを」

軍人である若麻績少尉は、当然のことながら一死を決している。そこで、次男久光に後事を託す。

「久光、あとは頼むぞ。つづく弟多くして兄は幸福だ。莞爾《かんじ》として断乎やる。良勝、実達の面倒をみて立派な日本人として共に進め」

当時の若者は祖国が危急存亡の秋《とき》にあることを誰もが知っていたし、祖国を外敵の侵寇《しんこう》から守ることこそ日本男子の最大のつとめであることを信じて疑わなかった。そして出撃を前にした若麻績少尉は弟にこう告げた。

「男らしい男になれよ、俺の分も孝行してくれ、たのむ。では元気で。健康は生きるためにも死ぬるためにも絶対に必要だ」

若麻績少尉のような特攻隊員には「死ぬるため」の健康が何よりも必要であり、まさに立派に死ぬるその日のために、苛酷な訓練を重ねて、強靱な精神と肉体を獲得し、維持したのである。

そして若麻績少尉は、

「出撃の準備を急いでいる私の飛行機の傍で一筆したためます」

として、今生最後の文章を家族に残した。

「何もしてさしあげられなかった不肖《ふしよう》をお許し下さい。でも国の為になって男の意地が立てばそれでよいと思います」

男子が死ぬのに理屈はいらない。世のため人のために黙って死んでゆけば、それで十分に絵になる。古来、武士は美しく生き、美しく死なねばならぬとされているが、軍人も同じである。そして若麻績少尉は遺書の最後をつぎの文章で締めている。

「日の丸鉢巻に縫い込んだ教え子（予備学生）の遺骨の肌ざわりに、いつしからず祈る心の湧き出《い》だします。

出撃の命が下りました。隊長は地球を抱いてぶっ倒れろといいます。私も学生達にそう教えました。では皆様御健闘を祈ります」

死ぬまさにその時まで、戦意をいささかも失わぬのが真正の軍人であることがこの文章からも察せられよう。軍人は戦いの中にこそ栄光があり、詩情がある。そしてその栄光と詩情の中に死してこそ、男子の本懐というものである。

いろいろ面白いこともあったなあ、また悲しいことも、淋しいことも。

しかしこれからだ。二人とも御国のために働いてくれ給え。ではさようなら。

海軍中尉　中島健児

海軍特別攻撃隊・震洋部隊、昭和20年2月20日、比島コレヒドールにて戦死、22歳

震洋はわずか一・三トンのモーターボートの前部に三百キロの高性能爆弾を収めて敵艦に体当たりする特攻兵器で、昭和二十年二月の比島コレヒドール防衛戦に初出撃し、米軍の公式記録では上陸支援艇三隻を撃沈し、一隻を大破したとされている。だが米軍の記録にはな

いがこの海域で米軍徴用の多数の民間輸送船が沈没しており、それも震洋部隊の戦果とするのが軍事研究家の共通見解である。

その震洋部隊を指揮して特攻散華したのが海軍兵学校七十二期生の中島中尉である。そしてこの戦争で父を亡くしている中尉は、出撃直前、母に遺書となるつぎの手紙を送っている。

「小生、ただ本望に御座候。大東亜戦争熾烈《しれつ》其の度を加ふる時、特攻隊々長として南海の華と散る、『水漬《みづ》く屍《かばね》』之《これ》武人の本懐に御座候はずや。……此の身は滅すとも、其の魂は不滅、常に大日本と共に在り」

そして中島中尉の軍人精神の宜《よろ》しさが明瞭に出ているのが、つぎの文章である。

「尚、部下はよく小生の命に従い、善戦奮闘良くその任を全うし、小生更に部下に対し、心残す処無く、唯、感謝あるのみ、部下も亦《また》各々心残す処之《これ》無きものと存じ候。部下の遺族の方々に御面会の節はくれぐれも宜敷《よろしく》御伝え下され度《た》く御願ひ申し上げ候」

この心があればこそ、部下は指揮官のために命を捧げて悔いないのである。

そして中尉は積もり重ねた不孝を詫び、母に深甚なる感謝の念を捧げる。

「最後に末筆乍《なが》ら、平素の御不孝、御無礼は平《ひら》に御容赦下され度《た》く、伏して御詫び申し上げ候。母上様、どうか御体を御大切に、気をしっかり持たれ、弟達のために末永く一家の柱となられんことを切に御祈り申上げ候」

つぎに中島中尉は二人の弟にこう言い残した。

「弟よ、『武人の一生は連綿不断の戦闘に在り』とは東郷元帥のいわれた言葉、然《しか》し現在は武人ばかりではない。戦さに行くばかりが日本人ではない。兄さんは二人にいう。もっと優秀な兵器を、もっと多量の弾薬を前線に送れと。二人共、日本の科学を、技術をもっともっと進歩させてくれ。これが唯一の兄さんの望みだ」

日露戦争以来、戦闘資質世界第一と各国の軍人が認める日本軍将兵に、せめて米軍の兵器、弾薬の半分もあれば、いずこの戦場でも日本軍は米軍を圧倒したはずである。最前線の指揮官として中島中尉はそれを骨身《ほねみ》にしみて知っていたからこそ、科学戦の重要さを弟たちに訴えたのである。そして中尉は、

「二人共健在なれ、そしてお母さんに兄さんの分まで孝行なさい」

と諭し、冒頭の「二人とも御国のために働いてくれ給え」という文章となるのである。

烈々たる闘魂を保持しつつ部下からも深く慕われ、なおかつ戦況を冷静に分析できる、この中島中尉のような人物こそ、真正の軍人と呼ぶにふさわしい。

そして真正な軍人というものは、いかなる逆境においても存分に戦い、立派に死ぬ。男が美的存在たり得る唯一の機会は戦場にあるといわれるのもそのためであり、日本軍将兵の戦った戦場につねにかそけき詩情がただようのは、孤立無援の戦いのなかでも決して勇気を失わず、全力を尽くして戦い抜いたその軍人魂の清冽さゆえなのである。

逸郎さんは兄さんよりさらにさらに立派な人になって、お国のために働いて下さい。兄さんの最期のお願いはそれだけです。

海軍中尉　八木悌二《ていじ》

回天特別攻撃隊・天武隊、昭和20年4月27日、沖縄周辺海域にて戦死、20歳

歳の離れた弟ほど可愛いものはないといわれるが、八木中尉と小学校四年生の弟逸郎とは一回り以上も歳が違う。その故かどうか、八木中尉はこよなく逸郎を愛した。ことに自分が明日をも知れぬ命の特攻隊員となってからは、いっそう逸郎を愛する心は深まり、兄を亡くすことになる逸郎を励ます手紙をたびたび書いた。左の文章で始まる手紙は、出撃直前に書かれたものである。

「逸郎さん、元気で学校に通っていますか、兄さんは、この前の休暇の時（三月十日、敵空襲熊本にありし日）逸郎さんの元気な顔を見て、毎日安心して訓練しております。兄さんが戦死したら逸郎さんです。兄さんは誰にも敗けないような手柄をきっとたてます」

当時の日本は国民皆兵の徴兵制である。健康な男子なら誰もが軍人となった。徴兵以前に自ら軍人を志願する若者もゴマンといた。国を守り、国民を守る軍人という職業は、いわば日本男子の憧れの職業であった。それゆえ軍人は国民から尊敬されたし、軍人も国民の付託に応《こた》えんと力の限りに働いた。サラリーマンが主流となった現代の社会は、利害得失、損得勘定を専《もっぱ》らとするいわば商人社会であるが、軍人が国家を支えた当時の社会はいわば武士道社会であった。その社会では損得ではなく善悪が人間行動の尺度とされ、節を守り義を貫く

ことに至高の価値をおいていた。

それゆえ立派な人とは、金持ちでもなければ学者先生でもなく、冒頭の言葉にあるように「お国のために働」く者こそ、誰もが認める「立派な人」だったのである。八木中尉も軍人としてそれを知りすぎるほど知っていたからこそ、最後の願いとして、弟に「兄さんよりさらにさらに立派な人になって、お国のために働いて下さい」と告げたのである。そしてさらに中尉はこういう。

「幼い時から逸郎さんが好きだった兄さんは、きっと戦死したあとも、草葉の蔭から見守ることでしょう。では、おばあさん、お父さん、お母さん、お姉さんの言わるることを良くきいて、なまけた時は、兄さんの最後のお願いを思い出し、きっとお役に立つ人になって、兄さんを喜ばして下さい」

そして八木中尉はこの手紙を、

「では、今から兄さんは元気で征きます」

という壮烈な言葉で締めた。「征きます」とは「死にます」という意味であり、こういう重い言葉を淡々と使えるところに、当時の軍人に共通する精神のたたずまいの宜《よろ》しさがある。軍人は、地位とか財産や毀誉褒貶《きよほうへん》といった世俗の喧騒の外で、国に仇なす敵と存分に戦い、立派に死んだからこそ、国家の御楯《みたて》として全国民から敬仰されたのである。そして特攻という言葉がかもし出す詩情は、特攻隊の若者たちが国民のために戦い、かつ死んだという清冽な事実にその多くの部分を担保されているのである。

弟恭教は今頃どうしているであろう。矢張《やは》り北支に居るか知らん。一度あれの軍服姿を見たいな。そして一緒に母上と歩いて見たい様な気がする。

海軍少尉　町田道教

神風特別攻撃隊・第五筑波隊、昭和20年5月11日、沖縄周辺海域にて戦死、25歳

出撃間近になると特攻隊員の多くは、故郷の山河やそこに住む愛《いと》しい家族を想い出すという。町田少尉も手記につぎのように記している。

「吾が命も明日か明後日で終りである。然し、ちっとも切迫した気持はない。日常の通りに読んだり笑ったりふざけたりしている。しみじみと詩を吟ずれば、幼なき頃の故郷の面影なつかしく思ひ出されて、一人母様のことが考えられる。ただ我々子等の為に、その一生を送って来られた父母のことを考へれば、今更ながら有難さに涙があふれる」

そして町田少尉は、亡き父を偲《しの》ぶ。

「父は遂に俺の卒業や軍服姿を見ずに亡くなられた。頭はありながら経歴がない為に、あたら一介の僧として終った父を思ふ時、尚《なお》一層父の心中が察せられ、無い金を無理して学校に出して下さったその御恩がしみじみ有難く感じられる」

当時は日本全体が貧しかったが、その中でも親という親は自分の喰い分を減らしても子どもの成長を一番に考えた。子どももそれを知るからこそ長じて孝行の限りを尽くした。金や財産はなくとも、心豊かで暖かい親子の絆がそこかしこで結ばれていた。当時は思いやりという言葉を口に出す者がおらぬほど、思いやりに満ちた世界だったのである。

そして町田少尉はこういう。

「苦労して苦労し切った父上を御安心さすことも出来ずに散って征くことは、深い心残りではあるが、皇国の為に男らしく散ったことに対して、ゆるして下さるであろう」

そこで少尉が北支の戦線に出征している弟の恭教を思い浮かべて記したのが冒頭の文章である。だが出撃する身の少尉は、もはや軍服を着て母と歩くことはできない。

「母上を安心さして上げたいといふ望みは、もうなくなってしまった。我等の為に苦労して来られた母上にその報《むくい》もせず、老後の楽しみも見せず、散りゆくのは残念である。俺と恭教の望みを達成してくれるのは弟正教である。素直に元気で大きくなってくれることを只管《ひたすら》望む。父の意志を貫徹してくれる様祈っている」

町田少尉は特攻隊員ゆえ確実に死ぬ。次弟の恭教もいつ果てるかわからない身である。それゆえ父の意志を継ぎ、母に孝行をすることができるのは幼い三弟の正教しかいない。少尉自身はきわめて健康な身でありながら、幼い弟にこういう大事を委《ゆだ》ねなければならないのが、特攻隊員に共通する哀しみである。

また少尉は、妹の綾子の苦労も思いやる。

「若い盛りの綾子にも大分苦労をかけました。化粧もせず、着物もきせず、只《ただ》家の為に働いてくれることを思ふと全く頭が下がります。あれもよい婿さんを見付けてやって下さい。サエ子ちゃんも素直によい子になる様お願ひ致します。私も靖国神社からそれを祈って居ります」

それから間もなく町田少尉は特攻出撃して散華した。壮烈な戦いが展開される戦争の背景には、町田家のような哀しみに満ちた家庭が日本中に数えきれぬほど存在した。そしてこういう人々の不断の支えがなければ、日本は世界を相手にああまで美事に戦えなかった。

成敗は天に在り、勝敗は兵家の常である。そんなことよりも、前線と銃後を問わず、国民が一致協力し、全力をあげて誠実に外敵と戦ったということに大東亜戦争の最大の意義があり、戦後、このように国民が団結したことは一度としてない。そしてこの団結と誠実を象徴する存在が特攻隊であり、その特攻精神というものは国家統一のもっとも清冽な情念として、日本国が存続するかぎり、未来永劫、語り継ぐべき民族の誇りなのである。

第四章　母に捧げることば

第四章　技術者のための数値計算

母を慕うまごころ――軍人になっても、母が恋しいのであります

女――未知。しかしそれもよろし。永遠の恋人、我が母を熱愛すればこそ。母のごとき典型的な女性を見出すことは不可能なりき。

海軍少尉　鷲見敏郎

神風特別攻撃隊・第一七生隊、昭和20年4月6日、沖縄周辺海域にて戦死、24歳

鷲見少尉が特攻隊員に任命されたのは、昭和二十年二月二十二日のことであった。その日の感激を少尉は日記につぎのように綴っている。

「総員集合、人選あり。特殊任務に殉ずる数十名の姓を読み上げるうち、小生の姓名を呼ぶこと三度、ジッと顔を見つめぬ。

貴様の生命は俺がもらった。分隊長の閃《ひらめ》く瞳、喰い込む瞳、瞳、瞳……。

熱願冷諦、堂寂の境に直あり。愛機は『四三三』と決定」

三月四日は父の誕生日であった。

「最初にして最後の孝養のつもりにて、父母、祖母、菅原祖父各々へ微志。電報為替《かわせ》にて家郷を驚かす」

鷲見少尉の剽軽《ひょうきん》な性格が端なくも現われた文章といってよいであろう。そして面白いのは三月十八日の日記である。そこには「昨夜の夢」としてつぎのように記されている。

「母上に零戦を見学させて説明しておるところ、また明君（甥）が母ちゃんに叱られてべそをかいておるところ、はなはだ愉快。飛行機を夢により見るようになったのは、それだけ空の技術を身につけしゆえんか」

鷲見少尉は気づいていないが、母を夢に見るということは、母を慕う想いがつのってのことなのである。そして少尉は、煙草と酒と女について一席ぶつ。

「煙草——海兵団で覚えた味、今も捨てえず。いら立った精神を落着ける時、疲労困憊《こんぱい》せる時等、確かに鎮静の効果ありと認む。特に愛機搭乗の前」

「酒——元山に来て初めて嗜む。交際に嫌な顔をされないだけの修養を積んだが、やはり銚子一本でひっくり返るみじめさ」

そして「女」に関して述べたのが、冒頭の文章である。鷲見少尉は母を「永遠の恋人」と断言する。となれば、その面影を胸に敵艦に突入してゆくことは確実である。

三月二十日の記述は壮烈である。

「十五日付、父上の来信あり。大阪市は千数百年の歴史を灰とする。生国魂神社御姿なしと承り、我が運命を知る」

この「我が運命を知る」とは、神の社《やしろ》を焼いた醜敵を撃滅せずにはおかぬという烈々たる武魂の奔騰である。

そして四月二日にこう記す。

「〇九〇〇、出撃せんとす。

母上の優しき誠享《う》け継ぎて、永久《とわ》に薫《かお》らん大和御空《みそら》に」

ここに鷲見少尉は一死殉国の覚悟を固め、それを母に誓った。ひとたび誓った以上、その身が滅びようとも、節を守り、義を貫くのが日本男子というものである。武士に二言なし。その潔さが日本男子の行蔵を美しくする。

軍人になっても、母が恋しいのであります、幼児のように。学生時代はそうでもなかったのですが、海軍に入って、特に予備学生になってから痛切に感じます。

海軍少尉　古市敏雄

神風特別攻撃隊・第一八幡護皇隊、昭和20年4月6日、南西諸島海域にて戦死、24歳

学徒動員で海軍に入った学生は、およそ一年ほどの訓練を経て少尉に任官する。いわば即製士官のようなものだが、その闘魂にはきわめて旺盛なものがある。海軍部内で将来のエリートコースが保障されている兵学校出身の士官とはだいぶ体質が違う。

予備学生はスタートこそ少尉だが、その後の出世が約束されているわけではない。逆にいえば、彼らは海軍内での出世など眼中になく、国の大事に殉ぜんと、ペンを持つ手に剣を執《と》るといった気概で海軍に入ってきたわけである。それゆえ彼らの国を思う心は非常に強く、それがまた祖国を侵略せんとする外敵に対して烈々たる闘魂を培《つちか》う源泉となっているのである。古市少尉もその予備学生の一人であり、海軍に入って半年ほど過ぎた時点で、日記にこう記している。

「予備学生の訓練も五ヵ月目です。あと四ヵ月もすれば任官です。そして戦場です。軍隊に入ったら、ああやろう、こうやろうと娑婆《しゃば》にいた時に考えていました。しかし実際はそんな頭だけで考えられるような生易しいものではありません。理屈抜きであります。頑張りであります。体力が物をいうのであります。積極的になったと思っております。やや軍人になり始めたと感じています」

そんなある日、古市少尉は突然上官から母が面会に来ていると知らされた。少尉の勤務地は鹿児島県の出水《いずみ》航空隊であり、実家は香川県である。そこを母が一人でやってきたという。その感激を少尉は日記につぎのように記している。

「午後上陸（外出）が許されるとすぐ倶楽部《くらぶ》に急ぎました。が途次、母が路傍で待っていてくれました。途中で待っていてくれるだろうと思いつつ倶楽部に向ったのですが、果してそうでありました。以心伝心と言いましょうか。それともそれとなく感じたのかも知れません。やはり人の子ですから」

そこで冒頭の「軍人になっても、母が恋しいのであります」という一節となるのである。いくつになっても母が恋しい。それが人の子の本然の姿なのであろう。それから日記はこうつづく。

「意志が弱いからでしょうか。また人の子としての情《じょう》なのでありましょうか。とてもよい言葉では表現のしようがないのであります」

そして古市少尉はこの感激をつぎのように書き綴った。

「倶楽部に落着いて、母と四方山《よもやま》話をしました。色々な話を。でも話をするというより、ただ元気な姿を見ていただければ、それで満足なのであります。話ぐらいならば、手紙でも用が足せますものね」

母と子に言葉はいらない。母は子の、子は母の元気な姿を見ればそれで十分なのである。当時は平和な現代と違って、死が日本中に充満していた。お互いの無事さえその目で確認できれば、それが何よりの幸せであり、喜びであった。

そして古市少尉は万感の想いをこめて、日記にこう書き留めた。

「自分には母がある、有難いことだと思いました。遠路はるばる逢いに来てくれる母が……」

この母子が永別するのは、これから九ヵ月あまり後のことであった。だが母は軍服に身を包んだ颯爽とした海軍士官姿の凜々《りり》しい息子の面影を終生忘れなかったに違いない。日本の母とはそういうものである。

母に会いたり。遙かなる故郷より母来る。何たる悦《よろこ》びぞや。何たる仕合せぞや。かかる幸福感は我が人生におそらく多くはあるまい。

海軍少尉　石野正彦

神風特別攻撃隊・隊名不明、昭和20年8月1日、千葉県木更津にて殉職、24歳

入隊早々の新米《しんまい》軍人に待ち受けているのは、生活環境の激変と過酷な猛訓練であった。そんな日々、彼らにとってもっとも嬉しいのは、母が面会に来てくれることであった。学徒動員で海軍に入団した石野少尉も、母との初面会に感激し、その弾む心を日記に右のように記し、さらにこうつづけた。

「初の外出を許され、加うるに母に会うを得たり。ただただ感極まりて顔を眺むるのみ、なんと言いてよきや。今宵は伊勢の神域に旅装を解きつらん。げにうれしきは母なるかな。謝してなお余りあるは母の愛なるかな。何と言いて母の愛を表現して可なるや。ただ忘るべからず、今日の感激を、母の姿を」

石野少尉の純情は一点の曇りもなくまっすぐに母に向かう。特攻隊員が母を慕うのは通例だが、これほど熱く烈しく母への慕情を文章に認《したた》めた者はいない。しかも石野少尉の場合は、母を慕えば慕うほど、自らを律することが厳しくなり、心身ともに立派な軍人たらんと不断の努力を重ねる。それゆえ石野少尉は日記にこう記している。

「心卑《いや》しからば外自《おのずか》ら気品を損し、様相下品になりゆくものなり。多忙にして肉体的運動激しくとも、常に教養人たるの自覚を持ちて、心に余裕を存すべし。教養人なればこそ馬鹿になりうるなれ。馬鹿になれとは純真素直なれとの謂《いわれ》なり」

そして少尉は立派な海軍士官となるために、己れにこう言い聞かせる。

「不言実行は我が海軍の伝統精神なり。黙々として自らの本分を尽し、海軍士官たるの気品を存するが吾人の在るべき方法なり」

さらに少尉は、「吾今日痛感せる所感をあげ、もって常住坐臥修養に資せん」として、海軍士官の在るべき姿を三ヵ条に要約した。

一、黙々として己が本分を尽すべし。
二、海軍士官たるの気品を備うべし。
三、男子は六分の俠気、四分の熱なかるべからず。

海軍にはサイレント・ネイビー（沈黙の海軍）の伝統がある。内に烈々たる闘魂を秘めながら、行動は涼やかな潮風のごとく颯爽とする。そこに軍人美というものが形成される。石野少尉はそれをつぎのように表現する。

「しかして誠を貫くことは不動の信条なり。寡黙にしてしかも純真明快、凜然たる気風を内に秘め、富嶽の秀麗を心に描きて忘るべからず」

これが海軍の詩情というものであり、さらにこれを鋭く厳しく美しく追求したのが、特攻隊の詩情なのである。そしてその詩情のなかで生死すれば、生きざまそのものも美しくなる。

母上様、お会ひして四方山《よもやま》話を致す処は、私が席を設けてお待ちしております故、ごゆるりとお出《いで》をお願いします。

海軍少尉　市川尊継

回天特別攻撃隊・千早隊、昭和20年2月26日、硫黄島周辺海域にて戦死、23歳

昭和二十年二月十六日、米軍が硫黄島に上陸したが、その三日後、伊号潜水艦三隻からなる回天特別攻撃隊千早《ちはや》隊が編成された。攻撃目標は硫黄島周辺にたむろする敵大機動部隊であった。

千早隊の千早とは、楠正成が籠城して鎌倉幕府の大軍を手玉にとった千早城にちなんでいる。市川少尉はその千早隊の一員として出撃するのだが、出撃前日、少尉は両親宛に遺書を

認めた。まず父宛に、
「父上様、尊継はやはり父上の御気性を受け継ぎました。人生二十五年を真紅に飾ります」
と壮烈な覚悟を書き留めたのち、冒頭の文章にあるような母宛の文章を認《したた》めたのである。あの世で母のための席を設けておくので、天寿を全うしたのちに、ゆっくりと来て下さいという意味である。

二月二十日早朝、千早隊は山口県の光基地で出陣式を行ない、その直後、市川少尉は伊三七〇潜に乗り込んだ。同潜の司令塔には楠正成の家紋がついた菊水の旗が翩翻《へんぽん》とひるがえり、母潜上に固定した回天の上には特攻隊員が白い鉢巻をして直立し、抜き身の軍刀を高々と振りかざした。基地の要員はすべて桟橋に並んで、「総員帽振《ぼうふ》れ」の合図で、自分の帽子を力のかぎり大きく左右に振って、千早隊の出撃を見送った。

千早隊が敵艦のひしめく硫黄島近海に到着したのは同月二十六日であったが、伊三七〇は敵の対潜哨戒機と駆逐艦の猛攻にあい、回天出撃の機会を得ずに撃沈された。回天特攻の悲劇は、このように母潜が撃沈されると、四、五名搭乗する特攻隊員のみならず、母潜の乗組員百数十名も、共に運命を一にすることにある。こと回天特攻に限れば、桜花特攻の母機の搭乗員同様、撃沈された母潜の乗組員も特攻隊員としてその名を顕彰されるべきであろう。

このように市川少尉は非命に斃れたのだが、戦後、母堂のトヨは、
「尊継の二十二年間の想い出は、数え切れぬほど沢山ありますが、そのどれを思い出しても、いまだに目頭が熱くなります」

と前置きして、つぎのように語った。

「いつのことでしたか、絣《かすり》の着物を新調し、縫って与えたことがありました。それまでは、たいてい兄のお下《さが》りばかりだったので、よほど嬉しかったらしく、それを一着に及ぶと『黒田節』を踊りはじめました。まアこの子がいつどこでどうして覚えたのかと、感心したことを思い出します。

昭和十八年、学徒出陣の日、尊継は送別の席上でその『黒田節』を晴れやかに舞い納めて、還らぬ壮途につきました」

そして母堂は、

「あの時の思い決したあの子の顔を、わが子ながら美しいと感じて、今もなお胸底深くしまっているのでございます」

と誇らかに語った。市川少尉は非命に斃れたが、軍人としての美しいその姿は永遠に母の心に残った。以て瞑《めい》すべきであろう。

誰の写真も持っていませんが、母上のお守りは固く身につけて、そして皆の気持を嬉しく抱きつつ征きます。最後まで母上の子として、特攻隊員として、清く正しく生活しますよ。

海軍少尉　河晴彦

神風特別攻撃隊・第一神雷爆戦隊、昭和20年6月23日、南西諸島海域にて戦死、22歳

真正な軍人であるためにはまずもって精神が清冽でなければならない。国家防衛、国民護持という大任に当たる以上、当然のことである。無私の精神、無償の奉仕をもって、滅私奉公の誠を尽くす。軍人の本分はそこにしかない。

そしていざ戦いが始まれば、国家と国民を代表して、美しく潔く戦う。卑怯な戦いをすれば国家の尊厳を汚し、国民の誇りを傷つける。戦いはただ勝てばよいというものではない。無辜《むこ》の市民を一瞬にして大量虐殺した原爆の使用など、もってのほかのことである。たとえ戦いに敗れようと、全力を尽くして美しく戦ったなら、必ずやその戦いは民族の誇りとして、永遠に国民の心に深く刻みこまれる。

河少尉のいうように、軍人の行動原理の根本は、いかなる戦況下においても、「清く正しく」あらねばならないのである。

昭和二十年二月十一日、河少尉は母宛の手紙につぎのように記している。

「今日は紀元節、満二十二歳になりました。今更の如く、これまでに育て上げて下さった皇恩、国恩、母上の御恩、兄上その他多くの人々の大恩に感謝しています。この大恩に酬《むく》いるためにも、必死になって御奉公するつもりです」

そして河少尉はその清冽な闘魂を母にこう語っている。

「比島もいよいよ一大決戦に入りました。吾々も一日も早く前線に出なければなりません。

今やいよいよ愛機零戦に乗って、決死の猛訓練が始っています。全員物凄《ものすご》い張切り方ですから、近い将来を御期待下さい。編物も本日到着致しました。有難うございました。送っていただいたマフラーを巻いて、零戦を駆《か》っている姿を御想像下さい」

そして筑波航空隊での訓練を終えた河少尉はほどなく鹿児島の鹿屋基地に進出した。ここから沖縄まで零戦なら二時間足らずで突入できる。その沖縄では四月一日の米軍上陸以来、史上稀にみる激戦が展開されており、特攻要員として待機していた河少尉は、六月一日、母へつぎのような手紙を送った。

「五月の二十九日に発表になった神雷部隊こそ、私の現在いる部隊です。神雷部隊には新聞に発表になった以外に、吾々爆戦特攻隊も入っています。吾々は神雷爆戦隊なのです。……『同期の桜』を唱い『吾《われ》ひとたび突撃すれば久遠《くおん》の勝利を博すべし』と高唱しつつ、吾々神雷の特攻隊員は征きます」

そこで冒頭の「母上のお守りは固く身につけて」という文章になるのである。最後には母のお守りを身につけ、あらゆる人々に感謝しつつ突入する。日本軍人として、これほど清冽な死に方はあるまい。

態々《わざわざ》長い旅をリュックサックを背負って会いに来て下さったお母さんを見、何か言うと涙が出そうで、遂《つい》、わざ〳〵来なくても良かったのに等と口では反対の事を言って了《しま》ったりして申し訳ありませんでした。

陸軍曹長　佐藤新平

陸軍特別攻撃隊・第七九振武隊、昭和20年4月16日、沖縄周辺海域にて戦死、23歳

若い特攻隊員にとって、母の面会は何よりも嬉しいのだが、その嬉しさを素直に口に出せないのも若者に特有の心模様で、嬉しさを表面に出すのがテレ臭いのである。ところが日記となれば、素直に青春の純情を誰に遠慮することなく書きつけることができる。たとえば佐藤曹長は、母への感謝をこう書き綴っている。

「軍隊に入ってお母さんにお会いしたのは三度ですね。一度は去年の休暇、二度目は去年の暮近く館林まで来ていただいた時、あの時は新平嬉しくて嬉しくてたまりませんでした」

そして冒頭の文章となるのである。いくら時代が変わろうと、親が子を思い、子が親を慕うというまごころは変わるものではない。そして佐藤曹長はさらにこう綴る。

「あの時、お母さんと東京を歩いた思い出は、極楽へ行ってからも、楽しいなつかしい思い出となる事でしょう」

特攻という現実によって未来を閉ざされた特攻隊員にとって、母への慕情を確認するよすがは思い出のなかにしかない。

「あの大きな鳥居のあった靖国神社へ今度新平が奉《まつ》られるのですよ……。手をつないでお参りしましたね。今度休暇でかえった時も、お母さんは飛んで迎えに出て下さいましたね。去

年の時もそうでした」

そして佐藤曹長は母の有難さを切々と綴る。

「家を出発する時、台所でお母さんが涙を流されたのが、東京にいる間中、頭に焼きついて、あの頃どんなにかかえりたかった事かしれませんでした。お母さんの本当の有難味が解ったのは、東京へ出てからでした。あれから余り家に居る事もなく、ゆっくりお母さんに親孝行をする機会のなかった事だけ残念です」

佐藤曹長が日記にこう記したのは昭和二十年四月一日であった。いうまでもなくこの日は米軍が沖縄に上陸した日であり、我が陸海軍はこれより総力をあげて特攻作戦を展開することになる。

四月三日、特攻出撃が目前に迫ったことを予感した佐藤曹長は日記にこう書きつけた。

「日本一のお母さんを持った新平は常に幸福でした。……特攻隊の事も早く知らせて呉れゝば、手紙でも出して激励してやったのに、とお母さんは残念がるかも知れませんが、お母さんの気持ちは新平解り過ぎる位解って何時《いつ》も感謝して居りますから、余計なことを心配しないで下さい。私としてはどうせ直《す》ぐ解る事ですから、早く知らせて心配かけてはと思って知らせなかったのですから、悪く思わないで下さい」

五体満足できわめて健康な人間が間もなく死なねばならぬということを、親に対して冷静に告げられるものではない。余計な心配をかけないというのが、この場合、一番の親孝行なのである。そして佐藤曹長はこの日の日記をつぎのように閉じている。

「リウマチや神経痛に充分注意して、天から与えられた寿命だけは絶対に生き延びなければいけません。……決して気を落したり、体をそこねられない様御注意下さい」

四月五日、佐藤曹長はついに遺書を認《したた》めた。

「……新平、肉体ハ死ストモ魂ハ常ニ父上母上様ノオ側ニ健在デス。父上様モ母上様モ御老体故、呉々《くれぐれ》モ御体ヲ大切ニ御暮シ下サイ。決シテ無理ヲナサラヌ様。

デハ日本一ノ幸福者、新平最後ノ親孝行ニ何時《いつ》モノ笑顔デ元気デ出発致シマス」

佐藤曹長は「日本一ノ幸福者」と言い切ったことであらゆる未練を断ち切り、涼やかに、そして潔く、突入していったに違いない。

只今元気旺盛、出発時刻を待って居ります。愈々《いよいよ》此の世とお別れです。お母さん必ず立派に体当り致します。昭和二十年五月二十五日八時。これが私が空母に突入する時です。

陸軍伍長　山下孝之

陸軍特別攻撃隊・第五七振武隊、昭和20年5月25日、沖縄周辺海域にて戦死、19歳

陸軍でいえば少年飛行兵出身、海軍でいえば予科練出身の特攻隊員は十代が圧倒的に多い。十八歳、十九歳の少年が中心になる、なかには十七歳の者もいるが、彼らに共通しているの

は、一様に熱血漢でなおかつ純朴だということである。それに郷土愛にも燃えており、その美しい郷土に住む家族を、親戚を、隣人を、知人をこよなく愛していた。そして少年の純粋な正義感というものは、それらの愛しい人々を守るためには我が身の安全などはまったく考えず、俺がやらずに誰がやるといった気概のみが彼らの行動を美しく律していた。

それゆえ十九歳の山下伍長も、冒頭の文章にあるように、「只今元気旺盛」として特攻出撃にかける意気込みを誇らかに謳《うた》いあげたのである。そして出撃直前に書かれたこの遺書はさらにこうつづく。

「今日も飛行場まで遠い所の人々が、私達特攻隊の為に慰問に来て下さいました。丁度、お母さんの様な人でした。別れの時は見えなくなるまで見送りました」

当時の人々は国を守るために命を賭ける軍人を誰よりも尊敬していた。まして特攻隊員ともなれば、生き神様を崇《あが》め奉るように敬仰した。内気な若い隊員などは、テレ臭かったことであろう。だが見も知らぬ人々にそれだけ敬仰されれば、命などいつでも捨てると思いきわめて悔いないのが、また彼らの若さというものである。

十代後半の少年特攻兵というのは、押しなべて純粋無垢《むく》である。現代の少年のように情報過多で頭でっかちとなった若者とはまるで違う。彼らは自分の手で国を守るのだという強烈な使命感と責任感を持っていた。自分が特攻で死ななければ、美しい祖国日本が敵に蹂躙《じゅうりん》されるという危機感を人一倍持っていた。

彼らにとって、自分の命などより祖国のほうがはるかに大切であった。彼らにとって祖国とは天皇だ国体だというまえに、美しい故郷の山河であり、そこに住む愛しい人々であった。その祖国を守るためには誰かが戦わなければならない。そしてその戦士として一番ふさわしいのは軍隊の猛訓練にも耐えた特攻隊員である自分しかいない、と彼らは信じて疑わなかった。

この無私の精神、無償の奉仕こそ、彼らの行動を詩的にし、歴史ロマンとしての特攻美を形成する土台となり、彼らの決死の突入を青史に刻みつける根本要因となったのである。

そして山下伍長は、この遺書の最後をつぎのように結んでいる。

「では、お母さん、私は元気で征きます」

果たして現在、こういう決死の言葉を平然と吐ける日本男子が何人いることか。

古い者は女郎買ひなどに行きますが、我輩は絶対に行かぬつもりです。
酒は飲むが煙草やビールは好かんですよ。

海軍一等飛行兵曹　広田幸宣

神風特別攻撃隊・葉桜隊、昭和19年10月30日、比島周辺海域にて戦死、21歳

当時の日本は貧しかった。とくに大東亜戦争に突入してからは、物価統制令が布《し》かれて食糧・衣服を初めとした日常物資さえ慢性的な欠乏状態がつづいた。特攻隊員の多くもそうい

う貧しい家の出の者が多い。たとえば広田一飛曹は母宛の手紙に、

「俸給三十五円、加俸三十円、二十二日に貰ひます。食費、被服代はいらぬのですぞ。小遣《こづかい》だけで六十五円ですぞ」

と鼻高々に記し、冒頭の「古い者は女郎買ひ」云々《うんぬん》という文章につづくのである。広田一飛曹は自分の欲望を満たすために、国民の血税から支給される大切な俸給を使う気にはなれない。そこで手紙にこう記す。

「お手紙見ますと中々食糧不足の様ですね。米の新潟も困ったものですね。しかし南方で戦ふ先輩の事を考へたらぜいたくは云へぬ訳です」

だがせめて正月には、弟たちに兄として何かやってやりたいと広田一飛曹は思っている。

「正月には、恒仁、昌威、圭介にお年玉に何か送りたいと思ひますから、欲しいものを云ってよこさして下さい。十円程度のものなら買へますから」

そして一飛曹はこうも記す。

「この前の便箋《びんせん》七枚の手紙を見ては涙がとめどなくほゝを伝はりました。何回も〳〵もくりかへして読みました。金送りましたが、こんなによろこんで頂けるとは思ひませんでした。神様などそなへなくともよろしいですから、すぐ用立てて下さい。財布が底ぬけにならぬ様一ヵ月に一回は必ず補給します」

本来なら自分が働いて弟妹たちの面倒を見てやる立場にいるのに、軍隊に入っていてはそれもできない。そのために一飛曹は実家に送金しているのだが、家族はそれを泣いて喜んで

いる。

一飛曹も内心、忸怩《じくじ》たる思いがあったであろう。そこで念を押すように、

「財布がからになりさうでしたら、すぐ知らして下さい。……私は貯金はこちらでたくさんやってゐますから、送った金はぢゃん〳〵使って下さい。そこぬけ財布にならぬ様にですね」

と記し、さらに妹の将来も気遣《きづか》う。

「みかん着いたさうで何よりです。出来たらもっと送りませう。玉ちゃんにも小遣出来るだけ送りますから、お嫁に行く日の貯金に」

こういう心優しい特攻隊員もいるのである。おそらく一飛曹とその母との間には、こういう思いやりに満ちた手紙のやり取りが何度も繰り返されたに違いない。明日をも知れぬ身の一飛曹にとって、古里の肉親の笑顔を思い浮かべることが何よりの喜びであったのであろう。

それゆえ一飛曹は母宛のこの手紙を、

「ではお体大切に。

なつかしの母上様　かあちゃんよ……」

という言葉で結んでいる。広田一飛曹は長男といってもまだ二十一歳である。母を恋しくないはずがない。この最後の「かあちゃんよ」という言葉の中に、一飛曹は母を慕う自分の本心をそっと洩らしたのである。そしてこうした気遣いのできる男は、間違いなく美しく死ねる。

二十五才の今年まで養育して下さった母様をはじめ、御祖父様御祖母様、親類の皆様の御恩は絶対に忘れません。伯父様のいはれる「如何《いか》に死ぬべきか」といふ事が理解出来ます。

海軍少尉　小室静雄

神風特別攻撃隊・第一護皇白鷺隊、昭和20年4月6日、沖縄周辺海域にて戦死、25歳

昭和二十年四月六日、小室少尉は鹿児島県の串良《くしら》基地から九七式艦攻に搭乗して僚機九十九機とともに出撃、沖縄周辺海域の敵機動部隊に全機突入し、基地には一機も戻らなかった。

そして小室少尉が出撃当日、母喜多宛に記したのがつぎの遺書である。

「拝啓、長らく御無沙汰に打過ぎ申しわけありません。私も初陣《ういじん》の栄誉を得る日がまゐり、欣快《きんかい》にたへません。体当りをもって先輩関中佐につづきます。悠久の大義に生きる、これこそ神風精神です」

先輩関中佐とは、神風特攻隊第一号・敷島隊の隊長関行男大尉で、特攻散華後、二階級特進して中佐となっていた。小室少尉もこの関中佐を見習って、大いに神風精神を発揚せんと宣言したのである。

そして冒頭の文章となり、小室少尉は特攻隊員として「如何に死ぬべきか」という事が理

解できたとして、さらにこうつづけている。

「今は無の精神です。この戦争で海軍搭乗員として参加することは、一家一代末代までの栄誉と思ってゐます。私が戦争に参加したからには死は当然のことです。絶対に悲しまないで下さい」

文中にあるように、「戦争に参加したからには死は当然のこと」とする潔さが、神風精神というもので、特攻にわれわれが詩情を感ずるもっとも大きな要因がここにある。国に殉ずるという行為自体が、男子と生まれた最大のロマンである。そしてそのロマンに死ぬのであるから、悲しまれる理由は少しもないとするのが、小室少尉の信念であり、この遺書はつぎの一文で締められている。

「清子も私の心中は良く理解できると思ってゐます。出雲大社も機上から拝し、隠岐《おき》も遠望しました。母様の御健康を祈ります」

清子とは妹であり、死して生きるという神風精神を妹も理解していたことになる。

また小室少尉については、出撃の朝、ひとつのエピソードがある。その日、機上の少尉に毎日新聞の阿部という記者が駆けより、「何か伝言は？」といってポケットから清酒「酒見《さかみ》錦《にしき》」の包み紙と鉛筆を差し出した。少尉はそれを受け取ると、つぎのように走り書きした。

「島根県周吉郡西郷町　小室喜多殿

今日、元気デ征キマス。陛下万歳　草々

同乗ノ福島一飛曹ト野田二飛曹ノ遺族ノ方ニ宜《よろ》敷《し》ク」

これが絶筆であった。九七式艦攻で共に突入する部下の「遺族ノ方ニ宜敷ク」と書きつけたところに少尉の心映《ば》えの清《すが》しさがよく現われている。男子はいかに逆境にあろうとも、その心懐《しんかい》は爽快でなければならない。

日本の母の強さ——私はお母さんに祈ってつっこみます

今このような母の力強い言葉をきくと、平凡だけれども常に表面に表わさぬ強さが感ぜられる。このような母の態度は、日本人の誰も誰もの心の中に、高い道徳的位置をもって激しきまでも根ざされている。

海軍少尉　青木三郎

神風特別攻撃隊・隊名不明、昭和20年7月13日、鳥取県米子方面にて戦死、23歳

当時の日本の母は、いわゆる内助の功を求められた。社会に出て活躍する女性もいるにはいたが、それはあくまでも例外で、ほとんどの女性が家庭を守ることに専念した。それゆえ女性は控え目で、つつましやかであることが美徳とされた。青木少尉は自分の母をこう語っている。

「母は平凡な母だった。それだけに今まで、家庭のことについていろいろと苦労があった。またそこに萌《きざ》すのは常に気弱さであった」

　また少尉はこうも語る。

「母は性格的に非常に弱い人間だった。その弱さは何がゆえであろうか。それは自分達兄妹を育てることに夢中で過ごしてきたため、常に内部的に心が向かったからであろう。そして弱いがゆえに、なおさら我が子に対して母は盲目的であった。母を思い、或《あるい》は母に対するとき、私の心は常に清純な感謝にある」

　日本女性は清楚でつつましいというのが定評であり、そこから大人《おとな》しく内気で控え目といったイメージが生まれた。だが日本女性は決して内気であるばかりではない。ことに我が子の成長に関しては、揺るがぬ信念を持っている。その好例が青木少尉の母である。

　学徒動員が発令されると知った青木少尉は進路に迷った。海軍に入ることは決めたのだが、飛行機乗りになるか、軍艦乗りになるかで悩んだのである。自分とすれば飛行機乗りになりたかったのだが、飛行機乗りが非常に危険な職務であることは、当時、誰もが知っており、自分が飛行機乗り志望だと伝えれば、気の弱い母が心配するだろうと、少尉は案じたのである。ところがその話をいざ切り出してみると、母の反応はまったく違った。弱気どころか、きわめて力強い言葉が母から返ってきたのである。

「どうせ一度は国のお役にたたねばならぬ体、それならば男として名のあるような立派な働きをしておくれ。お前が飛行機に乗ろうが乗るまいが、私は少しも考えない。お前がこうと思った男のやる仕事で、私は満足だ」

　そして母はこう断言した。

「男は男らしい仕事をするのが一番だ。今日の話は私に相談することはない。ただお前の決心一つで定《き》めるのだよ」

　これが日本の母の強さであり、その精神のたたずまいの宜《よろ》しさである。これを聞いた青木少尉は、

「私は母のこの激励の言葉を後にし、きっとやるぞ、きっとやるぞと誓った」

のであった。「男は男らしい仕事をするのが一番だ」という言葉の重さを、男ならじっと噛みしめなければならない。

　母上様の写真は幸光の背中に背負っています。母様も幸光とともに御奉公だよ、いつでも側にいるよ、といって下さっています。母さん、心強いかぎりです。

海軍中尉　富沢幸光

神風特別攻撃隊・第一九金剛隊、昭和20年
1月6日、比島方面海域にて戦死、23歳

　昭和二十年の元旦は、開戦以来四度目の元旦であったが、戦局は最悪の状況となり、前途

には暗雲が立ちこめていた。だが若い特攻隊員には、そんな暗さを吹き飛ばす、爽快な闘魂があった。富沢中尉もそんな一人で、これが遺書ともなる両親宛の手紙でまずこう記している。

「幸光は闘魂いよいよ元気旺盛で、また出撃します。お正月もきました。幸光は靖国で二十四歳を迎えることにしました」

これは特攻散華するということの高らかな宣言である。しかしこう宣言するだけでは、両親を悲しませることは確実なので、富沢中尉は明るくさっぱりとこういってのけた。

「靖国神社の餅は大きいですからね！　同封の写真は○○で猛訓練中、F中尉に写していただいたのです。眼光を見て下さい。この拳《こぶし》を見て下さい」

実に屈託のない言いまわしである。とても数日後に出撃を控えている特攻隊員とは思えない。さらに富沢中尉はこうつづける。

「父様、母様は日本一の父様、母様であることを信じます。お正月になったら軍服の前にたくさん御馳走《ごちそう》をあげて下さい。雑煮餅が一番好きです。ストーブを囲んで幸光の想い出話をするのも間近でしょう。靖国神社ではまた甲板士官でもして大いに張《はり》切る心算《つもり》です」

富沢中尉は己れの死を不動のものとして話を展開している。その言葉にあっけらかんとした明るい哀しみとでも呼ぶべき透明感があるのもそのためである。

それでも中尉は母の悲しみを慮《おもんぱか》り、こう記した。

「母上様、幸光の戦死の報を知っても決して泣いてはなりません。靖国で待っています。きっと来て下さるでしょうね」

こう明るく呼びかけられれば、靖国神社に行けば会える、と思うのも人情であり、母の悲しみはこれでいくぶんやわらいだことであろう。つづけて富沢中尉はこう綴った。

「本日は恩賜《おんし》のお酒をいただき感激の極みです。敵がすぐ前に来ました。私がやらなければ、父様、母様が死んでしまう。否《いな》日本国が大変なことになる。幸光は誰にも負けずにきっとやります」

ここに富沢中尉の本音が出ている。「私がやらなければ、父様、母様が死んでしまう」という言葉こそ、富沢中尉にかぎらず、特攻隊の若者に共通した哀切な真情といえる。逆にいえば、彼らの純情は、両親や兄弟、姉妹を救うためには命もいらぬという清冽な覚悟を奔騰させるのである。そしてその覚悟を根底で支えるのが優しい母の存在であり、富沢中尉も冒頭の言葉にあるように、「母上様の写真は幸光の背中に背負っています」といい、さらに、「母さん、心強いかぎりです」と断言したのである。

おそらく母とともに突撃して征けるという思いが、富沢中尉に最高度の勇気を与えたに違いない。中尉がフィリピン東方海域の敵機動部隊に突入したのは、それから五日後の一月六日であった。

私はお母さんに祈ってつっこみます。お母さんの祈りはいつも神様はみそなはして下さいますからね。

海軍少尉　林市造

神風特別攻撃隊・第二七生隊、昭和20年4月12日、南西諸島海域にて戦死、23歳

男子にとって母の存在は大変大きい。その母に自分の死を伝えなければならないということは、まさに断腸の思いであろう。だが男子ならそれを乗り越えねばならないし、特攻隊員ならなおさらである。逆縁ながら、母の死を見ずに済むということをもって幸いとしなければならない。林少尉の場合は、出撃に際して、母宛につぎの遺書を書いている。

「お母さん、たうとう悲しい便りを出さねばならない時が来ました。

親思ふ心にまさる親心　今日のおとづれ何ときくらむ

この歌がしみじみと思われます。ほんとに私は幸福だったのです。我《わが》ままばかりとおしましたね。けれども、あれも私の甘えだと思って許して下さいね」

特攻隊員は誰もが相反する二つの思いのせめぎ合いに悩んだという。一つは晴れて特攻隊員として出撃できる喜び、一つは肉親に別れを告げねばならぬ悲しみ。林少尉はこの点をつぎのように記している。

「晴れて特攻隊員と選ばれて出陣するのは嬉しいですが、お母さんのことを思うと泣けてきます。母チャンが、私をたのみと必死でそだててくれたことを思うと、何も喜ばせることができずに、安心させることもできずに死んでゆくのが、つらいです。私は至らぬものですが、

私は母チャンに諦めてくれ、ということは、立派に死んだと喜んで下さい、ということは、とてもできません」

だが、この弱さを断ち切らねば、敵の猛烈な弾幕をくぐって、敵艦に突入することなどできるものではない。それゆえ少尉も、

「けど、あまりこんなことは言いますまい。母チャンは、私の気持をよく知っておられるのですから」

と話を切り換えた。死ぬと決まっているなら、あとは潔く死ぬだけである。そしてそうするための手本が、林少尉にとっては母であった。

「お母さんは、偉い人ですね。私はいつも、どうしてもお母さんに及ばないのを感じていました。お母さんは、苦しいことも身にひきうけてなされます。私のとてもまねのできないところです」

日本の母というのは、皆そういうものである。そして少尉は、こう記す。

「お母さんの欠点は、子供をあまりかわいがりすぎられるところですが、これをいけないと言うのは無理ですね。私はこれが、すきなのですから」

子を溺愛する親と、親を盲愛する子ほど醜いものはないが、その烈しい思いを内に秘めて、なお淡々と互いを思いやる親子は美しい。それゆえ林少尉は、

「お母さんだけは、また私の兄弟たちは、そして私の友だちは、私を知ってくれるので、私は安心して征けます」

という、冒頭の「私は、お母さんに祈ってつっこみます」という壮烈な文章となるのである。突っこむ以上は成功させなければならない。考えがここに至って、特攻隊員は初めて死を超克し、自らの死生観というものを確立するのである。そこで林少尉も、この遺書の最後にこう綴っている。

「この手紙、絶対に他人にみせないで下さいね。やっぱり恥ですからね。もうすぐ死ぬということが、何だか人ごとのように感じられます。いつでもまた、お母さんにあえる気がするのです。逢えないなんて考えると、ほんとに悲しいですから」

逢えても逢えなくても、とにかく敵艦に突入してゆく。特攻隊員の真価というものは、それで決まるのである。

母からの手紙を貰ったことは、勿論一度もない。母が字を書くのを見たこともない。その母が、余に手紙を書いてくれたのだ。紙の切れ端にたどたどしく書かれた母の字、我を思いしあまり書きたるものなり。有難し。

海軍少尉　伊瀬輝男

神風特別攻撃隊・隊名不明、昭和20年1月7日、南西諸島海域にて戦死、22歳

学徒兵である伊瀬少尉が、佐世保第二海兵団で新兵訓練を受けていたとき、実家から初めて小包が届いた。少尉にとっては思いもかけぬことであったが、すぐに喜びが湧きあがり、吊床の中で小包を開けた。中には、母と姉が丹誠《たんせい》こめた千人針の腹巻や少尉がかつて常用していた腹薬などが入っており、他に封筒が一つ添えられていた。まず出てきたのは、小学校一年生の弟・孝治郎の書いた習字や絵であった。それを見た感激を伊瀬少尉は日記にこう綴った。

「『ガンバレ』、実に雄々しく書きたり。わが手を取りて教えし結果、三重丸張出しの成績ならん。また日の丸の絵、一年生にしては格段の出来栄《ば》え。頑張れ孝治郎、勉強するのだぞ。片仮名で綴りし手紙も同封あり」

その手紙には、

「アンチャンニアイタイ。シャシントハナシテイル。オモチヤオカシノトキハ、タベナサイ……」

と書かれ、それを読んだ伊瀬少尉は、

「一字一字がたまらなく可愛い。その純粋に余を慕い懐しんでくれるのに、涙が出るのをどうすることもできなかった」

と日記に書きつけた。そして少尉を驚かせたのは、その封筒から最後に出てきた手紙であった。

「最後に出てきたもの——ああそれは、母の手紙であった。母の手紙、実に思いがけないものであった」

そして冒頭の「有難し」という文章につづくのである。おそらく少尉の母は、ほとんど読み書きができなかったのであろう。だが軍隊に入って苦労している息子を励ますため、拙《つたな》いながらも自分の手で自分の思いを伝えようとその母は思ったに違いない。この感激を伊瀬少尉はつぎのように綴っている。

「たどたどしく子供の如く天真爛漫《てんしんらんまん》なる文字、ああ我が母の字なりけり。父母のことは心配せず、任務につとめよ、金《こん》ぴら様は船神だから信仰せよ――涙泉《いずみ》の如く、胸つまり五体ふるう。この有難き母の愛、雄々しき愛、母上、不孝の子、ここに誓って母上のお教えを守ります――と幸福に吊床の中にしばし眠らず」

伊瀬少尉は泣いた。心ゆくまで泣いた。殺伐とした軍隊生活の中で、この母の手紙はまさに旱天《かんてん》の慈雨《じう》であった。男はこういう一瞬の感動のために死ねるものである。母の力というのは息子にとってはまさに絶大であり、このように優しい母や弟の住む祖国を蹂躙《じゅうりん》せんとする敵に対しては、全力をあげて戦いを挑むのが軍人の本領というものである。

日本万歳万歳、こう叫びつつ死んでいった幾多の先輩達のことを考えます。

お母さん、お母さん、お母さん、お母さん！

こう叫びたい気持で一杯です。

海軍少尉　富田修

所属部隊不明、第一三期飛行予備学生、昭和19年9月3日、台湾高雄にて殉職、23歳

神風特攻隊が初陣を飾ったのは昭和十九年十月二十五日であるから、富田少尉が殉職した同年九月三日には、まだ特攻隊は編成されていなかった。しかし当時から飛行機乗りという飛行機乗りがみな、のちの特攻隊員と同じ決死の覚悟を持っていたことは、富田少尉が両親宛に出したつぎの手紙からも明らかである。

「一時半、我一生ここに定まる。

お父さんへ、いうことなし。

お母さんへ、御教訓身にしみます。

お母さん、御安心下さい。決して僕は卑怯な死に方をしないです。お母さんの子ですもの。

――それだけで僕は幸福なのです」

軍人は臆病であってもよいが、卑怯であっては絶対ならないとされている。それゆえ「我一生ここに定まる」として一死を決した富田少尉は、「決して僕は卑怯な死に方をしないです」と宣言し、さらに少尉は母の子であるという「それだけで僕は幸福なのです」という。

そして冒頭の「お母さん、お母さん、お母さん、お母さん！」という繰り返しには、日本男子として全力を尽くして敵と戦い抜くという富田少尉の意地と気概がこめられている。逆

に富田少尉にとっては、「お母さん」という言葉を口にすることで強力なパワーが生まれ、それがまた敵に対する強烈な闘争心をかきたてるのである。富田少尉の場合、「お母さん」という言葉は、いわばあらゆる力の源泉ともいえる。それゆえ少尉はさらにこう記している。

「いかに冷静になって考えても、いつもいつも浮んでくるのは御両親様の顔です。父ちゃん！　母ちゃん！　僕はこう何度もよびます」

しかもこういう思いを持つ者は富田少尉一人ではないという。

「僕と同じ気持、同じ境遇の戦友も相当にいることでしょう。現に僕の机の左に一心にペンを動かしている栗山君も同じであります。一人息子であります。北海道の人です。飛行機乗りは必ず死するものであります」

少尉は飛行機乗りは必ず死ぬという。特攻隊であろうとなかろうと、飛行機乗りはいつか必ず死ぬ。そういう絶対的な運命の下《もと》にあるのだから、日々、全身全霊をもって任務に励まねばならぬというのが、富田少尉の揺るがぬ信念であった。それゆえ少尉は、たとえ自分が死んでも、

「お母さん、決して泣かないで下さい。修が日本の飛行軍人であったことについて大きな誇りをもって下さい」

と声を大にしていうのである。軍人は誇りに生き、誇りに死ぬ。それ以上望むことは、何もない。

母に捧げる感謝――心のこもる千人針が私の手に入りました

天の優しい御恵みと思いますが、本日出撃の予定が天候不良のため明日に延期され、おかげで心のこもる千人針が私の手に入りました。嬉しく身につけ、南の戦場へ参ります。

海軍中尉　市川猛

神風特別攻撃隊・第一八金剛隊、昭和20年1月5日、比島周辺海域にて戦死、23歳

特攻隊員は千人針を手にすると、母や姉や妹の温《ぬく》もりを感じるという。そして千人針を身につけると、改めて母や姉や妹を醜敵から守らんという烈しい闘志が湧きあがるという。市川中尉は、一度出た出撃命令が撤回されるという幸運によって、特攻基地に送られてきた母手作りの千人針を手にすることができた。そしてその感動を冒頭のような文章に認《したた》めてさら

にこうつづけた。

「私は千人針はとてもまにあわないだろうと断念していたのですが、いよいよ出撃の幾時間か前に私の手に入りました」

市川中尉はこの千人針を手にしたとき、無上の幸福感に浸ったはずである。あと数時間で出撃する中尉にとって、母からの千人針は何物にも代え難い最高の贈り物であったに違いない。さらにこのとき、

「また好物《こうぶつ》たくさん、ありがたさで一杯でした。可愛い私の教え子の練習生にもやり、一緒に喰べて別れました」

ということであった。千人針ばかりでなく、母は中尉の好物も贈り、中尉はそれを教え子と一緒に食べて一期《いちご》の別れとした。そして少尉はこう記す。

「母上様よりの『御守護札』肌身はなさず持って任務に向ってまいります。では御礼まで」

おそらく千人針も御守護札も、現実の特攻突撃には実際的な効用は何もないはずである。だがその精神的な効用は図りしれない。戦闘とは、兵器、機械のみで行なわれるものではない。その兵器、機械を扱うのはあくまでも人間であり、その人間には精神というものがある。この精神をいかに鼓舞するかが勝負の分かれ目となることさえある。

特攻とはある意味で、精神力が勝負となる。敵艦上空で機体が火を吹き、その身に瀕死の重傷を蒙《こうむ》っても、なおかつ操縦桿から手を離さず、最後の気力を振り絞って、見事敵艦に突入した者も少なからずいる。精神一倒何事か成らざらんではないが、人間の精神力というもの

を、決して過小に評価してはならないのである。特攻隊の戦果がそれを明白に立証している。

そして市川中尉は母宛の書簡の最後に、「誓」と記して、つぎの三行を加えている。

一瞬の飛行作業もすなわち戦闘なり。

救世の務めなり。最後の忠節なり。

今日も一日最善を尽さん。

たとえ明日、世界が滅びるとわかっていても、今日一日は最善を尽くして生きる。人間の素晴らしさはここにあり、この最善を尽くすという生きざまのなかに、自《おの》ずからなる詩情が湧き出《い》づるのである。

千人針も弾よけチョッキも皆《み》な着て征きます。然《しか》しそれは生還する為ではありません。見事敵艦を轟沈する為に神様の御守りを願ひ、見事見事、目的が果せる様《よう》。

海軍少尉　大田博英

神風特別攻撃隊・第一筑波隊、昭和20年4月6日、南西諸島海域にて戦死、22歳

千人針は、特攻隊員の母や姉妹が千人の女性に一針ずつ縫ってもらって我が子や我が兄、我が弟の生還を願うお守りであり、出征軍人のほとんどがそれを身につけていた。大田少尉とて例外ではなく、母宛の遺書にはつぎのように綴られている。

「母上様、御無沙汰致しました。書かう書かうと想ひながらも母様の心配されるのがつらくて。而《しか》し最後と思へば、矢張り筆を執りました。今更何も申し上げる事はありませんが、一つだけお礼申さねばなりません。と云ひますのは、あれ程事故の多い搭乗員となり、又其《そ》の中の戦闘機乗りとなったのに、事故を一度も起こさなかったことです。何時《いつ》も母様のお守りを飛行服の中に入れてゐたお蔭と感謝してゐます」

当時は、パイロットを養成する訓練で事故死する者が非常に多かった。飛行機は構造が複雑で、上空で故障を起こせば、ほとんど墜落か不時着ということになる。その結果はほとんどが死か重傷である。一人前のパイロットになる前に多くの兵士が殉職し、一人前になればなったで今度は戦闘で死ぬことになる。つねに死を身近な隣人とするのが、パイロットという仕事の宿命なのである。

だが大田少尉の場合は、母の作ってくれたお守りや千人針によって、訓練中は死を免《まぬか》れることができた。ところが特攻要員となれば、話はまったく違ってくる。そこで少尉も、

「而《しか》し今度だけは目的が征って還らぬものです」

と記して、冒頭の壮烈な文章となるのである。少尉は出撃に際しては、千人針も弾よけチョッキもみな着て征くという。母が千人針や弾よけチョッキを作ったのは、息子の生還を願

ってである。だが息子はそれらを敵艦轟沈の加護を祈って着用するという。それを知った母の思いは複雑であったろう。そしてこの遺書は、「長くなりました。私の遺品の整理も残してゐますので。くれぐれもお元気で、さやうなら」という文章で締められている。「遺品の整理」という文字を目にしただけで、母の胸はつまったに違いない。もはや母とて何もしてやることはできない。息子も母のその悲しみを知るからこそ、「くれぐれもお元気で、さやうなら」という言葉に万感の思いをこめたのである。

大田少尉はまた、妹、弟宛の遺書も残している。「兄はただ一足先に出かけるまでだ。最後の勝利は絶対わが手にあるのだ」

そしてこのあとにつぎの詩が添えられていた。

泣くな歎くな　必ず還る
桐の小箱に錦着て
逢いに来てくれ　九段坂

これが家族にとって本当の慰めになるのかどうかわからないが、「最後の勝利は絶対わが手にあるのだ」という必勝の信念をもって少尉が勇躍出撃していったという事実が、悲しいながらも残された家族にとっては、わずかの慰めにはなったであろう。特攻は「熱願冷諦」

という四字に象徴されるが、これは特攻隊員ばかりでなく、残された家族にもあてはまる言葉なのである。

子として何等《なんら》孝養も致さずして死して征くのが残念で残念でたまりません。この不孝幾重《いくえ》にも幾重にも御詫び致します。

海軍二等飛行兵曹　服部寿宗《はっとりとしむね》

神風特別攻撃隊・菊水部隊天桜隊、昭和20年4月16日、南西諸島海域にて戦死、20歳

特攻隊を志願して見事に選抜された若者がまず感ずることは、軍人としての誉れであり、日本男子としての誇りである。この感激は他にたとえようがないという。服部二飛曹も母への遺書にまず、

「寿宗、この度《たび》選ばれて神風特別攻撃隊第二天桜隊の一員として、明日還へらざる攻撃に参加致します」

と記して、その感激をつぎのように綴っている。

「栄《は》えの攻撃に参加出来ること、男子の光栄之《これ》に過ぐるものはありません。我海軍航空隊に身を投じてより早や二星霜、其間《そのかん》我々は如何《いか》にすれば立派に死ぬことが出来るか、立派に陛下の御楯《みたて》として散ることが出来るかといふことのみを念頭に置き、今日まで訓練致して参り

ました。その甲斐あってか、幸いにも男子として此の上無き立派なる死所を得たことを、感謝致して居る次第であります」

軍人とは最終的には死ぬのが仕事であるから、「此の上無き立派な死所」を得ることこそ、本懐といえる。最高の死所とはいうまでもなく、国家と国民を守るための戦いの場であり、そこで死ぬことが国民から選抜された軍人の最高の名誉となるわけである。

だがこれはいわゆる公私のうちの公に当たる部分であり、社会に生きる限り誰にも公に対する私がある。服部二飛曹はそれをこう表現する。

「顧みますれば、我現世に生を享《う》けてより二十星霜、御両親の愛の手一つで育《はぐ》くまれ、今日海軍に籍を有する身となりました」

そこで冒頭の文章にあるように、両親に対して「子として何等孝養も致さずして死して征くのが残念で残念でたまりません」ということになる。「残念で残念で」と繰り返したところに二飛曹の悲痛な無念がわかろう。二飛曹の前途には死しかない。確かにその死は軍人にとってはこの上ない名誉であるが、残される家族にとっては悲しみ以外の何物でもない。それゆえ二飛曹は、

「我戦死すと聞かれてもどうか泣かずに、立派に死んだと褒《ほ》めて下さい。少しも力を落される様なことのない様に」

とし、さらに、

「戦地にある父上には呉々《くれぐれ》も母上より宜《よろ》敷く御伝へ下さい」

と記すのである。服部二飛曹に生還という二文字はない。待ちうけるのは死のみである。それならば、壮烈に戦って潔く死ぬというのが、いつに変わらぬ軍人の行動原理の根本であり、服部二飛曹もその行動原理を実践すべく、遺書の最後にこう書き留めた。

「寿宗は桜の花の散る如く、敵艦に立派に玉と砕け散ります。戦地の父上も、私の散った模様をお聞きになられたなら、必ずや『寿宗、良くやった』と喜んで戴けると確信致して居ります」

我が子の死を喜ぶ親はいないが、息子の名誉の戦死を誇りに思うことで、かろうじてその悲しみを薄めようとする親はいる。服部二飛曹もそれを知るからこそ、「敵艦に立派に玉と砕け散ります」と宣言し、母の悲しみを少しでも軽くしようとしたのであり、子の親に対するこのように切ない思いやりが理解できなければ、特攻隊の若者たちの真情はついにわからない。特攻が出撃隊員にとっても、残された家族にとっても哀詩であるといわれるのはこのためである。

万が一戦死をいたしましょうとも、涙もろい母様に泣くなということはむりかと思いますが、なにとぞぐちをこぼさぬ覚悟でいて下さい。昇、最後のお頼みです。

海軍少尉　矢野昇

神風特別攻撃隊・隊名不明、昭和20年4月23日、沖縄周辺海域にて戦死、22歳

昭和二十年四月十六日、出撃に先立って矢野少尉は母に手紙を送った。特攻出撃を母に告げることのできなかったお詫びの手紙である。

「御母様、先日御出《おい》で下さいましたのに、何らお話もできませず失礼いたしました。淋しいお心持のままお帰りだったことだろうと想像いたし、なぜもっとやさしく対応しなかったか、今さら後悔いたしております」

特攻出撃を母に告げるということは、自分が確実に死ぬということを母に宣言することにほかならず、孝心厚い息子に容易にできることではない。そのうえ矢野少尉は出撃時の見送りも婉曲に断わっている。

「国内の雲行《くもゆき》が悪くなってまいり、日とともに我々同志の者も次々と飛び立っています。同期の者を見送るとき、いつになったら自分もあの感激が味わえるのかと、先立つ友を恨む気になるのです。しかし待つ甲斐あって、私にもいよいよ飛躍する秋《とき》が刻一刻と近づいてまいりました」

そして矢野少尉はこう告げる。

「日曜日にお出下さる約束でしたが、それもはや不必要とぞんじます。すでに飛んだ後かと思いますので、この便りを認《したた》める次第です。お母様だけなりと飛び立つ我々の勇姿を一目みていただきたかった。それも今となってはかないますまい。むしろ見送って下さらぬ方がい

いかとも思います」

このあたりの特攻隊員の胸中は微妙である。見送ってもらいたいという思いと、それを拒む思いが交互に現われる。自分の今生最後の勇姿を母に見せたいという思いがある一方で、それを見せたら母の心に悲しみを決定的に焼きつけるという思いがこみあげ、結局、矢野少尉は黙って出撃するほうをとったのである。

さらに矢野少尉が一人で飛び立つほうを選んだのには、もう一つ鮮烈な思い出があったためである。

「いつでしたか、小生休暇のおり、母様のおそばにゆきましたね。そして士官姿の自分を見られたあの時のお母様の眼、お母様の顔が今も心に浮んでみえるようです。よし！　これで安心して飛べるぞと思いました」

一世一代ともいえる晴れ姿を、矢野少尉は母に見せていたのである。死とは無縁のあの晴れ姿を瞼の底に焼きつけてもらいたい。それが矢野少尉の本心であり、さらに冒頭の文句にあるように、「泣くなということはむりかと思いますが、なにとぞぐちをこぼさぬ覚悟でいて下さい」という最後の願いにつながるのである。

特攻隊の場合、母と子はほとんどこのようにして淡々と別れてゆく。涙の愁嘆場という光景はまずない。送る側にも送られる側にも美しい節度があった。それがまた、母子の別れに切ないまでの詩情をただよわせるのである。

そして矢野少尉は遺書ともなるこの手紙の末尾をつぎのように結んだ。

「今の自分等は無我の境《きょう》とでも申しますか、心にかかる何物もありません。ただ特攻精神あるのみで、晴《はれ》の門出を待つばかりです。よろこび勇んで飛びたつ昇の姿を御想像下さい。ではお母様！　征ってまいります」

おそらく母が想像した少尉の出撃の姿は、海軍士官のスマートな軍服で身を固めた、あの日の少尉の凛々《りり》しい姿であったに違いない。

心の隅にて、この姿を母上に一目見せたしとの感あり。また亡き父上もこの姿を見られたならば、いかばかり喜ばれしことかと残念なり。

海軍少尉　町田道教

神風特別攻撃隊・第五筑波隊、昭和20年5月11日、沖縄周辺海域にて戦死、25歳

学徒出陣で海軍へ入った町田少尉は、まず九州佐世保の第二海兵団に配属となった。そこで町田少尉は、海兵団での苛酷な訓練を乗り切るために、「何事も決して恐れる必要はない」という信念をもって訓練にのぞむことを決意した。そして、「来るべき将来を危惧するよりは、現在を充実せしめて行けばよい」と心を決め、さらに誇りをもって立派な軍人になろうと我が身に誓って、日記にこう書き留めた。

「謙虚にして足らざるを懸念するのも、法である。が、自分は、謙遜よりも自尊をもってする。これは楯の両面ともいえるであろう。即ち自尊心のかげには、常に努力がある。努力とは、足らざるを補うための精進《しょうじん》である」

ほどなく町田少尉は土浦航空隊へ転属となり、昭和十九年二月一日、海軍飛行予備学生第十四期生の始業式が行なわれた。

「第一種軍装に身を更《あらた》めて、八時三十分、第一練兵場に整列す。二等水兵より一足とびに予備学生となり、士官待遇を受け、短剣をつり白手袋に新短靴《たんか》、襟章新しく軍帽に帽章光る。皆、今までの歩き方、その他の態度一度に変りて、重々しき感じあり。我もまた一層の落着きと、新たな覚悟と、自尊心をもって始業式に臨む」

さらに町田少尉はこう記す。

「東久邇宮《ひがしくにのみや》司令長官の御訓示ありがたく拝し、候補生としての栄誉を誇り、海軍の待望と、全国民の絶大の期待に沿《そ》わざらんことをひたすら惧《おそ》る」

そこで冒頭の「この姿を母上に一目見せたし」という文章になるのである。町田少尉が軍人であることに、いかに誇りを持っていたか、この文章からも十分に察しられよう。

そして同年五月、土浦での教程を終えた町田少尉は、今度は九州の出水《いずみ》航空隊に配属となり、また苛酷な訓練が始まった。そんなある日、町田少尉に嬉しい出来事が起こった。母と弟妹が面会にやってきたのである。七月十六日の少尉の日記にはこう記されている。

「九時外出許可、夏日さす田舎道を野村学生と二人、クラブに向って愉快に歩く。アブラ蟬の声、杜陰《もりかげ》に聞ゆ。出水の町に入り話しながら歩いていると、田舎家のかげに人がある。おやと思う瞬間、先方でも気づいたらしい。どちらからともなくニッコリと微笑んだ。母上である。それと弟、久しぶり、半年ぶりである」

そして町田少尉はその日の感動を淡々と日記に綴った。

「何ともいえない気持。母上は『まあまあ』といいながら近づいて来られる。右に曲ってクラブに進む。クラブにじっと待っていることが出来なくて、わざわざ出て来られた母の心理や、感謝すべきである。クラブにつくと綾子やエリ子もいる。懐しい者ばかり。早速話した。何から話してよいやらわからない。帰り、写真をとる。記念になるだろう。時を一時に止めて後の思い出とする最良の方法だ」

この後、町田少尉が何度母と面会したかはわからないし、これが最後であったかもしれない。しかしこの日の面会は、少尉の胸の奥にくっきり焼きつけられたはずである。そしてそのことを思い出すたびに、少尉はささやかな幸せを感じたに違いない。戦時下では、母と子が互いの無事を確認できれば、それだけで何ごとにも替え難い幸せとなる。

町田少尉が特攻出撃して、南溟の空に散華するのは、これからほぼ十ヵ月後の昭和二十年五月十一日であった。特攻隊の若者たちは、出撃するその日まで、一日一日を心のひだに刻みつけるように精一杯に命を生きたのである。

笑って散ってゆきます。お母さんも泣かずに喜んで下さい。生前の不孝

は幾重《いくえ》にもお詫び申し上げます。

陸軍軍曹　国吉秀俊

陸軍特別攻撃隊・第五八振武隊、昭和20年5月25日、沖縄周辺海域にて戦死、21歳

日本軍人にとって特別攻撃隊員に任命されることほど名誉はない。多くの特攻隊員は任命された瞬間、身内に電流が走るほどの感激を味わい、即座に一死殉国の覚悟を固めたという。

国吉軍曹も母宛の遺書に、

「此の度《た》び特別攻撃隊員を命ぜられました。武人最高至上の幸福です」

と記し、その心構えを、

「明野飛行部隊を出発に際し、大貫大尉殿より敵艦に突撃の心境は、我々空中勤務者の明朗性にありと訓《さと》されました」

としている。そして国吉軍曹は、この教えを実践すべく、冒頭の言葉にあるように「笑って散ってゆきます」と書き留めたのである。それに「笑って散ってゆきます」と書き残せば、息子に先立たれる母の悲しみの幾分《いくぶん》かは柔らげることができると思ったに違いない。

さらに国吉軍曹はこう書き継《よ》いだ。

「特に昨年秋は私の不注意に依り愛機を大破し、其の上母上にも御心配をおかけ申し、申し訳ありませんでした。其の後の秀俊の心中御推察下さい。この度のお召《めし》に依《よ》り漸《ようや》く幾分なり

とはいえ、肩の荷を降した様な感じが致します」

飛行機は大変高価なものであり、これを己れの未熟から大破させたとなれば、国民の血税をいたずらに費消したことになり、責任感旺盛な若い軍人にとっては、大変な心の負担になる。国家、国民に多大な迷惑をかけたと痛感するからである。

その不名誉を挽回するためにも国吉軍曹は己れの命と引き換えに、特攻隊員となることを熱望したのである。軍人が責任をとるということは命を捨てるということであり、民間人や役人のように頭を下げれば済むというものではない。そこで国吉軍曹は決死の覚悟を母にこう伝えた。

「この上は只成功を期するため、最後迄全力を尽し、訓練を重ねてゆく覚悟です。日本男子として誰にも負けない行動をとります故、秀俊の事は御心配なき様お願い致します」

国吉軍曹はここに「日本男子として誰にも負けない行動をとります」と誓った。武士に二言なしといわれるように、この誓いは絶対であり、軍曹もこの言葉を記すことによって、不退転の覚悟を明らかにしたのである。

ただ、国吉軍曹には一つ心残りがあった。妹俊子のことである。

「俊子の事は呉々も宜敷《よろし》くおねがい致します。現在迄少しも兄らしき事も出来ず、俊子も本当に淋しく思って居た事でしょう。誰にも劣らぬ程妹の事は心配した兄ですが、軍籍に身を置いてより何もしてやれず残念ですが、俊子もこの度《たび》の事で満足してくれるでしょう」

妹に何もしてやれずといっても国吉軍曹はまだ二十一歳である。現代のこの年頃の青年たちは我が身を思うことで精一杯で、国吉軍曹のように軍籍に身を置き、しかも明日をも知れぬ特攻隊員でありながら、国を憂い、母に感謝し、妹の将来を案ずることなど、まずできないであろう。若年ながら実に見事な軍人魂である。そしてこの遺書は、

「ではお母さん　左様なら」

という言葉で締められている。現代の平和な世に生きる我々は、この短い文章にこめられた国吉軍曹の悲しみの万分の一でも噛みしめるべきである。噛みしめて現代の日本人が失ったものの大きさに思いを致すべきである。

第五章　死にゆく十代の真情

肉親への熱い思い——決して決して心配しないで下され

母上お許し下さい。さぞ淋しかったでしょう。今こそ大声で呼ばして頂きます。お母さん、お母さん、お母さんと。

陸軍伍長　相花信夫

陸軍特別攻撃隊・第七七振武隊、昭和20年5月4日、沖縄周辺海域で戦死、18歳

日本男子は本来的に生き方が不器用である。好きな女性に対しても好きとはいえず、逆に無愛想《ぶあいそう》な態度をとったりもする。世阿弥《ぜあみ》の言葉ではないが、日本人の男心というものは、「秘すれば花なり。秘せずば花なるべからず」というものなのである。『葉隠』もこう教えている。

「恋の至極《しごく》は忍ぶ恋と見立て申し候。逢ひてからは、恋のたけがひくし。一生忍びて思ひ死《じに》

することそ、恋の本意なれ」

日本人にとって男の美学とはこうしたものであり、女性にペラペラと本心を打ち明けるなど、筋のよい男子のすることではない。まして一廉《ひとかど》の軍人であるならなおさらである。

相花伍長の場合は、慕情を寄せる対象が恋人ではなく母であった。しかもその母は実母ではなく継母である。それゆえ遺書にも、ひたすらに母のことのみを綴っている。

「母上お元気ですか。永い間本当に有難うございました。我六歳の時より育て下されし母。継母とは言え、世の此の種の母にある如き不祥事は一度たりとてなく、慈しみ育て下されし母。有難い母。尊い母」

世の不祥事とは、いわゆる「ママ子イジメ」であろう。それが相花伍長の場合は一度としてなかったという。だが問題が伍長自身にあったことを、伍長はよく知っていた。世の常の母子のようには、伍長は継母に甘えることができなかったのである。純情多感な少年にはよくある出来事である。そこで伍長は、心おきなく特攻散華するために、最後の最後に本心をこう打ち明ける。

「俺は幸福であった。遂に最後まで『お母さん』と呼ばざりし俺。幾度か思い切って呼ばんとしたが、何と意志薄弱な俺だったろう」

そこで冒頭の「母上お許し下さい」という言葉となるのである。

男子にとって、母親は永遠の恋人であるといわれるが、相花伍長のように幼くして実母を亡くし、心優しい継母に育てられれば、その思いはいっそう強かったに違いない。おそらく相花伍長は敵艦に突入寸前に、「お母さん、有難う」、あるいは「お母さん、さようなら」と叫んだはずである。実際にはそう叫ばなかったにせよ、そう叫んだと思いやるのが、人間というものである。特攻隊の勇士たちの中には、現代の青年には及びもつかないほど純粋で清潔な心情の持ち主が綺羅星《きらぼし》のごとくにいたのである。

玉男は死んだのではありません。姿は皆様の御前におらずとも必ず皆様の許《もと》におり、楽しき我家を、なき父、靖国の兄と共に見守っております。

海軍二等飛行兵曹　村田玉男

神風特別攻撃隊・神雷第二建武隊・昭和20年4月3日、南西諸島海域にて戦死、19歳

特攻隊の若者たちは霊魂不滅を信じていた。信ずることが彼らの闘魂の原動力となった。たとえ現世では愛する人に二度と会えなくとも、死して護国の神となり、靖国神社に祀《まつ》られる身となれば、そこで愛する人と再会できる。彼らの今生最後の夢は、すみやかに美しく死に切って靖国の神となることであった。

思えば、青春の夢として、これほどはかなく切ない夢もあるまい。ふつう夢とは希望と一体に語られるものであるが、特攻隊員の場合は、美しく死ぬことが唯一の夢であり、死んで愛する人と再会するのが唯一の希望であった。

村田二飛曹の場合は、すでに父と兄の一人を亡くしている。そして特攻隊員である自分の死も確実である。残される母の悲しみは誰よりもよくわかる。それゆえ村田二飛曹は母宛の遺書をこう書き始める。

「お母様、お驚き遊ばされた事で御座いませう。長い〳〵年月、手しほにかけてお育て下さいまして今日に致りましたが、何の御恩もお返しせず残念に存じます」

特攻隊の若者たちは例外なく、皆まず自分の不孝を親に詫びる。詫びることでそれまでの人生にピリオドを打ち、一戦士として戦場に足を踏み入れる覚悟を固める。しかもその戦場は自分の墓標を立てるべき最期の地となる。不屈の闘魂をもって戦場に立たねば、自分の男がすたるばかりか、残される家族を悲しませることにもつながりかねない。それゆえ村田二飛曹は、誇らかな思いをこめてこう記す。

「此の身は異国の海に果て様とも、泣かずにほめて下さい。お母様、玉男を思ひ出しました時は、大空を御覧遊ばしませ。そこにはきっと大空を飛べる飛行機の蔭に、玉男の姿が見えるでせう。最後にお願ひとして、お母様、体に無理なき様、長寿遊ばせ。兄、姉妹よ、老ひたる一人の母を玉男の分まで親孝行する様に……」

特攻隊員のほとんどすべては、死にゆく己れのつらさ、悲しさは一切口にせず、ひたすらに残される家族の身を案じ、その多幸を願った。この心性の美しさはたとえようがない。

そして村田二飛曹がこの遺書の最後に綴ったのが、「玉男は死んだのではありません」という冒頭の一節である。

おそらく村田二飛曹は、特攻隊員となってから出撃するまでの間、死とは何かということを深く考えつめたに違いない。そして得た結論は、愛しい家族の胸の内に自分の面影が焼きついているかぎりは、家族の優しさの中に自分は永遠に生きつづけるということであった。特攻に流れる清冽な詩情は、若き特攻隊員と残されたその家族の哀しみの調べでもある。

お父さん、お父さんの鬚《ひげ》は痛かったです。
お母さん、情は人の為ならず。

海軍一等飛行兵曹　上西徳英《のりひで》
回天特別攻撃隊・多聞隊、昭和20年8月11日、沖縄周辺海域にて戦死、18歳

男子の父親に対する感情は屈折している。戦前の父親像というのは、きわめて威厳があった。息子といえども甘さを見せないのが、父親の重みというものである。父親とは息子にとっては、間違いなく恐ろしい存在であった。優しい言葉などかけられたこともないというのが、当時の男子に共通する父親観ともいえる。

だが恐ろしくはあっても、息子にとって父親は何よりも重量感のある存在であった。上西一飛曹も家族への最後の手紙を書くにあたって、冒頭の文章のように「お父さんの鬚は痛かったです」とまず記した。

おそらく一飛曹の幼い頃、父親に頬《ほお》ずりをしてもらったときの思い出なのであろう。息子にとっては、百万言を費やすよりも、父への愛を表現するには「お父さんの鬚は痛かったです」と記すほうがはるかに深い想いを伝えることができると思ったのである。

父と息子の間に言葉はいらない。互いに語らぬが、そこには男同士の友情のもっとも純粋で、もっとも美しい原初の姿がある。

おそらく上西一飛曹は、「お父さんの鬚は痛かったです」と書き記したとき、走馬燈のように父との十八年間の思い出がよみがえり、万感の思いに絶句したに違いない。また父はこの遺書を読んだとき、息子への深い愛を痛感し、心の底で男泣きに泣いたに違いない。これが日本の父子というものである。

そして一飛曹は母に対して、「情《なさけ》は人の為ならず」と告げている。一飛曹の母は、心底《しんそこ》優しい女性であったに違いない。人に情をかけて何も求めぬ、思いやりに満ちた優しい心はめぐりめぐってその人を必ず幸せにしてくれるという。一飛曹は「情は人の為ならず」という言葉を書き残すことで、母への愛を改めて思い知ったはずである。

さらに一飛曹は弟へも一文を残している。

「忠範よ。最愛の弟よ。日本男子は御楯《みたて》となれ。他に残すことなし」

この「他に残すことなし」という断言に、一飛曹の非常に強い意志を読みとることができる。日本男子と生まれたからには、夷狄《いてき》の魔手から祖国を守る御楯となることこそ、唯一無二の男子の務めと一飛曹は信じて疑わないのである。そして一飛曹のこの短い遺書は、いかにも人間魚雷回天の特攻隊員らしいつぎの一文で閉じられている。

「和ちゃん、海は私です。青い静かな海は常の私、逆巻く濤《なみ》は怒れる私の顔」

和ちゃんとはおそらく可愛がっていた妹であろうが、上西一飛曹はこの遺書の最後の部分で、国家が自分に託した誇り高き使命を、己れを紺碧の海に逆まく怒濤にたとえることによって、美しく、はたまた力強く抒情しているのである。


決して〳〵心配しないで下され。私は此《こ》れのみが心配です。此れも国の為です。決して〳〵心配しないで下され。切に〳〵御願ひ致します。

陸軍伍長　加覧幸男

陸軍特別攻撃隊・第七三振武隊、昭和20年4月6日、沖縄周辺海域にて戦死、18歳

特攻隊員の遺書、遺稿が哀切な理由の一つが、右の文章にあるように、自分のことはどうか心配しないでくれと、両親あるいは肉親に繰り返し訴えかけていることにある。だがいくら心配するなといわれても、ついつい心配してしまうのが、絶ち難い家族の絆というものである。

幕末の志士吉田松陰も、斬首は免れないと悟った日、両親並びに家族へ永訣の書を綴っているが、その書簡はまず、

「平生の学問浅薄にして至誠天地を感格すること出来申さず、非常の変に立到り申し候。嘸々《さぞさぞ》御愁傷も遊ばさるべく拝察仕り候」

と記され、ついで人口に膾炙《かいしゃ》した有名な和歌となる。

親思ふこころにまさる親ごころ

けふの音づれ何ときくらん

子が親のことをいくら心配しても、親はさらにそれ以上に子の心配をするという意味である。この和歌は親子の固い絆を切々と詠《うた》いあげた古今の絶唱であるが、今次大戦の若き特攻隊の勇士たちも、みな吉田松陰と同じ感懐に捉われていたに違いない。しかも松陰は三十歳で刑死するのだが、特攻隊員の多くはそれよりも一回りは若い。親兄弟を思って心が揺れ動いても当然であり、逆にむしろ揺れ動くからこそ、その哀切な心情がわれわれの心の琴線を切なくかき鳴らすのである。

冒頭の言葉は父親に出された書簡の一節であるが、加覧伍長は出撃もせまったある日、母にもつぎのような書簡を送っている。

「私が一番に心配してゐますのは徳満君が帰って私が帰らぬので、父母上様が心配して居られる事です。国の為です。決して〱心配しないで下さい。私も落胆せず、必ず父母上様を喜ばして見せます。楽しみに」

喜ばせるとは、特攻に成功することである。このようなことで親が喜ぶはずもないことを知りつつ、なおこう書いて、親を安心させ、なおかつ己れの決意の不変不動を確認する特攻隊の若者たちの心情、これを理解しなければ特攻魂というものは決してわからないし、理解すれば特攻隊員とその家族に対する哀切の情は、いや増しに増す。特攻を論ずるということは、ある意味で、日本の家族の切ないまでの愛情を、ひとり静かに抒情することでもあるのだ。

お母様の死を聞き、悲しい思いに軍務を怠る静では有りません。御安心下さい。お母様。天皇の御為に尽し、静は立派に戦死する覚悟です。

海軍飛行兵長　広瀬静

神風特別攻撃隊・第五桜井隊、昭和19年12月7日、比島レイテ沖にて戦死、18歳

愛する人の死ほど悲しいものはない。ことに男子にとって母親の死は悲しみの極みともいえる。だが母親の死は、すべての男子がいつかは経験しなければならないものである。ただ十八歳の広瀬飛長の場合、それが突然に来たぶん、衝撃も大きかった。その悲しみを広瀬飛長は「謹みて今は亡きお母様へ」と題して、つぎのように綴っている。

「お母様、どうしてそんなに急いで、黙って逝っておしまひになったのですか。お母様がもう此の世にいらっしゃらないなどといふ事、どうしても信じ得られません。今頃は元気でく〱御暮しの事とばかり今日今日《こんにち》まで思って居ました。真に夢にも思わぬ悲しいお便りを

戴き、泣くまいとしても涙が溢《あふ》れて来て、戦友の前で涙を流しました」

そして広瀬飛長は「しかし」といって、冒頭の毅然とした言葉をつづけるのである。

母の死は大変つらいことである。だが戦士であるかぎり、そのつらさを乗り越えねばならない。つらくとも悲しくとも、それが癒《い》えるのを戦争は待ってくれない。あらゆる私情を断ち切って、戦うべきときには戦う。それが戦士に課せられた使命なのである。

広瀬飛長の場合、母を亡くしたが、一つだけ大きな親孝行ができたといえなくもない。自分の死を母に知られることがなかったことである。これをもって、せめてもの親孝行としなければならない。

ほとんどの特攻隊員の親は息子の死を知って悲嘆にくれる。広瀬飛長はその悲しみを母に味わわせなくて済んだ。そして逆に母の死に直面して、「静は立派に戦死する覚悟です」と心を決することができた。こういう特攻隊員もいたのである。百人の特攻隊員がいれば、そこには百のドラマがある。この事実を忘れてはならない。

世界の戦争史に鮮烈に刻印された特攻とは、特攻隊員個々人とその家族の慟哭《どうこく》を底に秘めた無限の悲しみの記録でもある。特攻に勇壮さのみを見たのでは、戦争哀詩としての特攻の実相はわからない。特攻とは日本人が三千年の歴史と文化をもって培ってきた民族の良心の鮮烈な奔騰なのである。


此《こ》ノ度特別攻撃隊ノ一員トシテ出陣スルコトニナリマシタ。最モ良キ死

ニ場所ヲ得タコトヲ喜ンデ居リマス。無キ父母ノ教《おしえ》ヲ守リ、無キ兄上ノ写真ト共ニ出陣シマス。コレガ最初ノソシテ最後ノ御恩ニ報ユル時ト思ッテ居マス。

陸軍伍長　白岩二郎

陸軍特別攻撃隊・八紘第八隊勤皇隊、昭和19年12月7日、比島レイテ沖にて戦死、18歳

白岩伍長は三歳のときに両親を亡くし、十五歳のときには仲のよかった次兄の五郎も亡くしている。そのため出撃に際しては、その最愛の兄の写真を胸に体当たりを敢行せんと誓ったのである。

両親を早くに亡くした白岩伍長は、長兄の玄次とその妻美代子、姉のまつとその夫良蔵、そしてもう一人の姉敏恵によって、慈しみ育てられた。その恩を誰よりもよく知る白岩伍長は、そのそれぞれに、短いが思いのこもった遺書を認《したた》めた。まず長兄の玄次へ。

「幼少父母ニ死別シテ以来十五年ノ間、両親ニ代ッテ御養育下サレ有難《ありがた》ウ御座居マシタ。二郎ハ早ク両親ニ死別シマシタガ、幸福者デアリマシタ。唯《ただ》何等御恩ニ報ユル事ナク死スルコトヲ残念ニ思ッテ居リマス」

そして特攻という日本男子としてこれ以上はない「最モ良キ死ニ場所ヲ得タ」という冒頭の言葉へとつづくのである。軍人は現代の武士であり、武士にとってもっとも大切な嗜《たしな》みは、

死に刻《どき》、死に場所を誤らぬことである。白岩伍長はレイテ島沖に誉れの死に場所を見事に得た。

つぎに玄次の妻美代子へこう記す。

「短イ間デシタガ私ヲ肉親ノ弟ノ様ニ可愛ガッテ戴《いただ》キ有難度ウ御座居マシタ。何分《なにぶん》共兄上ノ事ハ宜敷《よろしく》オ願ヒ致シマス。和子ノ成長ヲ祈ッテ居リマス。暮々モ御体大切ニ」

和子とは玄次と美代子の子であるが、死に征く身の白岩伍長にとって、この姪の存在はまぶしいばかりの生《せい》の象徴であったことであろう。つぎに義兄の良蔵へはこう記す。

「十幾年ノ長イ間、兄ヲ助ケテ御養育下サレ有難度ウ御座居マシタ。兄上ノ努力下サレタニモ拘《かかわ》ラズ、何等取リ柄《え》ナキ人間トナッタ事ヲ実ニ済《ス》マナク思ッテ居マスガ、忠義ノ心ハ誰ニモ劣ラヌ心算《つもり》デス。長ラクノ御養育有難度ウ御座居マシタ」

当時、忠義とは軍人勅諭にもあるとおり、「軍人は忠節を尽くすを本分とすべし」ということであったが、多くの将兵にとって、天皇や国家への忠節は、美しい郷土への思いとそこで健気《けなげ》に暮らす愛《いと》しい人々への思いと重なるものであった。それゆえ白岩伍長も、「忠義ノ心ハ誰ニモ劣ラヌ心算デス」と断言したのである。

そして最後に実姉のまつと敏恵に伍長はこう綴る。

「長ラク御世話ニナリマシタ。母上ニ代ッテ面倒ヲ見テ戴《いただ》キ有難度ウ御座居マシタ。命《めい》ヲウケテ出陣シマス。最大ノ努力ヲシテ大君ノ御為ニ死ニマス。二人共常ニ体ノ弱イ方デスカラ、充分気ヲツケテ御働キ下サイ」

ここに記された「大君ノ御為ニ死ニマス」という言葉が白岩伍長にとっては、美しい郷土と愛しい人々を守ることと同義であり、この純粋な心をもって敵艦に突入していったからこそ、十死零生の特攻攻撃というものは、世界の精神史に人間性の清冽な美しさというものを鮮烈に刻みつけたのである。

それにしてもこの遺書には「有難度ウ御座居マス」という言葉が何回出てくることか。白岩伍長の精神のたたずまいの美事《みごと》さが、このリフレインに自《おの》ずからにじみ出ている。おそらく白岩伍長はこの言葉を繰り返すことによって、後顧《こうこ》の憂いをきっぱりと断ち切り、愛する人々の面影を瞼《まぶた》に焼きつけて涼やかな心で出撃していったに違いない。男の人生は爽快に生き、痛快に死ぬをよしとするとされているが、白岩伍長は十八歳ながら、スラリとそれをやってのけたことになる。

空飛ぶ身なれば、敵艦上に散れ、敵機上に散れ、何《いず》れにせよ五体の還らぬは火を見るより明らかなれば、せめて此れを以《も》って綱三と思ひ下され度《た》く、若干の毛を同封致しました。

陸軍伍長　渡辺綱三

陸軍特別攻撃隊・第四三一振武隊、昭和20年5月27日、沖縄周辺海域にて戦死、19歳

航空機搭乗員が戦死した場合、遺体はまず残らない。特攻隊員ならば百パーセント残らないといってよいであろう。したがって彼らが出撃する際には、髪の毛か爪《つめ》の一部を残すのをつねとした。渡辺伍長の場合は、形見として「若干の毛」を遺書とともに両親に送ったのである。

そして伍長は遺髪を包んだ書簡の中に、特攻隊員となれた心懐をこう綴っている。

「父上にも早《は》や覚悟の上とは思ひますが、綱三も今《こ》の度《たび》、特攻の大命を拝しました。お喜び下さい。今は○○基地にて出撃を今日か明日かと草原に待って居ります。此の便りが届きます頃は早や永遠の眠《ねむ》りに付いて居ります」

この手紙の日付は五月二十日であるので、特攻散華の一週間前にあたる。当時の郵便事情は、宛先に手紙が届くのに早くて数週間、なかには数ヵ月もかかる場合もあり、伍長のいう通り、この手紙が両親の手元に届く頃には「永遠の眠り」につくのは確実であった。

伍長はそれを百も承知でさらにこう記している。

「然《しか》し父上、けっして淋しく思はんで下さい。綱三は御両親様より先に逝きますが、大和男子としての本懐、大義の下、喜んで休当りを致します。必ず轟沈の報をお知らせ致します。ではもう何も思ひ残すことはありません。只今迄の不孝、くれぐれもお許《ゆるし》の程を」

そして伍長はつぎの辞世を認《したた》めている。

大命のまにまに逝《ゆ》かむ今日の日を
吾が父母や何とたゝへん

渡辺伍長は、自分の特攻出撃を両親が称《たた》えてくれると信じて疑わない。他の誰もが称えてくれずとも、両親だけは称えてくれると確信することが、十九歳の少年の闘志の原動力となるのである。

そして渡辺伍長は特攻をつぎのように意義づけている。

「航空に身を置きし事なれば、何時《いつ》飛ぶ時も此れが最後と御両親の写真を胸に猛訓練を続けて参りました。然《しか》して御両親様も御承知の通り皇国危急をつげる時、我々の先輩特攻隊の神鷲《かみわし》が現れました。御両親の血を受けし綱三とて、何で続かずに居られませうか。男子の本懐之《こ》れを他にして何がありませうか。又之れが父母に対しせめてもの孝と思ひ、一日も早く来る日を夢見つゝ、技を練《ね》って参りました」

特攻隊の若い隊員のほとんどすべては、両親に対して親不孝を詫びている。そして特攻で敵艦に突入することを、「父母に対しせめてもの孝」と信じている。特攻隊員の肉親に対する切ないまでの心情が、特攻を筆舌に尽くし難い一編の詩とするのである。

私死すとも先祖代々の墓のほか、決して他の墓（私だけの）を造らざるようお願い申上げます。なお葬《ほう》むるべきもの一つとして無き故に、私の毛髪をここに入れて置きます。

海軍少尉　本井文哉《もといぶんや》

回天特別攻撃隊・金剛隊、昭和20年1月12日、ウルシー海域にて戦死、19歳

国家の捨て石となって散華する特攻死は、軍人として最高の名誉である。ただし、その名誉は、あくまでも己れひとりの胸の中で誇るべきもので、特攻死をことごとしく讃仰することは、特攻精神にそぐわない。

特攻隊員は敵の魔手から国家を守るために、泣きごとも恨みごともいわず、自ら望んで黙々と死地に身を挺していった。特攻隊の若者たちのその清く尊い心情を思いやれば、特攻隊顕彰に名を借りた馬鹿騒ぎなどできぬはずである。

特攻隊の若き勇士たちは間違いなく民族の誇りである。だがその誇りはあまりに哀しい。特攻隊の若者たちは、立身出世のために特攻を志願したわけではなく、あくまでも捨て石として国に殉ぜんとしたのである。

こういう勇士は、日本人ひとりひとりが心の底で密かな誇りとすればよい。秘めた誇りというものは、いつか国の大事が突発したときに必ず役立つものである。

本井少尉は海軍機関学校を志願したとき、父から、

「自分の進みたい方へやりたいままやれ、家の事は考えないで存分にやりなさい」

といわれ、それが大きな励みとなっていた。そして海軍に入るとふたたび志願して、回天特攻隊員となった。

すると当然のことながら、家のことなどにはもはやかかまっておれなくなる。長男である少

尉には文昭という弟がいたがまだ幼すぎたので、後事は妹昌子に託す以外なかった。そこで死が十数時間後に迫っていた昭和二十年一月十日の夜、少尉は昌子宛に最後の一文を書いた。
「人情は浮薄なものです。人に頼るな。これから本井家はますます困苦となるでしょう。しかし、軍国の家は雄々しくそれに堪《た》えて下さい。本井家をお前がついでも、弟文昭がついでも兄としてどちらでもよい。ただ一言、後を頼む。小さな文昭を立派に育てて呉れ。最後に長男として、兄として家に何等為すことなく、お前に何も出来なかったのを残念と思う。おわびする」

文中の「ただ一言、後を頼む」という言葉に本井少尉の万感の思いがこめられているといってもよいであろう。そして回天発進を間近にして綴られた妹宛のこの遺書は、つぎの一節で締められている。
「いつか『少女の友』で見たのに、南洋島の土人は雨降りの日を喜ぶそうだ。それはその後には必ず晴天の日が来るから。それは何日後、何年後に来るか知れない。しかし必ず来る。苦しさはこれから来る。よく堪《た》えて頑張れ」

本井少尉は妹にこう書き残してウルシー泊地に向かって突撃していった。自分は間もなく死を迎えるが、妹には「必ず晴天の日が来る」という希望を与えた。そして少尉には、自分はその希望を実現するための捨て石となるのだという密かな誇りがあったに違いない。

特攻隊の若者にとって、特攻とは絶望という暗闇の中に見出した希望という一条の曙光にほかならなかったのである。

湧きあがる闘魂――美事に若き生命に花咲かせて見せます

男一匹死花《しにばな》を咲かせるからには、決して犬死の如きは致しません。必ずや敵空母とさしちがへる覚悟です。美事に若き生命に花咲かせて見せます。御安心下さい。

海軍一等飛行兵曹　永田吉春

神風特別攻撃隊・神雷桜花隊、昭和20年5月4日、沖縄周辺海域にて戦死、18歳

人間爆弾桜花の搭乗員であった永田一飛曹は、沖縄への出撃前夜、一首の辞世を認《したた》めている。

打捨てき此の世の未練なきものと
　夢にぞ想ふ　父母の顔

出撃を前にした特攻隊員は強烈な意志を発揮して、この世のあらゆる未練を断ち切るという。後顧の憂いなく敵艦に突入するためには、雑念があってはならぬというのが特攻隊の若者たちの信念である。だが、これは口でいうほど容易なことではない。ことに肉親への未練は思うまいとするほど、逆につのるものである。

永田一飛曹も出撃を前にして、あらゆる未練を断ち切ったと思っていた。ところが出撃前夜、夢の中に父母の顔がありありと浮かんできたのである。親と子の恩愛の絆の堅さは、いかに強烈な意志を働かせても、スッパリとは断ち切れるはずがない。

そして一夜が明けて出撃の朝となり、永田一飛曹は絶筆となる両親宛の遺書を認めている。

「拝啓、時下春暖の候、其の後皆様にはお元気にて御暮しの事と思ひます。戦《いくさ》も益々烈《はげ》しさを加へて参りました。今や国全体を挙げての総力戦と相成ったのであります。私もこの日有るを覚悟のもとに海軍航空隊に身を投じたのです。家の方でも覚悟はして居られる事と思ひますが、お知らせしておきます。今度私も名誉ある大命を受けまして、晴れの決戦場に巣立つ事と相成りました」

そして「男一匹死花を咲かせる」という冒頭の凜烈な言葉となるのである。特攻隊は決死隊どころか絶対に死ぬと決まった必死隊である。生還を期すという考えは初めからない。それゆえ永田一飛曹は己れの死後についても冷静に記している。

「姿無き私が帰って来た時は、決して悲しまず喜んで下さい。そして中途でたおれた私の後を弟や妹につがして下さい。兄の意志は幾分なりとも遂げたつもりでおります」

そして遺書は訣別の辞となる。

「では吉春は出発致します。一足先《さ》きにあの世へ行きます。父母様お元気にてお暮し下さい。最後に生前の不孝をお詫び致し、父母様の御健康をお祈り致します。近所の皆様に宜敷《よろし》く。さようなら」

十八歳の少年にして、特攻出撃の直前に、哀切な辞世を詠み、なおかつ己れの覚悟を披瀝して、残される人々に対しても細やかな配慮を示した遺書を認める。見事なまでの身の処し方といえよう。一死を決した軍人の美しさはここにある。古来、男は世に美しく生き、美しく死なねばならぬとされているが、現代において特攻隊の若者たちはその美の実践者といえよう。

戦はまだまだ永いんだ。憲幸（弟）もいつぞやこの一戦に立つこともあるでせう。私達二人とも戦死しても、まだ静姉、澄妹もおるんです。世の中にはまだまだ私達よりあわれむべき家族がいるんです。

海軍二等飛行兵曹　武二夫《たけつぎお》

神風特別攻撃隊・第五神剣隊、昭和20年5月4日、沖縄東方海域にて戦死、18歳

大東亜戦争では一般市民を含めると約三百万人もの人々がその尊い命を失っている。なか

にはサイパン戦や沖縄戦に見られるように、一家全滅といった悲劇も少なからず起こっている。武二飛曹はそういう境涯の人々に比べれば、たとえ自分と弟の憲幸が戦死したとしても、決して不幸の極みではないという。

三百万人もの人が亡くなれば、平時には想像もつかない悲劇が現出しても決して不思議ではない。だが武二飛曹の理屈の悲しさは、悲劇を大前提として、悲劇の度合が強いか弱いかで、幸福度を判定しているところにある。真の幸福とはそういうものではあるまい。

およそ、戦争がつづくかぎり、軍人は戦いつづけなければならない。それが国家と国民に対して軍人が持つ至高の義務である。勝つか負けるかということよりも、戦いつづけることこそが軍人の使命であり、絶対的に不利な戦況下でも、真正な軍人は決して戦意を失わない。この意味からいえば、日本軍将兵の軍人資質というものは、世界中の軍人の中でも傑出しているといってもよい。

武二飛曹も軍人の覚悟を両親宛の遺書でつぎのように述べている。

「今度こそは帝国の為に立派に死ねます。此のよき死所を得たことは、男子の本懐此れに過ぎるものはありません。必ずや敵艦船を撃沈致します。安心して下さい。私は神風特別攻撃隊神剣隊の一員として今日出て征きます」

このように烈々たる武魂を披瀝した後、武二飛曹は、両親に最後の頼みごとをする。

「私の戦死の報あらば、天晴《あっぱ》れ二夫《つぎお》やってくれた！　と喜こんで下さい。決して落胆する父母でないと私は信じます。母よ、喜こんで下さい。決して泣いてはなりません。母も帝国海軍搭乗員の母だもの。今度は憲幸を御国のためになる人間になして下さい。それが二夫の最後の頼みです」

一死を決すると、人間というものはここまで無垢《むく》な精神を持つことができるのである。これはもはや俗世間の利害得失や損得勘定とはまったく無縁の無私の世界といえる。ここには滅私奉公以外の何ものもない。そして武二飛曹はこの遺書を、つぎの一文で締めている。

「男子と生れ何を惜まん若桜の花と同じく散って征きます」

女と違って、男がかろうじて美的存在と成り得るのは、闘争の中である。最期まで戦いつづけた男は美しい。

八月十一日、一七三〇、敵発見、輸送船団なり。我《われ》落付きて体当りを敢行せん。只天皇陛下の万歳を叫んで突入あるのみ、さらば神州の曙よきたれ。

海軍一等飛行兵曹　佐野　元《はじめ》

回天特別攻撃隊・多聞隊、昭和20年8月11日、沖縄東方海域にて戦死、18歳

佐野一飛曹は終戦わずか四日前に戦死した。悲運としかいいようがないが、これも運命というものなのであろう。ただ佐野一飛曹は最後の日まで日記を記していた。たとえば、死の

六日前、いよいよ会敵圏内に入る潜水艦内の緊張感を佐野一飛曹はつぎのような淡々とした筆致で綴っている。

「昭和二十年八月五日、朝食後艦橋に上る。東天明るみ、太陽将《まさ》に出でんとす。これこそ神州の曙の如き心地なり。水平線の遙か彼方を眺めて、明日の会敵を祈る。北極星が瞬《また》く高度二四度、到頭《とうとう》北緯二四度に来る。沖縄東方三百浬とか。電報、二二四五、敵水上艦艇東経百三十四度二十分、北緯二二度、針路十度という。いよいよ会敵圏内に入る。明日あたり会敵の算大《だい》なり」

当初、回天は敵の泊地に潜入して体当たりを敢行するという戦法をとっていたが、この戦法は敵の防御体制が強化されるとともに味方の犠牲が激増したため、途中から回天特攻は洋上を航行する敵艦船に対して敢行されることになり、以来、回天特攻はほとんど百発百中という戦果をあげるに至った。戦争最末期、米軍が何よりも恐れたのが人間魚雷回天であった。

佐野一飛曹の回天に発進命令が出たのは、冒頭の言葉にあるように八月十一日であった。一飛曹はそのときに、

「七生報国のはちまきを締め、祈るは轟沈」

と記したあと、両親と祖母へつぎのようなお詫びの文章を綴っている。

「父上様、母上様、祖母様へ、休暇の時は何も真実を語らず、只語れるはうそのみ、何たる不孝ぞ。しかし軍機上致し方なし。黙って訣別の外なし。やがてわかることならん。わが生存中の我儘《わがまま》切にお詫び申す」

特攻隊員のつらさは、出撃の日どころか、自分が特攻隊員であることすら肉親に語ってはならぬということである。だから特攻隊員の家族は、戦死の公報が入って初めて、彼が特攻隊員であったことを知り、別れの日に何かもっとしてやれなかったかと悔い悩むという。特攻隊員とて悲しみは同じであったことだろう。

だが特攻隊員の場合、その悲しみをいつまでも引きずることは許されない。あくまでも彼の任務は敵撃滅である。それゆえ佐野一飛曹も日記の最後のページにつぎのように記している。

「父母に先立つは長男として申訳なけれども、大君のためなれば、何の父母であり、兄弟なるか。胸中に神州の曙を画《えが》き、勇んで敵艦船と大和魂との撃突を試みん。爽快なり」

軍人は戦うことが本分であり、戦場にいるかぎりは私情を排さねばならない。軍人の命は我が物にして我が物にあらずである。捨てるべきときがきたならば、スラリと命を捨てるのが軍人の本領である。それゆえ、佐野一飛曹は回天発進を目前にして、「勇んで敵艦船と大和魂との撃突を試みん」という壮烈な言葉を記すことによって、己れの鉄腸を引き締め、その心懐を「実に爽快なり」と書き留めたのである。

幕末の志士吉田松陰は、「いかなる逆境にあろうとも、武士の心懐は爽快なものでなければならぬ」と語ったが、佐野一飛曹も間違いなく爽快な覚悟をもって発進していったことであろう。日本男子にとって大切なことは、戦さの勝ち負けよりも「斃《たお》れてのち巳《や》む」という烈々たる闘魂である。

今日愈々《いよいよ》立ちます。何も心配は居りません（ママ）。例の大元気で暴れて参ります。何時《いつ》かお母さんが言れた（ママ）様に、南の美しいお月様に元気な顔を写します。お母さん元気で居て下さいね。屹度《きっと》元気な姿を又見せますから。

海軍二等飛行兵曹　実村《みむら》穂《みのる》

神風特別攻撃隊・隊名不明、昭和20年4月12日、沖縄・辺戸岬付近にて戦死、19歳

岡山県の尋常高等小学校を卒業した実村二飛曹は、小西航空機製作所に就職したが、国家の干城《かんじょう》たらんと志して、土浦海軍航空隊に入隊し、その後、三重、百里原《ひゃくりがはら》両航空隊を経て、大村航空隊で正式な艦上戦闘機搭乗員となった。意気軒昂な若手パイロットの誕生である。そして特攻隊員となった実村二飛曹は岡山県の実家に最後の帰省をしたのだが、特攻隊員になったという事実は軍機であり、家族といえども告げることはできない。だが二飛曹が家を出るとき、母は襖越《ふすまご》しに、

「死んで忠義もよいが、生きて忠義をしておくれ」

といった。その言葉に二飛曹は泣いた。母は二飛曹が海軍に入隊以来、雨の日も風の日も一日も欠かさずに氏神様をお参りしていたのである。だが特攻隊であるかぎり、生きての忠義は望むべくもなく、死んではじめて忠義となる。

その後、実村二飛曹はフィリピンに転属となり、米軍がレイテ島に侵攻をはじめるや、新編成の神風特攻隊敷島隊に志願したが、当時、二飛曹には重大な使命があったために、その特攻隊には選抜されなかった。

そして敷島隊出撃の日には、実村二飛曹が音頭を取って「海征かば」を歌って敷島隊を送り出したのだが、歌の半ばから司令以下声が出ず、基地の全員が涙にむせんだという。

その実村二飛曹が内地を出発するとき、母宛に出したのが冒頭の手紙である。二飛曹はその手紙で元気を強調している。哀しいまでに息子の身を案じる母の心を知るからこそ、二飛曹はあくまでも元気を強調して、母を安心させようとし、また同時に自分を励ましてもいたのである。そして二飛曹はこの手紙の後半をつぎのように記している。

「お母さん、心配しては駄目ですよ。戦地に行ったら便りもどし〳〵出す心算《つもり》ですが、空《むな》しく着かない時は元気でやって居ると思って下さい。

一人のお母さん、今日も日参の姿を涙で穂《みのる》は拝んで居ります。気の少さい（ママ）お母さんでは之《こ》れからは駄目ですよ。気を大きく持って大前の家で笑って居て下さい。兄さん、姉さんと一緒にね」

実村二飛曹が出水《いずみ》基地から沖縄に出撃して特攻散華したのは昭和二十年四月十二日であるが、二飛曹の兄繁《しげる》はのちにこう語っている。

「ヤップ島では負傷して白いマフラーを血に染めましたが、ペリリュー島、ミンダナオ島、ルソン島の戦闘の話を聞いて、運が強かったと思います」

この場合、運が強いとは生き残ることを指すが、特攻隊の場合は、運が強いとは敵の迎撃機と打ちあげてくる敵の猛烈な弾幕をかわして、敵艦に命中することをいう。こう考えると、運不運などというもののもさしたる違いはないということがわかるであろう。最後の出撃で実村二飛曹が幸運であったのか、不運であったのか、二飛曹以外の者には誰もわからない。だが幸運であろうと不運であろうと、実村二飛曹が全力をあげて戦ったことは確かであり、その戦いの中で生を終えることができたなら、日本軍人としてこれほど誇らかな最期はない。

節雄モイヨイヨ機上射手トシテ修業ヲ終リ、近ク南ノ空へ行キマス。他ノ戦友ニ負ケヌヨウ、又見苦シイ死ニカタハイタシマセンカラ御安心下サイ。初陣。

陸軍伍長　有馬節雄

陸軍特別攻撃隊・隊名不明、昭和20年6月6日、南西諸島海域にて戦死、18歳

昭和二年四月生まれの有馬伍長は、昭和二十年六月に特攻散華しているから、その人生は十八年と二ヵ月ということになる。この人生をあまりに短いというのも自由だが、人生の意義というのは、その長さで決まるものではない。たとえば幕末の志士吉田松陰はつぎのような卓見を示している。

「十歳にして死する者は十歳中自《おのずか》ら四時（四季）あり。二十は自ら二十の四時あり。三十は自ら三十の四時あり。五十、百は自ら五十、百の四時あり」

そして松陰は自分自身の四時をこう語る。

「義卿（松陰の字）三十、四時巳《すで》に備はる。亦秀《またひい》で亦実《みの》る、其秕《そのしいな》（みのらない米）たると其粟《あわ》（実のなる米）たると吾が知る所に非《あら》ず」

そして同志の者が、松陰の生きざまに粟をみつけたなら、その種子《たね》を将来育てあげよというのである。

ひるがえって有馬伍長は十八年で人生を終えているが、その人生が秕であるか粟であるかは、有馬伍長自身が知るところではなく、それを秕とするのも粟とするのも、伍長の遺志を受け継ぐか否かにかかっている。

さらに普遍的にいうなら、特攻自体を秕とするか粟とするかも、後代の人間の捉え方いかんにかかっている。だが一つだけいえることは、特攻という行為を否定しても、特攻隊員自体を否定してはならないということであり、彼らを否定する資格など、平穏な世に浸《ひた》り切って、安閑とした日々を送る者にはない。

当時の日本にあって、特攻隊員は日本の青春のもっとも美しく、もっとも良質な精神の突出であり、日本国民の誰もが困難に身を挺して戦った若き特攻隊の勇士たちにふるえるほどの感動を受け、最大の讃辞を送った。いわば特攻隊は日本民族の誇りであり、誰もがその壮烈な最期を絶賛し、畏敬したのである。

戦争に負けたからといって、この価値はいささかも減ずるものではなく、むしろ民族の良心として、日本民族が存続するかぎり、特攻隊は永遠に顕彰されつづけるに違いない。

たとえば、有馬伍長は母への手紙にこう記している。

「帰ヘラレルカモシレマセンガ、今月ノ末ニ南へ行ク予定デスカラワカリマセン。第六十六戦隊付デス。モウ生キテ帰ル事ハ無イデセウ」

こういう生死ギリギリの極限状況に生きたのが特攻隊なのである。「モウ生キテ帰ル事ハ無イデセウ」という言葉ひとつ取りあげても、平和という名のもとに安穏とした生活を送る似《え》而《せ》非平和主義者、似而非人道主義者に特攻隊を否定する資格がないという意味がよくわかるであろう。

さらに有馬伍長は冒頭の言葉にあるように、

「他ノ戦友ニ負ケヌヨウ、又見苦シイ死ニカタハイタシマセンカラ御安心下サイ」ともいう。

これが尚武の心を堅持する日本男子というものである。

ちなみにこの有馬節雄伍長は、神風特攻隊敷島隊の初出撃に先立って、

「年寄りから先に死んでゆくのが順序だ」

という凛烈な言葉を残してレイテ湾の敵艦に突入散華した有馬正文少将（のち中将）の親戚であり、現在、二人の墓は同じ墓所に並んで建てられている。

母さん、僕が柿の木から落ちて死ぬのと飛行機諸共《もろとも》落ちて死ぬのと、ど

ちらがよいですか。

海軍一等飛行兵曹　滝沢光雄

神風特別攻撃隊・山桜隊、昭和19年10月25日、比島レイテ湾にて戦死、18歳

滝沢一飛曹が特攻散華した昭和十九年十月二十五日という日は、日本史に特記すべき日である。すなわち敷島隊、大和隊、朝日隊、山桜隊という神風特攻隊が初めて戦果を挙げ、特攻戦法が公認された日であり、同時に日本精神史に消すに消されぬ悲愁を刻みこんだ日でもあった。

長野にある滝沢一飛曹の生家は、明治十一年に明治天皇の北陸御巡幸のみぎり、御休所の光栄に浴した由緒ある家で、祖父・父とも村人の信望厚く村長をつとめていた。また父は兄弟揃って日露戦争に出征し、弟は奉天の大会戦で名誉の戦死を遂げた。滝沢一飛曹は子どもの頃から、日露戦争の話を父から聞かされ、いずれ自分も軍人となって、国恩に報ぜんと心に深く決めていたのである。

そのため少年時代は自分の勉強部屋の壁に、乃木大将や東郷元帥、あるいは西郷隆盛や楠正成の絵を並べて、尊皇の誠を涵養し、刻苦勉励した。

そして予科練志願を口にしたとき、母から、

「まだ十六になったばかりだから、うかうかした気で入ってはいけませんよ」

と注意されたとき、滝沢一飛曹は冒頭の言葉を口にしたのである。大変頭の切れる少年であったといってよい。ただし頭が切れるといっても、青瓢箪《あおびょうたん》で頭でっかちなインテリタイプではない。予科練選抜試験のときも、

「なぜ海軍兵学校を志願せぬか」

と問われて滝沢一飛曹は、

「一日も早く第一線に立ち御奉公したいのです」

と即答したほどである。こういう毅然たる言葉は、生半可な覚悟で吐けるものではない。滝沢一飛曹にとって軍人となることは、立身出世の道とは無縁の大義の道を歩くことにほかならなかったのである。

滝沢一飛曹は特攻出撃に際して、第一神風特別攻撃隊の山桜隊に属したが、姉に宛てられた手紙に残された辞世も、

蕾《つぼみ》にて散るも又よし桜木の

根のたゆことのなきを思へば《ば》

と桜に己れの涼やかな大和心を託している。たとえ己れは捨て石であっても、桜のように美しくかつ潔く死ぬことで、日本民族の誇りは後につづく者に確実に受け継がれてゆくことを、滝沢一飛曹は信念していたのである。十八歳はまさに花なら蕾であるが、その覚悟の美事さは万朶《ばんだ》の桜にも比肩できよう。

御両親御祖母上、弟妹の名にかけても、必ず敵空母と刺し違へ、富士の高嶽の名の如く立派に散る覚悟にて候。

陸軍伍長　金沢富士雄

陸軍特別攻撃隊・第一〇二振武隊、昭和20年4月12日、沖縄周辺海域にて戦死、18歳

金沢伍長は昭和十七年四月、十五歳のとき、東京陸軍飛行学校へ入校し、その後少年飛行兵としてさまざまの訓練を経て、昭和十九年十二月、満州第一五三五三部隊に配属となった。当時の満州は本土のような空襲もなく、比較的平穏な地であった。しかし南方戦線で日本が苦戦を強いられているという情報が時に流れ、少壮気鋭の軍人の闘魂をあおった。金沢伍長もそうした軍人の一人で、昭和二十年に入るとルソン島での敗北や硫黄島の玉砕という報が流れ、その年三月初め、矢も楯もたまらずついに特攻隊を血書志願して、特攻隊員として採用されたのであった。

そして金沢伍長はその感激を家族宛につぎのように書き送っている。

「私の生れし昭和二年三月四日以来満十八年、種々海山よりも大なる御恩も返す事なく本日あるを熱望し居り候へ共、本年三月四日、作戦命令下達され、不肖富士雄も軍人として至高最上の任務を与へられ亦《また》軍刀も無事入手致し、感激に武者振ひ致し居り候。至高任務、寝ても起きても夢に迄見た至高任務、血書志願して採用せられし此の感激、私の此の心中、如何

に嬉しきか御察し下され度《たく》候」

特攻という「至高任務」につくことを許可された喜びを、金沢伍長は踊るような筆致で綴っている。その任務が死に直結することなど歯牙《しが》にもかけず、軍人として「夢に迄見た至高任務」を遂行することに己れの全存在を賭けんと伍長は決意したのである。

しかも「御両親御祖母上、弟妹の名にかけて」敵空母と刺し違えることを覚悟する。見事な武魂といわねばならない。そして金沢伍長はさらに己れの死を揺るぎないものとして、こう綴る。

「私の必中必沈を神かけて御祈り下され度願上《たくねがいあげ》候。富士雄戦死せりとの公電あらば、赤飯を炊《た》きて祝ひ下され度候」

金沢伍長は国家のために死することを、軍人として至高の名誉とし、男子として無上の喜びとしている。それゆえ自分が死んだら赤飯で祝ってくれともいう。この強烈な意志なくして、十死零生の特攻に志願できるものではない。さらに金沢伍長はこう記している。

「御祖母様、私も愈々《いよいよ》武人最高の任務にたゞ完遂により今迄の御恩返しせんとのみ覚悟致し居ります。御祖父様、平吉叔父上によき土産《みやげ》話をもって行ける様《よう》必中を祈り居ります」

これは男の命の捨て所を知った者にのみ吐ける言葉である。逆にいえば、すでに命を捨て切っているからこそ吐ける言葉といったほうがよいかもしれない。そして金沢伍長はその余勢をかったようにこうも記す。

「岡本様の小母上《おばうえ》に御子息の仇は、我れが確実に千倍にして返すと御伝へ下され度《たし》」

特攻隊員にこの戦意は不可欠である。軍人の本質は戦闘者であり、戦闘者にもっとも求められる資質は勇気である。

特攻隊員に屁理屈はいらない。特攻隊員に必要なのは、国を思う心とその心を実践に移す行動力、そしてその行動力を支える勇気と闘魂である。そしてそれらはすべて若者が本能的に保持しているものであり、国の大事に際してどの国でもまず第一に若者が起ちあがるのは、いわばその本能が為せるわざなのである。

若者は祖国を思う自《おの》ずからなる純粋精神をもって出撃する。たとえ赴く戦場に死が待ち受けていようとも、若者が全力をあげて戦うというそのひたむきな行動の中に、人間美ともいうべき清冽な詩情が生まれるのである。

日本男子の本懐――熱望達せられ男児の本懐之れに過ぎるは無し

本日我ニ陸軍特別攻撃隊参加ノ命下ル。大イニ人生意気ニ感ズルモノアリ。熱望達セラレ男児ノ本懐之レニ過ギルハ無シ。爾后記載セズ。

陸軍伍長　足立次彦

陸軍特別攻撃隊・第四四振武隊、昭和20年4月6日、沖縄周辺海域にて戦死、19歳

当時の若い軍人に愛唱された歌が二つある。一つは「同期の桜」であり、一つは「青年日本の歌」である。このうち後者は別名「昭和維新の歌」として知られ、昭和初期の軍人の鉄腸を引き締めた歌でもある。作詩作曲は海軍出身の三上卓で、彼は五・一五事件に関与し、軍法会議で有罪判決を受けて除隊となったが、この歌はそういう時代背景もあって、当時の青年将校や若い下士官兵に熱唱された。その歌の一節につぎの文句がある。

功名何ぞ夢の跡
消えざるものはただ誠
人生意気に感じては
成否を誰かあげつらう

若い将兵がこの歌を口ずさめば、自《おの》ずから闘魂がふつふつとたぎり立つ、きわめて凜烈な歌である。足立伍長もおそらくこの歌を愛唱し、特攻隊員に選抜されたときの感激を冒頭の言葉で表現したのであろう。人生意気に感ずれば、成否を度外視しても、真一文字に突き進むのが日本男子というものであり、足立伍長は特攻隊員に任命されたことを「男児ノ本懐」とし、これ以降、日記を書くことを止めている。

この文章を記したのは昭和二十年二月七日であるが、ほぼ二ヵ月後の四月六日、足立伍長は知覧より出撃して、特攻散華している。その間の伍長の心模様は日記が残されていないために正確にはつかめないが、この文章を記した前日、すなわち二月六日の日記にはつぎのように記されている。

「第一線ニ立ツ日ヘ近キ将来ナルヲ思フトキ、血ワキ肉躍《おど》ルノ感ニ充《み》ツ。男ノ意気断ジテ発揮セズバヤマズ。然《しか》シテ皇軍伝統ノ大精神ニ生キ、一命ヲコノ伝統ニ捧ゲン」

足立伍長は第一線に立つことを何よりも熱望した。日本軍の下士官兵の精神のたたずまいの宜《よろ》しさはここにある。戦場に立つことこそ武人の本懐であり、最前線の激戦地へ将兵を送ることを刑罰の一種と捉えた東条英機などとは士魂がまったく違う。

戦場こそ軍人の一世一代の晴れ舞台であり、生死を超越して、力のかぎりに戦ってこそ、日本男子というものである。それゆえ足立伍長もこう記す。

「『苦アレバ楽アル』トハ古人ノ言ナリ。帝国ハ現在、其《そ》ノ苦ノ真中ニ在ルノダ。大イニ苦シメ。グチモ出ルダロー。出シテヨイ。出シテモ希望通リニハナラナイノダ。云ヘバ云フ程苦シイノダ。苦シメ大イニ。其ノ中ニ必ズ花咲ク春モ訪レルゾ」

当時の軍人に愛読された武士道書『葉隠』にもこういう言葉がある。

「能《よ》き事をするとは何事ぞといふに、一口にいへば苦痛《いた》さ忍《こら》ゆる事なり。苦をこらへぬは、皆悪《あし》き事なり」

足立伍長が『葉隠』を読んでいたかどうかはわからないが、伍長は苦しみを耐えれば「花咲ク春モ訪レルゾ」として、さらにこうつづけている。

「其ノ日ガ建国ノ大理想ノ実現ナノダ。今日楽《ら》クヲセシモノハ其ノ日ガ苦シイノダ。ソノ苦シサハ一生消エルコトハナイゾ。否《いな》末代マデモ続クゾ」

これは足立伍長が自らに言い聞かせた言葉でもある。つねに自己研鑽につとめ、戦うべきときに戦い、死ぬべきときに死ぬ。軍人の一生はこれで十分なのである。世俗の名利《みようり》、損得から離れて初めて男子の道は開ける。その道は苛烈な道ではあるが、清冽な真実の道である。

今迄の御恩は敵艦にてお返し致します。では皆様お元気にて。斎《いつき》は男子の本懐これに過るはなしと喜び笑って死んで行きます。では次は靖国にて。

陸軍伍長　浜田斎

陸軍特別攻撃隊・第一七九振武隊、昭和20年6月22日、沖縄方面にて戦死、19歳

昭和二十年六月二十三日、第三十二軍司令官牛島満中将は自決し、沖縄の日本軍の組織的戦闘は終わった。だがその周辺海域には米軍艦艇がひしめいていたため、陸軍第六航空軍は同月二十一、二十二日の両日、新鋭機四式戦闘機を主力とした最後の大規模な特攻作戦を実施した。

浜田伍長は少年飛行兵十四期生で年少ながら優秀なパイロットであり、金丸亨中尉を隊長とする第百七十九振武隊の一員として、二十二日早朝、都城東基地を出撃し、僚機五機とともに沖縄周辺海域の米機動部隊に突入、散華した。出撃前、浜田伍長は、

つばさ散り操縦桿《かん》は折るるとも
　求めて止《や》まじ沖縄の海

という辞世を詠み、両親宛につぎの遺書を認《したた》めた。

「幸にも出撃前に当り一筆お便り致します。成増《なります》飛行場にてお便りしましたのが、最後にな

らうかと思って居りましたが、今お便り出来るのは幸いと思って居ります」

浜田伍長は成増から、防府《ほうふ》を経由して都城へ転進したが、その途中、三重県松阪市の生家の上空を飛んだときの感激をこう記している。

「成増より防府飛行場に転進の際は明野《あけの》を左に見、丁度《ちょうど》家の上を通過致しました。その時は幼き頃学びし学校やあの道を見て想ひにふけり乍《なが》ら家の上で大きく翼をふり出発の際戴《いただ》いた花束を落して行きました」

十九歳の少年の目に二度と見ることのできない古里はどのように映ったことか。機上から花束を落としたことからも、少年のナイーブな心模様が知れよう。そして浜田伍長は父親にこう告げている。

「自分の私物品は防府飛行場にあります故《ゆえ》、受取りに行って下さい。三田尻《みたじり》駅にて下車、振武寮にあります。中に自分ののみさしの煙草がありますが故、父上がのんで下さい」

この一文によっても浜田伍長のナイーブな心根《こころね》というものがよくわかろう。だが心がいかにナイーブであっても、浜田伍長は多くの兵の中より選び抜かれた技能優秀な気鋭の戦士である。闘争心はいささかもゆるまない。そこで伍長はこの特攻出撃を、「男子の本懐これに過るはなしと喜び笑って死んで行きます」と覚悟し、冒頭の言葉にあるように、「では次は靖国にて」という己れの死を絶対視する凛烈な言で、この遺言を締めたのである。

靖国神社こそ実に、征く者と残された者をつなぐ、美しくも哀しい心のよすがということができよう。戦没者の靖国神社に対する魂の叫びを聞くなら、日本人にとって世界にこれ以上崇高な聖域はない。

皇統三千年の名誉ある帝国の歴史を継承し、私は大君の御馬前に散るの栄誉を得ました。武人の本懐これに過ぐるものはありません。これより私は笑ひながら歌を唄ひながら散ってゆきます。

海軍一等飛行兵曹　嶋村　中《あたる》

神風特別攻撃隊・神雷桜花隊、昭和20年3月21日、本州南方海域にて戦死、19歳

古来、武士の本懐は城を枕に討死するか、主君の馬前に討死することであるとされてきた。要するに武士の本懐とは、已れが死することをもって、初めて成就するものなのである。たとえば元禄の赤穂義士は、怨敵吉良上野介を討ち果たすことによって、仇討をなし遂げた。だがこの時点では本懐成就とまではゆかない。義士一同が打ち揃って切腹して初めて本懐成就となる。切腹して已れの生を断ち切ることによって、その名が青史に刻みこまれるわけである。武士の本懐を考えるとき、ここが重要なポイントとなる。

ひるがえって、特攻隊のことを考えれば、十死零生の特攻は、出撃した時点で、武人の本懐の前提条件である確実な死をクリアしている。そうなれば基本的には搭乗機が敵艦に命中したとかしなかったとかいう議論は意味をもたなくなる。特攻を思想として捉えれば、いか

に颯爽と出撃し、いかに壮烈に散華したかが最大の問題となる。それゆえ特攻隊員の誰もが莞爾と出撃することを夢見た。

冒頭の文章で嶋村一飛曹が「私は笑ひながら歌を唄ひながら散ってゆきます」と記したのもそのためである。古代より連綿と受け継がれてきた日本武人の理想の姿がここにある。生を単なる生と捉えぬと同時に、死も単なる死と捉えぬのが日本武人の本領で、ここに生即死、死即生の死生一如の思想が生まれる。霊魂不滅、死んで生きるという思想である。

そしてその思想を担保する具象が靖国神社なのである。それゆえ嶋村一飛曹もこう記している。

「今春、靖国神社に詣って見て下さい。そこには幾多の戦友と共に、桜花となって微笑《ほほえ》んで居ることでせう。私は笑って死にました。どうか笑って下さい。泣かないで私の死を意義あらしめて下さい」

十九歳でこういう堅牢な死生観を身につけることができたのは、明らかに日本民族の血肉と化している武士道精神の賜物《たまもの》であり、己れが靖国神社に咲く「桜花となって微笑んで居る」という考えは、明らかに武士道美学の発現である。日本男子にとっては特攻も一種の美学であることが、これからも理解できるであろう。

そして特攻が靖国神社の桜と重なるとき、そこには香《かぐわ》しい悲愁が生まれ、清冽な詩情が流れる。朝露に濡れた靖国神社の玉砂利を踏みしめるとき、泣きたくなるほど清冽な感動に襲われるのは、そこが日本人の魂の古里であるからにほかならない。それゆえ日本人であるなら靖国神社を政争の具としてはならない。古里とは美しく、懐かしく、有難く、無限の感謝の念をもって心を安んずる場である。

神国超非常時ニ当リ、神国男子ト生レ、特別攻撃隊誠飛行隊ノ一員トシテ、良キ死処ヲ得タル小生ノ心中唯《ただ》満足ニ御座候。

陸軍伍長　芦立孝郎

陸軍特別攻撃隊・飛行第二〇戦隊、昭和20年6月1日、沖縄周辺海域にて戦死、18歳

古来、武士のもっとも大切な嗜《たしな》みは、死に刻、死に場所を誤らぬことだとされている。武士道の死生観というものは、世間一般の死生観とはかなりの開きがある。一般に死とは生の果てに来るものと考えるが、武士道では死を前提にして生を考える。それゆえ武士道では死ぬこと自体は問題とならない。真実の問題はどう死ぬかということだけである。

およそ武士道において命とは、天からの下されものと考える。いわば武士の命とは我が物であってなおかつ我が物ではない。したがって大事なことは、天から下された命をどう生涯に使い切るかである。当然武士の命というものは、国のため、民のために使わなければならない。そして己れの命を見事に使い切ったなら、スラリとまたそれを天に返上すればよい。難しいことではない。武士の命はいつ果てようとも潔かるべきものでなければならぬという

のも、そういう意味である。

芦立伍長の場合は、冒頭の言葉のように特攻隊の一員として沖縄周辺海域にいる敵機動部隊に突入することをもって、「良き死処」と思い定めた。そして思い定めたかぎりは、それを実行に移すのが武士道の根本であり、覚悟したかぎりは理屈はいらない。

それゆえ芦立伍長の遺書は「良キ死処ヲ得タル」喜びを綴ったあとは、周囲の人々への感謝に終始する。

「飛行兵時代ニ於ケル各上官、教官、先輩各位ノ御鴻恩《こうおん》ニ対シ厚ク御礼申シ上ゲ候。十八年余ノ間、神国男子トシテ育テ下サレシ祖母様、父上様ノ御鴻恩ニ対シ何ラ御恩返シモ出来ズ先立ツ事ヲ、何ヨリモ心苦シク思イ居リ候」

そしてその恩に報いる唯一の方法は敵艦撃滅にありとするのが、特攻隊員全員に共通した心情であり、芦立伍長もこう記す。

「此ノ上ハ必ズヤ必死必殺ノ体当リ攻撃ヲ敢行、敵艦ヲ轟沈スル覚悟ニ御座候。敵艦ヲ見事轟沈シタ暁ハ、祖母様、父上様、何卒《なにとぞ》御喜ビ下サレタク御願イ申シ上ゲ候。最後ニ神国日本ノ一層ノ御隆昌ヲ祈リツヽ、体当リスルモノニ御座候。出撃前夜」

そして芦立伍長は、祖母様、父上様と記したのちに、己れの思いの丈《たけ》を述べるかのように、つぎの文字を横一文字に羅列している。

轟沈　神国日本万歳　大日本帝国万歳　皇軍戦闘隊万歳　見敵必殺　体当リ轟沈

この十八歳の少年が、この世で最後の書き納めとしたのが、これらの文字である。そう思って読むと、これらの文字の一つ一つに芦立少尉の魂がこもっていることが自《おの》ずから知れよう。それが言霊《ことだま》というものであり、肉体は滅びても霊魂は永遠不滅であるという事実は否定のしようもない。

自分は一時の感激、名誉、及び名を残すために死を選ぶのではなく、我等は日本民族の興亡をすくふ最大の途と思ってやるのである。

海軍一等飛行兵曹　杉本徳義

神風特別攻撃隊・神雷部隊第二建武隊、昭和20年4月3日、沖縄周辺海域にて戦死、18歳

日露戦争が終了した明治三十八年（一九〇五）から、大東亜戦争勃発の昭和十六年（一九四一）までの三十六年間の日本は軍人天国といってよかった。将官ともなれば社会の名士であり、立身出世のために軍人を志す者が少なからずいた。

だが大東亜戦争開戦から半年後のミッドウェー海戦で日本海軍が大敗すると、軍人となることはもはや立身出世の道どころではなく、死に直結する道となった。ことに昭和十八年秋に戦局悪化のため、学徒が大量に動員されたころから、軍人は完全に立身出世とは無縁の存

在となった。そして立派なのは、こういう時期に、自ら志願して入隊した若者たちである。予科練出身者などはその典型といってよく、冒頭の言葉を遺書に記した杉本一飛曹も予科練出身であった。

　杉本一飛曹は「自分は一時の感激、名誉、及び名を残すために死を選ぶのではなく、我等は日本民族の興亡をすくふ最大の途と思ってやるのである」と断言した。この心映えが見事なのである。十八歳といえば、人生にいろいろな夢を持っていたはずだが、国家の危急存亡の秋《とき》に際して、彼は個人的な夢や希望をすべて断ち切り、ひたすらに国家に殉じることのみを己れの任とした。それゆえ遺書にもこう記している。

「然るに何ぞや死はおろかなりとは、我等は伊達《だて》や酔狂でやるのではないぞ。咲いて散るのが桜の花で、散りて咲くのが人の華」

　この「散りて咲くのが人の華」という言葉は至言である。見事に武士道の精髄をついている。古来、武士は立派に切腹ができるかどうかでその価値が決まるとされているが、武人はまさしく死に際なのであり、古人はそれを「花は散り際、武士は死に際」と表現している。

　そして杉本一飛曹はさらにこうつづける。

「南郷校（故郷宮崎の小学校）生徒諸君、我等の先輩朋友は大日本帝国のため大君のため、しこ《醜》の御楯《みたて》として大東亜の空ににっこりと笑ひ散り征きたり。我も征く、切に祈る君等の我に続かんことを」

　そのあと一飛曹は迫り来る死を笑いとばすように軽妙な詩を書いている。

いよいよ皆さんこれでお別れ
長生きなされいついつまでも
私しゃ九段のよいとこせ桜花
オーサヨイトサノセ

これもおそらく杉本一飛曹の本心なのであろう。死生一如の思想を我が物とすれば、生死などは取り立てて考えるほどのものではなくなり、生死は運命に任せておけばよいということになる。逆にいえば、生死に迷わないのが武人の誇りという考えに達するのである。そして杉本一飛曹はこの遺書をつぎの一節で締めている。

「皆さん永久に御元気で、では征って来ます。又帰ってきます、白木の箱で。泣くななげくな必ず帰る、桐の小箱に錦きて」

軍人は死ぬということをさして大事には考えない。「義は山嶽よりも重く、死は鴻毛よりも軽し」と軍人勅諭にあるように、義のためにはスラリと命を捨てなければならないこともある。真正の軍人にとって死ぬこと自体は問題ではなく、問題はどう死ぬかであり、杉山一飛曹も特攻死を既定の事実として捉え、世に恥じない死に方をするのが軍人としての己れの務めと堅く信念していたのである。

図らずも不肖私、この度特別攻撃隊の一員として愈々《いよいよ》明日出撃と相成り候。海軍に身を投じて、もとより生命は君国に捧げて無きものと信じ居り候。今さら何の未練や残るべき。

海軍二等飛行兵曹　藪田《やぶた》博

神風特別攻撃隊・第二昭和隊、昭和20年4月29日、沖縄周辺海域にて戦死、18歳

俗に「男いのちの捨て所」という文句があるが、昔から男のいのちは捨てる物と相場が決まっている。きれいさっぱりとそれを捨てるから、男道という美学が成立するのであり、未練たらしく己れの命にしがみついては、まず絵にはならない。昔の武士は、世に美しく生き、美しく死ぬことを求められたが、現代の武士たる軍人も同様である。

藪田二飛曹もそれを知るからこそ、遺書の冒頭に右の文章をあげ、君国に捧げる命に、「今さら何の未練や残るべき」と書き留め、さらにこうつづけた。

「三千年来の歴史を有する祖国危急の折、一命以《もつ》て敵艦船に見事体当り、大恩ある君国に報ゆるこそ男子の本懐之《これ》にすぐるものこれなく候」

そして両親への不孝を詫び、弟たちの面倒を見てやれぬ無念を記し、

「しかれども此の度こそ必ずや敵空母に体当り、一命以て君国に殉じ、君に忠なれば親に孝なりと存じ候」

として、忠孝一本、死生一如の臣道実践を明言する。さらに二飛曹は、軍人の死は決して悲しむべきことにあらずとして、こう書き添えた。

「私より先立って、親友たりし横山も花と散り候。同年同月同日（大正十五年五月二十日）に誕生せし戦友を先に行かし、私の心境察し下され度《たく》候。今回、海征《ゆ》かば水漬《みづ》く屍《かばね》、空征かば雲むす屍と出撃し、見事体当り成功すとお聞きになり候はば、喜び下されたく候」

武人は何よりも死処を得ることこそ本望としなければならない。国の大事に殉ずることは、まさに日本男子にとっては一大痛快事であり、それに比せば、生死のことなどは些細なこととなる。この大事に命を捨てることができるか否かで、日本男子としてのその男の価値も決まる。昔の武士が、男は腹が見事に切れるか否かで値打ちが決まるとされたのも同じ意味である。

男の行動に理屈はいらない。大いなる義のために死ぬことができれば、男道は十二分に全うできる。藪田二飛曹は疑いなく、この男道を実践したといえる。これを証明するように、戦後、藪田二飛曹の母は、二飛曹との想い出をこう語っている。

「私が博と最後に会ったのは、あれが台湾から帰って来た時で、確か十九年の暮頃でしたよ。一日しか暇がないというので、配給の酒と油で揚げた芋を肴《さかな》に、『お母さん、腕がなって仕方がないですよ』と友達の横山さん、高野さんと一緒に語り明かしたことを覚えております。あくる朝は上六（大阪）から出発しましてね。『博、今度は何時《いつ》帰ってくるのかね』とたずねると、『お母さん、私の行先は軍規上、申上げられません。それだけは聞かないで下さい』

と手を振りながら別れたきりでした」

藪田二飛曹は、この朝の母の姿を瞼に焼きつけたに違いない。そして十八歳のこの少年は、その面影を胸に九州の特攻基地から、勇躍、南溟の空へ離陸していったはずである。

十八歳の身で死ぬのは早すぎるという考えもある。だがこの考えはつまるところ、我が身大事の考えである。人の命は何よりも尊い。これは確かである。だがその尊い命をなお他者《ひと》のために捨てることはいっそう尊い。世の生命尊重第一主義者というのは、人の命にこと寄せて自分の命を第一に尊重する者である。そこには、わが身を犠牲に祖国のため国民のために散っていった特攻隊の若者たちの潔さはまるでない。命は使うべきときに使い切るもので、他者《ひと》の命を救うために使い切った命ほど尊いものはない。

男と生れ国に報ゆるの務《つとめ》を尽すを得るは男子の本懐にて候へば、母上、弟をも私の後に続かせ下され度存候《たくぞんじ》。三枝《さえぐさ》家一族国に殉ぜんこと私の本意にして、又兄弟の誓約にて候。

海軍二等飛行兵曹　三枝　直《まこと》

回天特別攻撃隊・金剛隊、昭和20年1月12日、グアム島アプラ港海域にて戦死、18歳

三枝二飛曹は、昭和十八年十二月、第十三期甲種飛行予科練習生として三重海軍航空隊に

入隊したが、その後進路を変更し、昭和十九年九月、大津島の回天基地に転属となった。

人間魚雷回天は一発必中の秘密兵器で、回天という名は、「天を回《めぐ》らす」起死回生の兵器ということでつけられた。それゆえ回天隊の隊員は、戦局を我が手で挽回せんという強い信念と誇りを持っており、その軍人魂たるやいかなる兵科のそれをも凌《しの》ぐものがあった。

そして三枝二飛曹は、回天特別攻撃隊金剛隊の一員として大津島を出撃する前日の十二月二十九日、両親宛につぎの遺書を記した。

「軍人の生涯は之《これ》死の修養にて候へば、期に臨み殊更《ことさら》に遺《のこ》すべき言《げん》も候はず。唯々日頃《ひごろ》の不孝、御無沙汰《ごぶさた》をお詫《わ》び致し申すのみにて候。君の為国の為命《いのち》を致すは人の子の道なり、とは父上母上の常々諭《さと》され給ひし所。只今此《この》御教訓の万一にもお応《こた》へ奉るの期を得たるは唯一の孝の道にやと喜びに堪《た》え申さず候」

当時、海軍兵学校や陸軍士官学校の生徒は候文《そうろうぶん》の書き方をみっちりと仕込まれたが、三枝二飛曹は山梨県立甲府中学校第五学年在学中に予科練を志願して、その猛烈な訓練に耐えた若者である。候文を学ぶ時間などはあるはずもないから、十八歳にしてこれほどの素養があるということは、三枝家の修身教育がよほど堅牢であったことの証明であろう。右の文章からも、三枝二飛曹の信念する忠孝の道がはっきりと読みとれる。

そして三枝二飛曹は回天特攻に死処を得た喜びをこう記す。

「惟《おも》ふに、古来人多けれど真《まこと》の死場所を得たる人は余り聞き及び申さず《（ママ）》候。これその得難きの為ならんと存じ候。然《しか》るに私、願ふとも叶《かな》ふまじき千載一遇の好期を得たるは之一重《これひとえ》に御先祖の有難き取図《とりはから》ひならんと唯々感謝致し居る次第にて候。私此《こ》の度《たび》、立派に果て申す事を得ば、立派に果て申す事を得ば、私を只今の私たらしめて下されし方々に対し万一の報恩の緒にもつきなんと満足至極《しごく》にて候」

見事な死生観である。「義は山嶽よりも重く、死は鴻毛よりも軽しと覚悟せよ」とは軍人勅諭の教えるところであるが、三枝二飛曹は「私此の度、立派に果て申す事を得ば……満足至極にて候」とし、さらに冒頭の文章にあるように「男と生れ国に報ゆるの務を尽すを得るは男子の本懐」と断言している。

この域に達すれば、もはや押しも押されもせぬ立派な日本軍人であり、年齢の多少は問題とならない。しかも三枝二飛曹は、母に「弟をも私の後に続かせ下され度」と懇願し、その上、「三枝家一族国に殉ぜん」と兄弟で誓約していると述べている。まさにいにしえの楠一族を彷彿《ほうふつ》とさせる言葉である。

大東亜戦争は日本にとって危急存亡の秋《とき》であり、全家庭に一家をあげて国に殉ぜんという覚悟がなければ、こういう大戦争に対処できるものではない。そしてこのような大戦争に参加できることを男子の本懐とするところに、日本武士道の真髄があり、三枝二飛曹は弱冠十八歳でその真髄を会得していたことになる。「後世畏《おそ》るべし」とはこういう若者を指すのだが、時代はこの若者の命を必要とし、また若者も望んで時代の要請に応えたため、この若者についに後世はやって来なかった。

父母上には、色々と心配のかけ通しでしたが、見事に散る日が来ました。小野川の小池兵曹も散っていきました。私も後を継《つ》いで、敵陣に突撃するつもりです。豊橋まで一緒だった上の山の佐藤栄之助も散りました。

海軍二等飛行兵曹　有末辰三

神風特別攻撃隊・第一神雷攻撃隊、昭和20年3月21日、九州沖にて戦死、18歳

神雷攻撃隊とは、神雷桜花隊、神雷攻撃隊、神雷戦闘隊で編成される特別攻撃隊である。桜花隊は一人乗りのロケット推進の人間爆弾、神雷攻撃隊は桜花を懸吊する一式陸上攻撃機で乗員は七名、神雷戦闘隊は一式陸攻を援護する戦闘機隊で主に零戦が使われる。

たとえば十機の桜花を目的地に向けて発進させるためには、一式陸攻十機とそれを援護する零戦が少なくとも三十機は必要となり、人員的には桜花要員十人、一式攻七十人、零戦三十人といった大規模な部隊編成となる。

そしてこの神雷攻撃隊の最大のウィークポイントは、ただでも鈍足の一式陸攻に二トンもの桜花を吊るすため、編隊全体の進撃速度がきわめて遅くなり、敵に捕捉されやすいということである。

事実、有末二飛曹が参加した昭和二十年三月二十一日の第一神雷攻撃隊は一式陸攻十八機に桜花十五機が参加する大規模な編成であったが、攻撃隊が沖縄に到達するはるか手前で敵

の迎撃をうけ、一式陸攻と桜花全機が撃墜され、有末二飛曹もそのとき戦死した。

冒頭の文章は、有末二飛曹が出撃直前に記した遺書の一節で、その書き出しは、「走り書き、ご免下さい。私は今度、幸ひ攻撃に出陣することになりました。僅《わず》か十八年の歳月とはいえ、普通の人々とは別な種々の苦労もし、楽しいこともありました」となっている。陸兵や水兵になるのと違って、一人前の航空兵となるには苛酷な訓練を要求され、その訓練を通して操縦技能を向上させたり、強い戦友愛を育《はぐく》んでゆく。有末二飛曹はその体験を、「普通の人々とは別な種々の苦労もし、楽しいこともありました」と記しているのである。

そこで冒頭の文章となるのだが、有末二飛曹は戦友の死を淡々と記し、「私も後を継いで、敵陣に突撃するつもりです」と覚悟のほどを表明している。特攻隊員に生還を望むものなどまずいないが、神雷部隊ほど哀切な特攻部隊はない。

当時、ドイツもロケット兵器をさかんに使用したが、それらはV1号、V2号と命名された無人兵器である。有人の桜花とはここが決定的に違うのであるが、ここはあえて桜花採用に踏みきった日本軍の追いつめられた悲哀を知るべきであろう。だが救いは桜花のような最悪の兵器にも、その搭乗を喜々として志願した若者が数え切れないほどいたという事実である。

そして桜花特攻ばかりでなく、大東亜戦争という日本建国以来、最大の国難に身を挺して立ちあがった若者が数え切れぬほどにいた。その凛烈な行動は、たとえ戦争に敗れようとも、日本史上の偉観として、永遠に記憶され、それがやがて民族のロマンの源泉となるのは確かであり、神雷部隊の一員として散華した若者たちも、その意味からは決して犬死、無駄死であったとはいえない。なぜならば、十死零生の戦いを黙々と戦い抜いた彼らの行動には清冽な詩情があり、その詩情はいつか必ず日本人であることの誇りを形成する礎《いしずえ》となるからである。

特攻・ひそかな誇り――郷里の名を汚す様なことは致しません

咲いた花なら散るのは覚悟。〇月〇日神風特別攻撃隊神剣隊員として命ぜられました。明日は明日はと出撃の日を待ってゐましたが、嬉しやいよ〳〵出撃命令が下されました。

海軍一等飛行兵曹　宮崎勝

神風特別攻撃隊・第五神剣隊、昭和20年5月4日、南西諸島海域にて戦死、18歳

文頭の「咲いた花なら散るのは覚悟」というのは、軍歌「同期の桜」の一番の歌詞の中にある文句で、これはあとに「見事散りましょ国のため」とつづく。宮崎一飛曹にかぎらず、特攻隊員はほとんど例外なく、この歌を歌い、覚悟を新たにしたという。

宮崎一飛曹も冒頭の文章のあとにこう記している。

「此の天下分目《わけめ》の決戦に参加出来るのは、男子と生れ此の上もない名誉です」

戦《いくさ》が大きければ大きいほど武人の血はたぎる。宮崎一飛曹が十八歳ながらもこの文章を書き得たのは、すでに真正の軍人魂を自家薬籠中のものとしていた証拠である。勝ち負け云々《うんぬん》よりも、そういう大戦《おおいくさ》に参加出来ることが、軍人にとっては何よりも本懐なのである。そして宮崎一飛曹はこうつづける。

「今迄何の御恩返しも出来ずお許し下さい。そのかはり一番大きな母艦に体当りして轟沈させるのを萬分の一の孝行と思って勇んで出撃します。郷土始めての特攻隊で体当り、私の後に続く後輩を出して下さい。市長殿にもよろしく、区長さん並《ならび》に隣組一同様にもよろしく」

十八歳の少年の誇らしげな姿が目に浮かぶような文章である。特攻隊員は祖国防衛のために選ばれた最優秀の戦士であるという自負と誇りが、特攻隊の若者たちをいかに力づけたかはいうまでもあるまい。

また宮崎一飛曹は別便で、母への感謝の心をこう綴っている。

「オ母サン喜ンデ下サイ。私モ神風特別攻撃隊神剣隊員トシテ命ゼラレマシタ。此ノ一代《(ママ)》決戦ニ参加出来ル様ニ生ンデ下サレ、又此ノ体ニシテ下サレテ喜ンデイマス」

そして宮崎一飛曹は自作の詩を記している。

特攻機離陸は○○基地よ
金波銀波の波乗り越えて

たれとて見送る人さえないが
　泣いてくれるはお母さん一人

いかに勇壮な心を持とうとも、一皮むけば宮崎一飛曹も十八歳の少年である。この詩の末尾の「泣いてくれるはお母さん一人」という文章に十八歳の少年の心情がこめられているといってもよいであろう。

特攻隊員が敵艦に突入して戦果をあげれば、多くの国民がその隊員を大いに誉《ほ》め称《たた》える。その死を悲しむような者はまず一人としていない。戦争なのだからそれは仕方のないことである。だが戦争であろうとなかろうと、息子の死を誰よりも嘆き悲しむ者が一人はいる。母親である。

宮崎一飛曹もそれを知るからこそ、今生最後の文章に、「泣いてくれるはお母さん一人」と記したのである。

十死零生の特攻はきわめて酷烈な戦法である。だがその戦法の主役である特攻隊の若者たちの心の底には、母の優しさを慕うこのような清冽な感情があったことを忘れてはならない。真の勇気はつねに優しさに支えられているものである。

敵空母を只今より叩きつぶして参ります。もう内地では桜も咲いて居る事と思います。桜の様に潔く散ります。大日本帝国万才。

陸軍伍長　山元正巳

陸軍特別攻撃隊・飛行一〇五戦隊、昭和20年4月3日、沖縄周辺海域にて戦死、19歳

米軍が沖縄方面に攻撃を開始したのは、硫黄島の日本軍守備隊が玉砕した直後の昭和二十年三月下旬以降である。そして四月一日に米軍は沖縄に上陸を敢行、そのため日本軍が沖縄特攻の菊水一号作戦を発動したのは、四月六日のことであった。

この時期、特攻隊発進基地の多くがあった九州地方は桜の花が満開であった。それゆえ知覧基地などでは出撃する特攻隊の若者たちに、地元の知覧高等女学校の生徒たちが心づくしの桜の一枝を飾って贈った。若者たちはそれを今生《こんじょう》の名残りとして、沖縄方面へ向けて勇躍出撃して征った。

古来、「花は桜木、人は武士」といわれているが、桜ほど特攻隊にふさわしい花はない。桜のように華麗に咲いて潔く散る。特攻隊の嚆矢《こうし》である第一次神風特別攻撃隊の名が、敷島隊、大和隊、朝日隊、山桜隊であったことはよく知られている。これは江戸期の国学者本居宣長の、

敷島の大和心を人問はゞ朝日に匂ふ山桜花

から命名されており、さらに特攻隊員が好んで歌った「同期の桜」にはその題名どおり、五番ある歌詞のすべてが「貴様と俺とは同期の桜」という文句で始まり、彼らはこの歌を歌

うとき、例外なく、散り際の美しくかつ潔い桜の花に己れを同化させていた。

古来、武士の命はいつ果てようとも潔いものでなければならないとされ、また武士は美しく生き、美しく死なねばならぬとされている。そして武士を武士たらしめる武士道とは、思想というよりも明らかに倫理であり、さらにつき詰めれば倫理というよりも濃厚に美学である。

それゆえ現代の武士をもって任ずる特攻隊員もこの美学を正確に受け継いでいた。ことにその美学は、桜のように美しく潔い散り際に象徴される。

「花は散り際、人は死に際」

という言葉を特攻隊員が好んだのもそのためであり、さらに、

「散る桜　残る桜も　散る桜」

「風吹かば　かねて覚悟の桜かな」

といった句も、若い特攻隊員に好まれた。特攻隊員のこの真情を解することなしに、特攻隊は語れないし、特攻とは死を前提にするから、世界史上にも類例のない悲壮美の極致ともいうべき光景を、世界の精神史に鮮烈に焼きつけたのである。

「桜の様に潔く散ります」と遺書に認めた山元伍長はさらに、

「皇国の為、立派に死ぬ事こそ軍人の本分です」

と言明している。これも疑いなく、「花は桜木」の思想の表出なのである。

私も海軍の戦闘機搭乗員です。郷里の名を汚す様なことは致しません。
きっと立派に死んで見せます。

海軍上等飛行兵曹　尾坂一男

神風特別攻撃隊・第二六金剛隊、昭和20年
1月9日、比島周辺海域にて戦死、19歳

武士道においては、大いなる義の前には、一身の安全などけし粒のようなものだとされ、武士は国とか民に関わる大きな目的のためには死なねばならぬことがままある。そのとき重要なことは、死に恥をさらさぬことである。別な言い方をするなら、世に恥じない死に方をすることこそが武士の死にざまの根本となる。

現代の武士として尾坂上飛曹もそれを知るからこそ、海軍の戦闘機乗りの誇りにかけて、「郷里の名を汚す様なことは致しません。きっと立派に死んで見せます」と遺書に書き留めたのである。

そして上飛曹はさらにこうも記している。

「金銭貸借なし。女性関係なし。酒を飲んで相当暴れたこともありますが、女のことに関しては、全々《ママ》心に残ることはありません。御心配なく」

この遺書は父宛に書かれているので、上飛曹もこの一節を入れたのであろう。金銭貸借も女性関係もないということは、世間一般とのしがらみがないということであり、見方によっ

てはきわめて身軽い立場であり、そのぶん特攻という決死行も、上飛曹にとって感覚的にはさして重大事とも思えなかったのであろう。

だがやはり若い特攻隊員の通例として、両親や祖父母への孝の足りなさを大きな悔《く》いとしている。

「永い間御世話になりました。両親を始め祖父母様の御恩は死んでも忘れません。数々の不孝のこと御許し下さい。子としてなすべき事もなさなかったのを残念に存じます」

特攻隊員の悲しみはここにある。親に孝を尽くすのは、当時の人々にとってはもっとも大切な徳目である。年々老いてゆく親に孝行の誠を尽くす。それが子としての最大の義務として育てられてきた若者たちである。なかには親ひとり子ひとりという家族もあった。それでも特攻隊員であるかぎり、出撃しなければならなかった。この断腸の思いを感得せぬかぎり、特攻隊員の悲痛な真情を理解することはできないであろう。

特攻とは何であったのかを考えるとき、つねに突き当たる命題は、生きるとは何かという人間存在の根本に関わる問題である。そして生の問題はまた死の問題である。

特攻隊の若者たちは自らの意志で、生ではなく死を選びとった。それも自分のためにではなく、祖国日本のために、かつその祖国に暮らす人々のためにである。この場合、彼らの死が崇高なものであることは論をまたないが、今後とも、人間の生と死、あるいは人間性の尊厳というものを考える場合、日本人にとって特攻は明らかに一つの踏み絵となるであろう。

我が法名には「純」を忘れない様に願ふ。「あゝ悲しいかな」は必要なし。何も俺は哀しいわけは一つもない。唯、喜《(ママ)》で一杯なり。

陸軍伍長　千田孝正

陸軍特別攻撃隊・第七二振武隊、昭和20年5月27日、沖縄周辺海域にて戦死、18歳

戦後、特攻を悲劇と見る風潮が主流となり、特攻を称えようものなら、右翼の好戦主義者として指弾されてやまなかった。さすがに現代ではこういう為《ため》にするところの似《え》而《せ》非平和主義者は数少なくなったが、彼らの最大の誤まりは、平和を獲得するためにはおびただしい量の血が流されるという簡単な理屈をまったく理解できない点にある。

特攻は死と直結するのであるから、見方によれば確かにそれは悲劇である。だがその見方はあくまでも部外者の見方であって、特攻隊員自身は特攻を悲劇であるどころか、軍人として至高の任務であり、最大の名誉と確信していた。そして特攻の結果としての死も、悲劇としてではなく、喜びとして受けとめていた。千田少尉が遺書に綴った冒頭の文章をみても、それが理解できよう。

しかもその文章にあるように、特攻はきわめて「純」なものであった。純粋なものに憧《あこが》れるのは若者の特権であり、いつの時代も若者は純粋なるものに美を見、詩を見る。特攻に関わるこの美学と詩情がわからなければ、特攻の本質などは理解できるものではない。別な言

い方をすれば、特攻こそは、日本の青春のもっとも詩的でもっとも美しい真情の突出ともいえるのである。

たとえば、千田伍長はつぎの文章を残している。

「神国強し　必ず勝つ
後に続くを信ず
御国の栄えんこと必勝を祈り
御両親皆様の御健闘を祈りて散らん
散る桜　残る桜も　散る桜」

読みようによっては、これはもはや一編の詩である。おそらくは千田伍長もこの詩情の中に身を置いて、己れに残されたわずかな日々を過ごしたに違いない。

伍長がこれを記したのは五月十八日で、二十七日には特攻散華している。死期を告げられた病人ならともかく、心身ともにきわめて健康な少年が、数日後か数週間後には必ず来る己れの死を前にしては、人生という己れの帳面に一編の詩、すなわち死を書きつける以外に、確実な生を確かめる方法はなかったのである。

それゆえまた彼らは独特な死生観を持つにいたるが、たとえば千田伍長はこう記している。

「我には遺骨だなんて無い。我が身の物は遺《のこ》しません。大体俺なんかは墓場なんて勿体《もったい》ない。俺はむしろ墓場より柏手の方が好きだ。孝正の遺ハイは、仏壇より神様棚の方がいゝかも知れぬ」

このアッケラカンとした底抜けの明るさの中にある、透《す》きとおった哀しみは何であるのか。余人にはうかがい知れない特攻隊員の真情は、おそらくこの辺りにあるのであろう。

決戦場に出たからには、生きて再び故国の地を踏まうなどとは毛頭考へません。今度皆々様と会ふ日は、必ず九段の桜花咲く下であらうと思ひます。

海軍二等飛行兵曹　新井春男

神風特別攻撃隊・神雷第七建武隊、昭和20年4月16日、南西諸島海域にて戦死、19歳

人間爆弾桜花による特攻を志願する者には、並はずれた度胸が必要である。航空特攻や回天特攻にはまだ操縦という自由が残されており、敵艦を見つけたら、自分の意志で突入進路を選択することができる。ところが桜花の場合は、母機から切り離されたら、ロケットを噴射して、あとは目標に向かって真一文字に突入するだけである。こういう単純な兵器の搭乗員に必要なのは、操縦技術などということよりも、目を大きく見開いて目標をカッと見据えて突撃し、激突のまさにそのときまで目標から目をそらさぬという度胸である。

そうした桜花搭乗員の一人である新井二飛曹の遺書からも、一死を決した男の度胸というものがヒシヒシと感じられる。その二飛曹の遺書はつぎの書き出しではじまる。

「澄み渡った大空で今迄訓練を重ねて参りましたが、私も遂に待望の出撃の日が参りました。お父さん、お母さん、喜んで下さい。此の世に生を受けて二十年、此れといふ孝行も出来ず誠に申訳ありませんでした。而《しか》し一旦新鋭なる愛機と共に敵艦上空に殺倒した時は、必ず皆々様に恥《はず》かしくないような最後を遂げる覚悟ですから……」

古来、恥を知るということは武士の一番の嗜《たしな》みとされているが、現代の武士である軍人にとって、恥を知るということは、戦場で己れの力のかぎりを尽くして美しく戦い、己れの任務を確実に果たすということである。そこでは生死のことなど問題外となり、むしろ立派に死ねば、恥からはもっとも遠くなる。そこで新井二飛曹はこうつづける。

「申す迄も無く領域決戦の続く今日、自分達の出撃は当然の事であります。私も栄《は》へある帝国海軍の搭乗員として、大空の雲染《そ》む屍《かばね》と散るは此の上も無い名誉であり、男子の本懐これに過ぐるものはありません」

戦場に屍をさらすことを名誉とし、男子の本懐とする者こそ、真正の軍人である。立派な軍人であるか否かは、この凛烈な覚悟を持っているかどうかで決まる。階級がいくら上でも、戦場で勇ましく死ねぬ者は軍人の本領をまったく知らぬ似而非《えせ》軍人にすぎない。真正の軍人とは、新井二飛曹がいうように、「決戦場に出たからには、生きて再び故国の地を踏まうなどとは毛頭考へません」とスラリといえる者をいう。

美しく戦い、立派に死ぬ。武人軍人の覚悟とは、古来そういうものであり、軍人道の真髄というものは、この武訓の中にすべてこめられている。

吉一、只今ヨリ出発致シマス。父上様母上様弟妹達、健在デ生活セヨ。沖縄ノ敵ニムカイ轟沈セシム。昭和二十年六月七日十六時。

陸軍軍曹　榊原吉一

陸軍特別攻撃隊・第六三振武隊、昭和20年6月7日、沖縄周辺海域にて戦死、19歳

知覧から沖縄までの飛行時間は、戦闘機で約二時間、双発の爆撃機で約三時間である。その間、特攻隊員が何を考え、どんな想い出にひたったかは誰にもわからない。死にゆく者の嘘いつわりのない真情がそこで吐露されているのであろう。

なかには榊原軍曹のように出撃直前まで遺書を書きつける若者もいた。右の文章は罫紙にペンで走り書きされたものであるが、軍曹は最後の最後まで家族の平安を願い、その平安を守るためには一死をいとわぬという己れの烈々たる武魂を書き留めた。これが吉田松陰以来の留魂の思想というものである。

また榊原軍曹は、この前日に正式な遺書を認《したた》めている。

「お父様、お母様、弟妹達ヤ皆様ニハ大変御世話ニナリマシタ。吉一ハ只今ヨリ出発シマス。御心配ナク」

この「御心配ナク」という五文字には、榊原軍曹の万感の思いがこめられているといって

もよいであろう。特攻隊の真情は「熱願冷諦」の四文字で象徴されるが、何を熱く願い、何を冷たく諦めるのか、軍曹の記した「御心配ナク」も、まさしくこの「熱願冷諦」にほかならない。

そして遺書はさらにこうつづく。

「本宮ノ祖母様方ニ宜敷《よろし》ク。北町ノ祖母様方並ニ惣一叔父様ニ宜敷ク。呉々モ御健康ニ留意シテ、末永ク生活セラレマス様ニ」

榊原軍曹はこうして血縁者に別れを述べた後、この遺書をつぎの一節で締めている。

「九段ニテ再会致サル丶事望ミマス。『サヨウナラ』『サヨウナラ』。轟沈スルモノナリ」

榊原軍曹のみならず、特攻隊の若者たちはみな靖国神社へ帰ることを、至高の喜びとし、また至純の死に甲斐とした。靖国神社に神として祀《まつ》られるかどうかなどということは、彼ら自身にとってはどうでもいいことであった。死してのち、靖国神社でなら愛しい肉親に会える。靖国神社こそ彼らにとっては、生者と死者をつなぐ清く尊いただ一つのよすがだったのである。それゆえ靖国神社は論ずる場ではなく、祈る場である。そこではひたすら、命の尊さ、平和の尊さを祈ればよい。

隆茂もどうやらこうやら一人前の軍人として戦の庭に散れるのです。隆茂が沖縄の海に玉と砕けたとお聞き召された時は一言「隆茂よくやった」とほめてやって下さい。

陸軍軍曹　瀬谷隆茂

陸軍特別攻撃隊・第四三二振武隊、昭和20年5月26日、沖縄周辺海域にて戦死、19歳

昔の武士は例外なく、「侍一人前のことをやって死にたいと思う」と念願した。侍一人前のこととは、義に殉ずることであり、かつまた公に殉ずることである。軍人社会の用語でいえば、「滅私奉公」ということになる。古来、武士たる者は公のために犠牲の道をゆくよりほかない、とされている。軍人ならば、この公を「国家」と置き換えて、「軍人たる者は国家のために犠牲の道をゆくよりほかない」ということになる。

瀬谷軍曹も十九歳ながら、軍人のその本分を知ればこそ、両親宛の遺書に、「一人前の軍人として戦の庭に散れるのです」と書き留めたのである。軍人にとって、戦場における死こそ、もっとも名誉ある犠牲の道であり、瀬谷軍曹も大いなる誇りをもって、その道を歩まんとしたことがこの一文からも察せられよう。

しかもこの犠牲の道は、多くの特攻隊員にとっては悲しみの道ではなく、堂々と未来に向かって開ける喜びの道であり、希望の道であった。そこで瀬谷軍曹も、その道を行くことこそ日本男子の本懐として、こう記す。

「一度《ひとたび》思ひを戦局に馳《は》せば、何が何《な》んでも我々の行かねばならぬ秋《とき》です。皇国に生を享《う》け、皇国護持の為に清く散る若桜、何んと嬉しい現在の心境でせう。血湧き肉躍《おど》る、日本男子の

本懐之《これ》に過ぐるなし。御両親様、どうか喜んでやって下さい」
瀬谷軍曹は自らを「清く散る若桜」と規定した。規定したかぎりは、それを実践するのが男子というものである。清く、かつ美しく散るのが特攻隊員の使命であり、また宿命である。そしてそれを実践するためには、いかにも少年らしい、大元気を発揮しなければならない。それゆえ瀬谷軍曹もこう記す。

「御父さん、お母さん、愈々《いよいよ》隆茂は明日は敵艦目がけて玉砕します。沖縄まで〇〇粁《キロ》を翔破すべく落下タンクを吊り〇〇〇キロの爆弾を抱いた、機が緑の飛行場で武者振るいして自分の乗って呉れるのを待って居ります。明日会ふ敵は戦艦か？　空母か？　それとも巡洋艦か？……。きっと一機一艦の腕前を見せてやります」

ここには特攻に対する恐怖心というものが微塵《みじん》もない。それはもちろん瀬谷軍曹の心の中に堅牢な死生観が確立していたことにもよるが、それ以上に大きいのが靖国神社の存在である。その点を軍曹はこう記す。

「明日は戦友が待って居る靖国神社へ行く事が出来るのです。日本男子と生れし本懐此れに過ぐるなし。御父さん、お母さん、隆茂は本当に幸福です。では又靖国でお会ひしませう。待って居ります」

そして瀬谷軍曹は、この遺書をつぎの一文で締めている。

「最後に、御両親様の健勝を切にお祈りいたします」

特攻隊員に共通する心情は、自分の死を日本男子に定められた運命として潔く受け容れて、泣き事も恨み事もいわず、ひたすらに両親や妻子や兄弟姉妹の多幸を祈るところにある。自分が死ぬことによって、それらの愛《いと》しい人々の平和が少しでも守れるなら、自分の死には少なからぬ意義がある、と彼らは確信している。人の命はかけがえのない尊いものであるが、尊いのは自分の命ではなく、自分以外の人の命であり、その命を救うために自分の命を潔く捨てるというところに、特攻という行為の至高の意義がある。

われわれが特攻隊を思うとき、つねに清冽な感情を呼び起こされるのは、命を救うために命を捨てるという人間性の尊厳に関わる至高にして至純の姿を、彼らの荘厳な行動に見るからである。

第六章　特攻隊の命の叫び

第六章　特質期の命の関心

透徹した死生観――死する時、私情がないかぎりまず立派に死ねる

今、日本は大戦争を行っているということ、神州不滅ということ、その渦中に在る日本人としての私の答はただ、死なねばならぬ、ということだけである。

海軍中尉　古川正崇

神風特別攻撃隊・振天隊、昭和20年5月29日、沖縄周辺海域にて戦死、23歳

学徒兵である古川中尉は、海軍に入隊の日、つぎのような詩文を記している。

二十二年の生　全て個人の力にあらず　母の恩偉大なり　しかもその母の恩の中に　また亡き父の魂魄は宿せり

我が平安の二十二年　祖国の無形の力に依る　今にして国家の危機に殉ぜざれば　我が愛する平和はくることなし
我はこのうえもなく平和を愛するなり　平和を愛するが故に　戦いの切実を知る也　戦争を憎むが故に　戦争に参加せんとする我等若き者の純真なる気持を　知る人の多きを祈る
二十二年の生　ただ感謝の一言に尽きる　全ては自然のままに動く　全ては必然なり

古川中尉は、戦争が起こったのは必然であり、日本男子として自分がその戦争で戦死するのも必然だと見ている。ことに海軍に入ってからは、

「死ぬ時がきたら、そりゃ誰だって死ねるさ」

と思うようになった。そして古川中尉は生の尊さを十二分に理解しつつ、

「死ということは日本人にとってはたいした問題ではない。その場に直面すると、誰もがそこには不平もなしに飛び込んでゆけるのだ」

と断言した。そして特攻出撃を間近に控えたある日、古川中尉は日記にこう記した。

「出征の日、私は机に、

雲湧きて流るるはての青空の　その青の上わが死に所

と書いてきた。そうして今その青空の上でなくして、敵艦群がる大海原の青に向って私の

死に所を定めようとしている」

そして古川中尉は、「しかし人生そのものにはやはり大きな懐疑を持っている。生きているということ、死ぬということも考えれば考えるだけ分らない。ただ分っていることは」として、冒頭の「私の答はただ、死なねばならぬ、ということだけである」という壮烈な言葉へとつづくのである。

そして古川中尉はさらにこう言い添える。

「絶対に死なねばならぬ。我が身が死してこそ国に対する憂いも、人間に対する愛着と、社会に対する憤懣《ふんまん》もいうことができるのだ。死せずしては、何ごともなしえないのだ。今、絶体絶命の立場に私はいる。死ぬのだ。潔ぎよく死ぬことによって、このわだかまった気持のむすび目が解けるというものだ」

この古川中尉の心のわだかまりが解けたのは、出撃一週間ほど前である。すなわち昭和二十年五月二十二日、中尉は甥の龍吉に、手紙を送った。

「私にも出撃が迫りました。再び帰らない出撃です。だけども死ぬことなんかは大したことはないようです。私の戦友たちも多く笑って死出の旅に出てゆきました。死ぬことなんか考えなくていいのです。ただ生きる限りは朗らかに生きることを楽しんで下さい。どんな時でも自分は生きているのだと思えば、楽しさが溢《あふ》れるのです」

人は死ぬまでは生きる。そして生きている限りは精一杯に生きる。これが古川中尉の到達した死生の境地であった。

そして特攻出撃の二日前に、古川中尉は母宛の遺書を認めた。
「死んでから魂があるならどんなに楽しいでしょうか。お母さんの笑い顔も見られるでしょうし、龍ちゃんの楽しそうな顔も見えるでしょう。今はそれを楽しみにしています。私にも神と言われる日が来るのなら、お母さんは神の母となるのです。その幸福を謝しましょう。私はきっとお母さんを護ります」
二日後、心のわだかまりの解けた古川中尉が晴れ晴れとした想いでもって突入していったことは確かである。

ついに特別攻撃隊神風特攻隊員となる。来るべき三十日間、余《よ》の真の人生なるか。時機到る焉《や》。死ぬるための訓練が待っている。美しく死ぬるための猛訓練が。

海軍少尉　岡部平一

神風特別攻撃隊・第二七生隊、昭和20年4月12日、南西諸島海域にて戦死、23歳

飛行機搭乗員となるためには、訓練につぐ訓練という苛酷な日々を重ねなければならない。しかもその訓練は実戦で勝つための訓練であり、ことに特攻隊員の場合は、確実に戦果を上げることが唯一最大の目標とされた。そしてこの場合の戦果とは、搭乗員が肉弾となって敵

艦に必中することであり、当然、死は避けられない。それゆえ岡部少尉はこの訓練を、「美しく死ぬるための猛訓練」としたのである。

岡部少尉がこの特別訓練に入ったのは、昭和二十年二月二十二日であり、少尉はその日の日記にまず冒頭の文章を記し、さらに、

「悲壮なる祖国の姿を眺めつつ余は行く。全青春を三十日間にこめて、人生駈け足に入る」

とつづけた。二十三歳にして、岡部少尉は人生にラストスパートをかけたのである。こういう壮烈な青春は、世界史上でもまったく稀有《けう》のことである。

そして三十日間の猛訓練を終えると、特攻出撃の待機期間となる。出撃命令がいつ下されるかわからない。そんなある日、岡部少尉は、「出撃を旬日にひかえて」と題して、つぎのような手記を残している。

「自分は一個の人間である。善人でも悪人でもない。偉人でもなければ愚人でもない。あくまで一個の人間である。最後まで人生をあこがれの旅に送った漂泊者として、人間らしく、ヒューマン・ドキュメントと諦めのうちに終りたいと思う」

特攻隊員は、敵艦への突入というただ一事のために、あらゆる夢と希望を断ち切らねばならなかった。私情を排するということが、彼らの行動原理の前提であり、国家の未来を建設するという輝かしい事業には、彼らは絶対に関われなかった。彼らにできることは、未来の日本を建設するための土台づくりであった。岡部少尉はその意義をつぎのように説いている。

「雑音の多過ぎる浮世であった。たった一人の偉大なる指揮者がいなかったために、みんな

が勝手な音調を発したために、ついに喧騒極まりない社会を出現したのであった。われらは喜んで国家の苦難の真ッ只中に飛び込むであろう。われらは常に偉大な祖国、美しい故郷、強い日本女性、美しい友情のみ存在する日本を、理想の中に堅持して敵艦に粉砕する」

特攻隊員が現実にできる仕事というのは、簡単にいえば飛行機を巧《たく》みに操縦して、敵艦に突入することであり、それ以上でもなければそれ以下でもない。そこで岡部少尉は軍人としての自分の任務を、詩的にこう表現する。

今日の務《つとめ》は何ぞ　戦うことなり
明日の務は何ぞ　勝つことなり
すべての日の務は何ぞ　死ぬことなり

そして岡部少尉はこの戦争の意義をつぎのように述べている。

「われらが黙って死んでいくように、科学者も黙って科学戦線に死んで戴きたい。その時はじめて日本は、戦争に勝ち得るであろう。もし万一日本が今ただちに戦争に勝ったら、それは民族にとって致命的な不幸といわねばならない。生易しい試練では、民族は弱められるばかりである」

ここまで真剣に日本の将来を考えて出撃していった特攻隊員もいたのである。勝利の確たる目算もなく、このように有為な若者たちを大量に戦場に追いやったすべての戦争指導者は地に打ち伏して愧死《きし》すべきであった。

死生観とかなんとかよく聞く言葉であるが、なにも特に軍人に死生観が必要な理由はない……し、またそれほど抜き出して言うほどのこともない。戦争に、訓練に、死する時、私情のないかぎりまず立派に死ねる。

海軍少尉　池尾俊夫

神風特別攻撃隊・隊名不明、昭和20年1月24日、比島周辺海域にて戦死、25歳

およそ死ほど難解な哲学的概念はない。人は誰もが死ぬのだが、死の経験を語ることのできる者はいない。だから逆にどのようにも解釈でき、死後の世界を信じる者は宗教に走り、それを認めぬ者は無神論的な現実主義者となる。

ただし軍人となると立場が少し違ってくる。まず軍人は死の意味をいろいろと解釈する前に、死の恐怖を克服することのほうが先決となる。すなわち軍人は存分に戦い、立派に死ぬことが務めであるから、池尾少尉の言うように、私情を排して国家に殉ずる、いわゆる滅私奉公の精神さえ持てばよいということになる。

そして池尾少尉は、

「軍人ならずして畳の上で死ぬ人間こそ、死はむつかしく、死生観というものも、かえって

彼等に勉学してもらいたいと思う」

という。確かにこれは一理あることで、軍人の思考というものはすべて死を前提にして展開される。もし戦場で弾に当たれば、そこで勇ましく死ぬだけである。そのとき死についてあれこれ考える馬鹿もいない。古来、万策尽きれば武士は死ねばよいとされているように、軍人には死自体を云々《うんぬん》するよりも、どうすれば立派な死を遂げることが出来るかという、死に至る行動原理の確立こそが求められるのである。

そこで出てくるのが国家という概念であり、池尾少尉はそれをつぎのように説明する。

「日々感激をもって生活できることは人間最大の喜びです。そして感謝をもって進むことは、人間として偉大なことです。私達は今、興亡を賭《と》しての大戦下に、それぞれの持ち場で精進しているのです。国民というものは、戦争していると否《いな》とにかかわらず、有形無形の内に国民的意識、即ち日本国民としての自覚は寸時も心から離してはなりません。我々はどう論じつめても、日本がなくなっては存在しえないのです」

そして池尾少尉は、

「戦争も一国の存立がこの状態では成立しえぬ時に勃発するのです。日本もこの状態だったのです」

という。確かに国境線のない世界が実現すれば戦争の起こりようもないが、現実に国境線が存在し、数多くの国によって世界が構成されている以上、国家を無視しては世界が存立し得なくなる。それゆえ国家の存立は、国民が生存するための大前提であり、軍人の最大の使命は国家の防衛ということになる。そしてそのような至高の使命を持つ軍人は、私的な利害得失を放棄して、私利私欲とは無縁の滅私奉公の精神で任務を遂行しなければならぬというのが池尾少尉の信念である。それゆえ少尉はこの純粋精神の重要性を、『若きエルテルの悩み』を例に出してつぎのように説明する。

「この著をもって恋愛もの、プラトニック・ラブの見本のように考えるのは誤謬《ごびゆう》も甚《はなは》だしいといわねばならぬ。日本に、このエルテルが少ければ少いほど、戦にも弱くなる。官位も金銭も屈服せしむることのできぬこの清純な魂こそ、我等の矜持《きようじ》とせねばならぬものである。これこそいかなる打算も追躡《ついじよう》せしめえず、いかなる情愛をも絶って、只管《ひたすら》偉大なる国の難に飛び込ましめる最大のものである」

つまるところ、この純粋精神が軍人の思念と行動の源泉でなければならず、この純粋精神を持ち得てはじめて軍人は国の大事に殉ずることができる、と池尾少尉は確信するのである。逆にいえば、国を愛する純粋で清冽な心がなければ、我が身をもって敵艦に激突するという壮烈な行動はとれぬということである。

人生わずか五十年とは昔の人の言う言葉、今の世の我等二十年にしてすでに一生と言い、それ以上をオツリと言う。

海軍少尉　牧野銈

神風特別攻撃隊・第六神剣隊、昭和20年5月11日、南西諸島海域にて戦死、22歳

戦国武将・織田信長が謡曲「敦盛」の一節、

「人間五十年、下天のうちを比ぶれば夢幻しの如くなり。ひと度《たび》生を得て滅せぬ者のある可き哉」

を好んで歌い、好んで舞ったことはよく知られている。そして信長が明智光秀に討たれたのは四十九歳であるから、信長はその最期は無念であったにせよ、まあまあ寿命分は生きたことになる。ちなみに五十前後で亡くなっている武将をあげてみれば、明智光秀が五十五歳、武田信玄が五十三歳、上杉謙信と真田幸村が信長と同じ四十九歳、大谷刑部が四十二歳、石田三成が四十一歳等々ということになる。


これらの戦国武将たちの寿命が長かったのか短かったのかはわからないが、特攻隊員に比べればはるかに長かったとだけはいえる。


特攻隊員の場合は、長くても「人生半額二十五歳」といわれた。そして平均すれば、二十歳で「一生」であり、運よくそれ以上生きれば「オツリ」といった。こういう死生観を持った軍人は、世界史上でも特攻隊員だけである。そして牧野少尉の場合は、満で二十二歳、数えで二十三歳であるが、彼がいうには、

「まして有三年も永生きせしはゼイタクのかぎりなり。いささかも惜しまず、笑って南溟の果に散る、また楽しからずや」

ということになる。予科練と少年飛行兵出身の主力が十八、九歳、学徒出陣の予備学生の主力が二十二、三歳であるから、彼らの一生が平均二十年といっても、あながちオーバーではない。しかも牧野少尉は、

「この世の中で悪いことは皆やったし、うまいものは食べたし、ドラムカンの風呂にも入ったし、朝鮮へも行ったし、思いのこすことはなし」

とまでいう。ドラムカンの風呂にどれほどの価値があるかわからないが、現代人に比べて彼らが「足るを知る」人であったことは確かである。

そして「思いのこすことはなし」とした牧野少尉は、出撃前日、両親宛につぎの遺書を認めている。

「一緒に死ぬのは斎藤幸雄一等飛行兵曹とて二十一歳の少年? かわいい男です。なぜか私をしたってだいぶ前から一緒に飛んでいますが、死ぬのも一緒です。技術も非常に優秀な人です。伯父さんが仙台市におるそうです。別便に住所がありますから慰問してあげて下さい。最後の夜に映画があります。今から」

牧野少尉の腹がすわっていることは、自分の死については何も語らず、ひたすら斎藤一飛曹のことを述べ、一飛曹の死後は、その伯父を慰問してくれと両親に依頼していることからも容易に理解できよう。しかも出撃前夜であるのに映画を見に行く気でいる。特攻隊員は、現代人に比べてはるかに野太い神経を持っていたことは確実である。

そして出撃当日、牧野少尉は最後にこう書き残している。

「出撃の朝。
散歩に行くような、小学校の頃、遠足に行くような気分なり。
〇三〇〇朝めし。すしを食った。
あと三時間か四時間で死ぬとは思えぬ。
皆元気なり」

ここには心の動揺というものがまったくない。見事なものである。飛行機搭乗員は訓練中から少なからぬ殉職者を出している。死者が出たからといって訓練の手は休めないから、彼らは若くして死を隣人とし、前線に出るころには堅牢なる死生観を確立していたのである。

戦の場、それはこの美しい感情の試煉の場だ。死はこの美しい愛の世界への復帰を意味するがゆえに、私は死を恐れる必要はない。ただ義務の完遂へ邁進するのみだ。

海軍少尉　安達卓也

神風特別攻撃隊・第一正気隊、昭和20年4月28日、沖縄周辺海域にて戦死、23歳

軍人の軍人たるゆえんは死を怖れぬことにあるのだが、死を怖れぬ方法は人それぞれであり、たとえば安達少尉は、

「私はこの美しい父母の心、暖い愛あるがゆえに君のために殉ずることができる。死すともこの心の世界に眠ることができるからだ」

としている。要するに安達少尉とすれば、広大無辺な両親の愛を心に思い浮かべれば、いかに激烈な戦場にあっても、

「私は父母とともに戦うことができます。死すとも心の安住の世界を持つことができます」

ということになり、それこそ後顧の憂いなしどころか、逆に両親の力を得て、存分に敵と戦えるというのである。

また安達少尉は飛行機乗りの宿命をこう説いている。

「搭乗員は一日一日が一つの完成であらねばならぬ。それはいつ生《せい》の終末がこようとも、それが一つの完成として残らねばならぬ。と同時に一日一日の連続はまた一つの完成への精進の道程でなければならぬ」

さらに少尉はこうもいう。

「必死の、血みどろの努力の集積の中にいかなる終末に終ろうとも、それが空虚を意味しないだけの心の準備と努力の成果でなければならぬ。それは搭乗員としての絶対的な運命であるとともに、唯一の誇りでもあるのだ」

要するに全力を尽くしての訓練で戦闘技術を身につけ、そして戦場ではその技術を十二分に発揮して存分に戦う。勝敗は「絶対的な運命」であり、そんなことよりも存分に戦うことの中に搭乗員としての「唯一の誇り」があるとするのが、安達少尉の揺るがぬ戦争哲学なの

である。

そしてある日、戦友の戦闘機乗りの葬式に参列した安達少尉は、その日の日記にこう書きつけた。

「それは一つの人生の結論であり、必死の生涯の結実なのだ。空飛ぶ男の瞬間的な生から死への飛躍は、その結論を夢のように美しい感情の幻に包んで、直立不動の戦友の列に投げつけつつ魂の世界に旅立っていく」

安達少尉はこの葬列を見送りつつ、近い将来に必ずやってくる自らの死を思い、

「空征《ゆ》かば雲染むかばね。潔く散らなん――」

と自らに誓うのであった。美しく戦い、潔く死ぬ、特攻隊はそれで十分なのである。

我々には任務を果すということが第一で、死生というようなことは、そんなに開き直って考えなければならないほど重要なことだとは思えないのである。

海軍少尉　千原達郎

神風特別攻撃隊・第二七生隊、昭和20年4月12日、沖縄周辺海域にて戦死、24歳

死生観を確立することは軍人心得の前提条件だとする考えがある一方で、死生観を確立し

なければ戦えぬほど俺はやわではないという考えがある。確かに死生観が確立しようとしまいと、戦場で戦闘が始まれば、あとは全力をあげて戦い抜くだけである。そういう状況になれば、死生観のあるなしにかかわらず、高度な戦闘技術を持ち、さらに運にめぐまれた者が勝ち残る可能性が大変に高い。

千原少尉の場合は、さほど死生観にはこだわらないタイプのパイロットであり、冒頭の文章のあとにさらにこうつづけている。

「どうしたら勝つことができるか、どうしたらお役に立つことができるか、ということの方がよっぽど重大なような気がする。つまり死生について深く知らないので、盲蛇《めくらへび》に怖《お》じず式に平気ですましておれるのかもしれぬ」

確かに多情多恨の激情家のタイプの軍人は、ヘタな理屈よりも、その時々の感動が烈々たる武魂を喚起する強力なエネルギーとなる。たとえば千原少尉の場合、特攻隊が編成されたとき、敬愛する田中という中尉が分隊長を務める隊に所属することができた。その感激を千原少尉は日記にこう記している。

「これに勝る喜び、これに勝る光栄ありや。田中中尉の列機として共に飛び、共に死するの喜びを思う時、我身の幸にただただ感謝するのみ。死所をえたる喜び何に譬《たと》えんや。うれしうれし、もったいなし。しかれども顧みて思うに、その責任何ぞ重き。拙劣の伎倆、脆弱の身体、果してその任に耐えうるや。ただただ祈る、立派にお役に立ちえんことを」

文中に「死所をえたる喜び」とあるが、これがすでに死生観の確立を意味しているともいえるのである。

千原少尉は、もっとも過激な武士道書である『葉隠』を座右の書としており、思索というよりも感覚で武士の死生観というものを読みとっていたのかも知れない。少尉が『葉隠』の中で気に入った文章はつぎのようなものである。

——武士道と云ふは、死ぬ事と見付けたり。二ツ二ツの場にて早く死ぬ方に片づくばかりなり。別に仔細《しさい》なし。胸すわって進むなり。

——大難大変に逢うても動転せぬというはまだしきなり。大変に逢うては歓喜踊躍《ようやく》して勇み進むべきなり。一関越えたるところなり。

このような凛烈な文章を絶えず心の中で唱えていれば、自《おの》ずから烈々たる士魂というものが生まれるのも確かである。それゆえ千原少尉も、

「恥を免れようと思えば、死身《しにみ》になって最後のものの決定に努力するよりほかない」

と断言するのである。これが『葉隠』にいう「常在戦場」「常住死身《しにみ》」の思想である。


死ぬとか生きるとか、予科士官学校以来随分と苦労したものですが、今にして何と馬鹿苦労したものだと思はれます。身に余る立派なる任務。大命、あるのみであります。

陸軍少尉　大井隆夫

陸軍特別攻撃隊・八紘第六隊石腸隊、昭和19年
12月5日、レイテ島周辺海域にて戦死、23歳

「軍人は極端な話、死ぬのが商売である。『戦陣訓』などは、「生きて虜囚の辱《はずか》しめを受けず」などという当然のことを、仰々《ぎょうぎょう》しく述べ立てているが、こんなことは日露戦争以来の日本軍人の常識であり、『戦陣訓』を制定した東条英機の軍人資質のお粗末さを証明すること以外の何物でもない。

　大井少尉はフィリピンの最前線に進出した昭和十九年十一月二十五日、両親宛の手紙につぎのように書き留めている。

「此の静かな中に小生雄躍（ママ）前進基地『ネグロス』島に前進致します。無事目的地に到着、敵艦船と刺違へに散華し得るや、或ひは途中戦闘機に喰はる、や、其《それ》は一に運命、唯々《ただただ》万全を期し、任務必達に邁進《まいしん》するのみであります」

　当時の軍人にとっては、戦場に行き着くことさえ命がけのことであった。内地の身の安全が確保されたところで、死ぬの生きるのと思いめぐらしている暇人《ひまじん》と、前線にいる軍人とでは死生観がまるで違う。大井少尉の冒頭の言葉にあるように、観念的に死ぬの生きるのなどと考えることは、実に「馬鹿苦労」というほかないのである。

　大井少尉は、軍人には「大命」あるのみとして、特攻隊員として良き死処を得た喜びをつぎのように記している。

「小生の死処は、云ひ様もない実に〳〵甲斐ある大御戦《おおみいくさ》の焦点であります。小生嬉しく

て〳〵、立派に、仕遂げる覚悟であります」

軍人は誇りに生き誇りに死ぬものである。それゆえ国運を左右する大決戦に参加でき得る喜びは何物にも代えがたく、このような良き死に場所を得ることこそ、軍人の本望といえる。それゆえに良き死に場所を得た軍人には猛烈な闘魂が湧きあがる。それは軍人の本能ともいってよいし、真男子の面目といってもよい。昔の言葉でいえば、武士の一分が立ったということである。大井少尉はその感慨をつぎのように書き留めた。

「御両親様も屹度《きっと》御満足遊ばさるゝこと、確信し、小生只今より楽しみに致し、更に心身の鞏化《きょうか》を計り居ります。前進も既に迫って参りました。此処《ここ》数日の休養に心身共に清爽《せいそう》、固い決意もじっくり落着きを副《そ》へ、肚《はら》の底深くどっしりと静まって居ます。遙かに仰ぐ敵地の空、ガーッと上って来る闘志、満々たる自信、思はずニッコリと独り微笑《ほほえみ》ます」

そして遺書ともなるこの手紙は、

「では御両親様、行って参ります。さようなら」

という一文で締められている。大井少尉が特攻散華したのは、それからちょうど十日後のことであった。

のちにこの書簡を手にした母マスは、息子が特攻隊として出撃したことを感じとり、

「二度と帰ることのない悲壮な初陣の出撃に対し、あとは首尾よく敵艦隊に体当たりし、一機もって一艦を撃沈する戦果をあげるよう、神仏に祈るのみでした」

と語っている。これは当時の軍人の母なら誰もが思うことであり、マスのこの発言は、戦

争に勝ちたいという当時の日本国民の願いを代弁したものだといっても良いであろう。大東亜戦争時、国民はあげて軍に協力し、日本が勝利することを心の底から望んだことを忘れてはならない。

人の運命は解らず、人の命は朝露の如しとか。畳上にて一夜の中に不帰となれる者あり。それに比ぶれば、吾が計画的に死所を選び、死所を得たるを喜ぶ。

海軍飛行兵曹長　小薬《こぐすり》武
神風特別攻撃隊・第五銀河隊、昭和20年4月11日、南西諸島海域にて戦死、24歳

朝《あした》の紅顔、夕《ゆうべ》の白骨になるといわれるが、人の命ほどわからないものはない。まして戦時の飛行機乗りほど明日をも知れぬ身はない。小薬飛曹長はそんな飛行機乗りの中でも百数十回の実戦を勝ち残った歴戦の勇士である。

その小薬飛曹長に特攻出撃の命が下った日、飛曹長は両親宛の遺書を認《したた》めて、決死の覚悟を新たにした。

「愈々《いよいよ》決戦の秋《とき》が来た。いま攻の令下る。齢を重ねること二十幾星霜、幾多空の決戦に生き残りし吾にも、いよいよ菊水の旗をたてて悠久の大義に生きる可《べ》き最期の時が来た」

死して生きるは特攻隊員に共通する心情である。

「索敵攻撃行には、聊《いささ》か一億の期待を受けし万分の一にも報ゆるならんと想ひて心安く死地に向ふ。古人は言ふ、死は最も容易なりとか。然《しか》れども後に残りしものは如何《いか》ならん。現時点に於て、後顧の憂《うれい》なきにしもあらず」

そこで冒頭の「死所を得たるを喜ぶ」という凜烈な文章となるのである。特攻の場合、早ければ数週間前、遅くとも前日には出撃を告げられる。一死を決するには十分すぎる時間がある。そもそも飛行機乗りという者は、それを志願した時点で、死を覚悟するものである。小薬飛曹長もその点をつぎのように綴っている。

「常に想ひし南海にて、万里の波濤《はとう》を乗越え、赤道の彼方、南海に屍を葬《ほうむ》る、何と空軍戦士の志ならんや。幼き頃より憧《あこ》がれ、あの幾年か見訓《みな》れし南十字星の下に鵬翼《ほうよく》と共に其の身を砕く、我もって本懐とする所なり」

そして飛曹長は両親へロマンチックにこう訴える。

「父母よ、逢ひたくば南海に吾を訪れ給ひ、南十字星の瞬《また》くところ霊魂あり。其の身朽ちる共、我れあの星のある限り、我が魂魄は祖国を護るらん」

軍人にとって祖国防衛のために死ぬということは、大義に生きるということに他ならなかった。そして大義に生きるためには、清廉潔白、何よりもその身が清浄でなければならなかった。それゆえ小薬飛曹長は遺書にこう書き留めた。

「我幸《さいわい》にして若輩にて死す。我にも似ず酒量好みしを謝す。然れども其の身清浄にして、懸《け》念《ねん》の程聊《いささ》かもなきを喜ぶ。ラバウル韮《ヒ》島（フィリピン）方面にて最も激戦の中に散りし幾多戦友の後を追ひて死し、幾多空の戦友が後に続くを信じて死す」

軍人はすべからく、強く直く清き心を持たねばならぬとされている。それは私利私欲のためではなく、悠久の大義のために生死する存在であるからであり、汚れた精神ではこの崇高な大義を冒瀆《ぼうとく》することになるからである。それゆえ小薬飛曹長は己れの決意をつぎのように表明してこの遺書を閉じている。

「死せんとする我が身、正に清浄なり。
　父母上よ、知人よ、死せる我が名を呼び給ふな。
　聖寿の万歳を三唱して我れ命中す」

　人生の最後に当たり、このような文章を書けるということは、小薬飛曹長が身も心も清浄であった明らかな証明である。特攻が日本民族の清冽なる一編の詩として、馥郁《ふくいく》たる芳香を放つのも、この清浄さゆえなのである。

不撓不屈の精神――命令一下、男として見事散る決心です

一分間に十万発も射つだけの火砲が、空母一隻だけでも持っている。必死は簡単なれど、必中は確かにむずかしい。だが吾に不撓不屈の強靭なる意志あり。

陸軍曹長　佐藤新平

陸軍特別攻撃隊・第七九振武隊、昭和20年4月16日、沖縄周辺海域にて戦死、23歳

特攻機が敵艦に突入するためには、二つの防禦を突破しなければならない。一つは敵戦闘機の迎撃であり、一つは敵艦から射ちあげる対空砲火の猛烈な弾幕である。ことに敵の高射砲弾にはVT信管が使用され、その内臓レーダーにより、特攻機に高射砲弾が命中しなくとも、特攻機が一定の距離に接近するだけで破裂する。

このように万全の防御体制を布いた敵機動部隊に見事突入するためには、飛行機の性能とか飛行技術云々《うんぬん》の前に、特攻隊員には火と燃える闘魂が要求される。敵の猛烈な弾幕を突破するには、たとえ愛機が損傷し、我が身が傷つこうとも、歯を食いしばり、目はカッと見開き、なお操縦桿を押しつづける不屈の闘志が要求されるのである。現実の特攻とは、生半可な覚悟でできるものではない。

佐藤曹長は特攻隊員として任命された日、すなわち昭和二十年三月二十七日の日記にこう記している。

「待望の日は遂に来た。特別攻撃隊の一員として悠久の大義に生く。日本男児として、又、空中戦士として、之に過ぐる喜びはなし。

父上、母上様も御喜び下さい。軍人としての修養は只立派な死場所を得るにあります。最後まで操縦桿を握って死ねる有難い死場所を得る事が出来、新平、幸福感で一杯です」

そして佐藤曹長はつぎの漢詩を綴っている。

死生有命　不足論（死生命《めい》有り　論ずるに足らず）

男児従容　散大空（男児従容《しょうよう》として　大空に散る）

そして三月二十九日には、隊長の山田という少尉から、

「空中戦士として最高の名誉たる特別攻撃隊に採用されし我々は、大きな矜持《きょうじ》のもとに行動

を律する様に。日々あの行動が大きな戦果を生んだのだと言われたい」

と訓示され、佐藤曹長は大いに発奮し、その日の日記にこう記した。

「唯必死だけでは任務達成は不可なり。死は易く任務は重し。平素の訓練に特攻魂を以て当り、始めて御役に立てる死に方が出来るものなり。小生も余命長くして八月までなり。任務達成の其の瞬間まで少しでも多く役立つ事が出来る如く心技の練磨に邁進せむ」

だが佐藤曹長の余命は八月どころか、半月後に尽きることになる。

四月一日、すなわち米軍沖縄に上陸の日、冒頭の壮烈な文章につづけて、佐藤曹長は日記にこう綴った。

「大艦船一隻とさし違い、思っただけでも痛快事だ。ニュースの報ずる所によれば、沖縄附近にも未だ三百隻とか……。まさに神機到来。吾々も本日の命令で愈々《いよいよ》四日、前進基地へ進発との事」

そして四月五日、出撃を前に、佐藤曹長は両親宛に遺書を認めた。

「天皇陛下万歳。

大命ヲ拝シ、新平只今特別攻撃隊ノ一員トシテ醜敵艦船撃滅ノ途ニ就《つ》キマス。日本男子トシテノ本懐コレニ過グルモノハゴザイマセン。必中必沈以テ皇恩ニ報イ奉リマス。……デハ日本一ノ幸福者、新平最後ノ親孝行ニ何時《いつ》モノ笑顔デ元気デ出発到シマス」

闘魂を持続させることは至難の技である。だが特攻隊員の若者たちは、特攻要員に任命されてから出撃まで、燃えるような闘魂を維持しつづけた。このように不撓不屈の精神を維持する者を、世に勇士という。

神土の防人《さきもり》として出征以来すでに歳余となりますが、異国にいてなつかしく且《かつ》心強く感ぜられるのは、神土の雄大さと神国の尊厳であります。その防人として前線に活躍出来る喜び御察し下され度《た》く思ひます。

海軍中尉　瀬口政孝

神風特別攻撃隊・第一金剛隊、昭和19年12月16日、比島方面海域にて戦死、24歳

日本の美しさは日本を離れてはじめて実感できるという。まして軍人として出征し異国の地に立てば、その感はいっそう深くなる。美しい四季のめぐり、そこに暮らす人々の細やかな人情、世界に類を見ない万世一系の皇統、そこに育まれた清冽な歴史と文化と伝統、戦地に立った日本軍将兵が熱い祖国愛に燃えるのも当然である。

瀬口中尉は右の言葉にあるように、その祖国を守る防人として前線に在ることを何よりの光栄としている。そして中尉はさらにこう断言する。

「神代以来、悠久三千年、連綿として異彩を放つ国体に殉じた幾多先祖の尊い血潮により守られつづけた神土は、前古未曾有《みぞう》のこの難局に直面して、再びそれらの血をつぐ我々国民の真剣な姿で守られつつあります」

一国の軍隊が他国と戦うためには大義名分がなければならないし、その大義名分は軍人に勇気と名誉を与えるものでなければならない。そうでなければ、軍人というものは誇りをもって、美しく戦えるものではない。まして日本の軍隊は皇軍であり、皇軍には美学がなければならないからである。それゆえ瀬口中尉はこの家族宛の書簡にこう綴っている。

「思へば先祖達は只々神土の弥栄《いやさか》を祈りつつ黙々として殉じて来たのであります。平和な時は政治、経済、社会、芸術とあらゆる方面に、優秀なる日本文化の建設により神土の弥栄を祈り、又戦争に於ては率先大君の御楯《みたて》となり神土の防人として尽忠の誠をつくし、平和と戦争を論ぜず、只黙々と神土の弥栄を祈り、その弥栄を信じつつ殉じたのであります」

　そして瀬口中尉は、この神国に育った日本男子には「健やかな身体」と「たくましき心」と「深い学問」がなければならないとして、日本人としての責務をこう説く。

「而《しか》も神土が悠久の躍動をつづける如く、全民族は生死を超越して永遠の大義に生き、神土の弥栄に尽しつつあるのであります。この時間と場所を超越した根底に脈々《みやくみやく》と通ずる大きい流れこそ、真の日本の姿ではないでせうか。過去の歴史も示す如く、幾多政治家、科学者、芸術家、宗教家、武人、農夫共にその分野〳〵に於て、神土の弥栄を祈り且《か》つ信じて来ました。先祖様始め御両親様がさうであった如く、その尊き血を受け継いだ私も神土の危機に殉じ、神土の弥栄を祈り且《か》つ信ずる者であります」

　愛国者が輩出することは国家の盛事であり、国を愛する心がなければ、他国からの侵略に対して、国を守らんという闘魂が湧くはずがない。逆にいえば、祖国愛、愛国心こそが、国家防衛の最強の武器となるのである。

そして瀬口中尉は日本に生まれた喜びをこう綴っている。

「先祖の墓前に額《ぬか》づく時、又神社に詣《もう》でる時の心境こそ、我々の真の心境ではないでせうか。私にとってあの時程《ほど》、幸福を感ずる時はありませんでした。思へば万国に比類なき神土ではありませんか。この神気にうたれし時程、一家の喜び、自らの感激を感ずる時はありません。この世に生を享《う》け、この尊き神土に籍を置きし幸福を泌々《しみじみ》感じさせられます」

国家とはロマンであり、そのロマンに殉ずるはまさしく男子の本懐というものである。そしてその本懐を遂げるということは、生死を超脱して愛国心を烈《はげ》しく燃焼させるということであり、たとえそのため我が身が滅ぶとも悔いるところは一切ない。こういう清冽な詩情に生死する者を日本男子という。

私は男でした。今迄何の為に父母が養って下さったか。それは日本男子として恥ぢざる男となる様に、それが私への望みであったらうと思ひます。

海軍上等飛行兵曹　川野忠邦

神風特別攻撃隊・第六神剣隊、昭和20年5月11日、南西諸島海域にて戦死、23歳

川野上飛曹の誕生日は大正十二年五月十日であったが、それから二十三回目の誕生日、すなわち昭和二十年五月十日は、出撃前日であり、川野上飛曹は両親宛につぎの遺書を認めた。
「父上様、母上様、是《こ》れが最後の御知らせとなりました。想へば二十三年間、御心配かけまして本当に申訳け御座いませんでした。今になって何等孝行もしませずに来ました事が、大河の水の如く胸にしみて来ます」

そこで川野上飛曹は、「しかし」と断わって、冒頭の「私は男でした」という文章をつづけるのである。「日本男子として恥ぢざる男となる」、これが昔も今も変わらぬ男道の根本である。そもそも武士道とは男道であり、男道とは、男はかくあるべきだとする勁烈な美意識である。それゆえ真の日本男子たらんとする者は、誰よりも美しく生き、美しく死ぬということを実践しなければならない。

そこで川野上飛曹は「唯白」という言葉を使って、戦争に関する己れの信念を開陳する。
「沖縄の戦友は必死です。又大東亜戦争は此の一戦に決すべき難局に面しました。この戦《いくさ》、日本の興亡、昔の武士、我等一人一人の死、否必勝信念が勝利の信念の一段になる事は、男として此れ程本懐とする事、他に無いと思ひます。七生報国、身は東海に朽《く》ちても、魂は決して死せず、今更何も申し上げる事は御座いません。『唯白』で死にたいです」

唯白とは清廉潔白、純粋一途の精神で、心の純白をいう。戦士の願いは唯《ただ》ひとつ、心残りなく存分に戦い、立派に死ぬことに尽きる。「『唯白』で死にたいです」とは、こういうことであり、もとより生還などは毫《ごう》も望まない。

そして川野上飛曹は己れの死を痛快に笑い飛ばす。

「五月十日誕生日です。明五月十一日私は征きます。生れて死す。世界万物の本性ですが、生と死が一日おいて来るのが、面白いではないでせうか。来年誕生日が来たら、私の新しく生まれる時がその翌日だったと思って下さい。ハハハ……」

ちなみに川野上飛曹と同じような発想をした特攻隊員がもう一人いるので紹介しておくと、神風特攻隊第六神剣隊の淡路義二一飛曹は、出撃前日、妹へこう書き残している。

「兄は五月八日に生まれて五月十日に死ぬ。肥立ちが悪くて二日目に死んだと思えばあきらめがつくと思ふ。……兄が死んだら三途《さんず》の川は今、舟が出ないさうだから、兄の沈めた敵艦で渡ろうと思ふ。あの世にエンマ様がゐたら、赤鬼青鬼集めて相撲とらう」

これも豪快な遺書である。淡路一飛曹は十九歳ながら、百戦練磨の猛者《もさ》に劣らぬ野太い神経をもっていたようである。

そして川野上飛曹は両親宛の遺書をつぎの一文で締めている。

「私は最後まで愉快に征きます。必ずや日本の仇は打ちます。特別攻撃隊神剣隊です。五月十一日午前中が私の死と思って下さい。今十日の夜九時です。明日二時半起床です。

では父上様、母上様、御元気で御多幸を御祈りして遠き処より守って居ます。さようなら」

また川野上飛曹は兄弟たちにも遺書を認めている。

「兄上外姉様、弟妹たちよ、元気で日本人として立派に暮して下さい。想い出は数々ありましたが、しかし何を言ったって唯《ただ》有難うの一言につきます。忠邦も特攻隊として、日本の国を手にかけんとする敵を滅しに征きます。男の最大の奉公です。身は砕けても、心は、精神は永久に生きます」

川野上飛曹は特攻を「男の最大の奉公」と理解している。この覚悟があれば、迷わず突入できたに違いない。そして川野上飛曹はこの兄弟宛の遺書をつぎのように結んでいる。

「本当に長い間有難うございました。もう時間は残り少いのです。最後の言葉として、父母様に孝行して下さいの一言です、私の為に」

親孝行ができぬというのが特攻隊員に共通した悲しみであるが、兄弟の多い川野上飛曹は、それを兄弟たちに頼むことで心の負担を軽くすることができた。そのぶんだけ存分に働けたはずである。悔いなく戦った者に詩情はあっても、後悔はない。

一路「ウルシー」へ「ウルシー」へ。入手する情報に吾人の士気はいよいよ上る。艦を薯《いも》刺しにせざれば止まぬ意気。生を享《う》けて二十数年、此の間に涵養された力を奮《ふる》う秋《とき》は近く到来す。

海軍中尉　仁科《にしな》関夫

回天特別攻撃隊・菊水隊、昭和19年11月20日、内南洋ウルシー泊地にて戦死、22歳

仁科中尉は黒木博司大尉とともに、人間魚雷回天の創始者として知られているが、黒木大

尉が回天の初訓練で殉職したのち、その遺志をつぐかのように回天の実用化に尽力し、ついに回天特別攻撃隊菊水隊を編成することができた。

十二基の回天と母潜三隻からなる菊水隊が、山口県の大津島基地を出撃したのは昭和十九年十一月八日であった。目標は、ウルシー及びパラオのコッソル水道に碇泊中の敵機動部隊で、攻撃日時は十一月二十日未明であった。

そしてウルシーに向かって進撃する母潜の中で仁科中尉が日記に認めたのが、闘魂あふれる冒頭の文章である。仁科中尉によれば、回天特攻は、

「考える程決して容易なるものに非《あら》ず。ただ神助を確信し、御稜威《みいつ》のもとに全力を傾注して始めて撃滅あるのみ。二十数年の精髄は瞬間の間に展開されるのだ」

ということであった。そしてウルシーに接近した十一月十六日、仁科中尉は日記にこう書き留めた。

「敵機動部隊ウルシー入港、吾人士気極めて旺盛」

そして同月十八日。

「ウルシー照射教練しきり。明後日の夢破らるるを御存じか」

そして回天発進当日の十一月二十日、仁科中尉は闘魂あふれる文章を綴っている。

「六尺褌《ふんどし》に、搭乗服に身を固め、日本刀をぶち込み、七生報国の白鉢巻を額に、黒木少佐(殉職後に進級)の遺影を左手に、右手には爆薬桿《かん》、背には可愛い女の子の贈物ふとんを当て、いざ抜き放った日本刀、怒髪天をつき、神州の曙を胸に、大元帥陛下の万歳を唱えて全

力三十ノット、大型空母に体当り」

おそらく仁科中尉は、この文章を弾むような心で綴ったことであろう。あと数時間で爆死する運命にありながら、仁科中尉は嬉々として残された時間を過ごした。軍人として最高の死処を得たという喜びが、仁科中尉にこういう悠然とした態度を取らせたのである。

また仁科中尉は両親宛の遺書も認めているが、それには回天については一言も書かれていない。回天は極秘兵器であり、その存在は一切他に知らせるなというのが、回天創始者としての仁科中尉の信念であり、たとえこの初出撃に成功しても、その戦果の公表は一切禁ずると、仁科中尉は関係者に命じていたのである。

したがってウルシーで手柄を立てても、仁科中尉の功名とはならないし、顕彰もされない。だが仁科中尉はそんな外面的な名誉よりも、実質的な勝利を望んだのである。その大事に比べれば、一個人が顕彰されるとか階級が特進するとかいうことは些事《さじ》にすぎないというのが仁科中尉の信念であり、これからも仁科中尉の軍人精神というものがいかに堅牢であったか理解できよう。

そして仁科中尉は遺書の中で、楠正成の故事を引用し、

「関夫儀、只《ただ》古人桜井の駅にいたり『更に残す一塊《いっかい》の肉』と嘆じたるその一塊の肉無きを遺憾、痛恨事と切歯の至り」

と両親に詫びるのであった。武人の本領、ここに尽きよう。虎は死して皮を残すといわれるが、特攻隊員は死してその名を不朽のものとする。

日本人の一人一人がくた〳〵になるまで努めなければ、此の戦に勝ち抜くことは出来ません。日本人はまだ〳〵余力があると思ひます。その余力がなくなる迄、頑張らなければならぬ時です。

海軍大尉　三橋謙太郎

神風特別攻撃隊・神雷桜花隊、昭和20年3月21日、南西諸島海域にて戦死、22歳

軍人は戦闘のプロであるから、いざ戦闘が始まったなら、「死してのち已《や》む」の精神でもって戦い抜かねばならない。不退転の覚悟こそが、戦局を挽回する曙光ともなる。いかに逆境に置かれようとも、闘魂を維持して戦機を待てば必ず逆襲のときが来るし、その日のために、あらゆる試練に耐えに耐えるのも軍人の努めである。『葉隠』にもあるように、

――能《よ》き事をするとは何事ぞといふに、一口にいへば苦痛《いた》さ忍《こら》ゆる事なり。苦をこらへぬは、皆悪《あ》しき事なり。

なのである。軍人たる者、逆境にあるならば、戦機の熟するまで耐えに耐えなければならないし、その耐えるという行為自体が悲壮美という軍人美の一角を構成するのである。

人間爆弾桜花特攻の隊員であった三橋大尉は、遺書ともなる弟妹宛の手紙にこう記している。

「こちらはその後、極めて元気で毎日猛訓練に精進致して居りますから御安心下さい。何と言っても敵米英の必死の反抗に対し、我等日本人も必死の戦ひをせねば、皇土を万代の安きに置くことは出来ません」

米英が「必死の反抗」をするかぎり、日本人が「必死の戦ひ」をせねばならぬことは自明である。戦争とは国家と国家がその存立の威信を賭けて正々堂々と戦うものである。対戦国の軍人が命がけで戦うことによって、人類の輝かしい歴史が作られてきたのであり、世界の歴史が究極的には戦争の歴史といわれるのもそのためである。戦争があるからこそ進歩があり、かつ国家や民族の独立自尊の誇りが確認されるということを、世界中の国々の軍人は信じて疑わなかった。

そこで三橋大尉はこう問題提起をする。

「昔の神風は人事を尽して天命を待つの賜物《たまもの》ですが、今亦《また》果して必ず皇土を守る神風があるか、勿論《もちろん》神国日本には、必ずあると思ひますが、それは人事を尽して上の事です。今の有様を反省して、もうこれ以上出来ないと言ふ域に達して居りませうか」

戦国武将・山中鹿之助は「憂き事のなほこの上に積もれかし　限りある身の力ためさん」と詠み、三日月に向かって、「我れに七難八苦を与え給へ」と祈ったが、平安を捨てて、敢えて苦難に立ち向かうところに、日本軍人の行動を根本的な部分で規範する武士道美というものが厳存するのである。それゆえ三橋大尉は「日本人の一人一人がくた〳〵になるまで努めなければ、此の戦に勝ち抜くことは出来ません」という冒頭の言葉を記したのである。

戦争とはある意味で、対戦国同士の我慢比べである。敵の攻勢がいかに強力であっても、我慢に我慢を重ねていれば必ず勝機がまわってくるし、勝機をつかんだなら、一気に攻勢をかける。それが戦争に勝つセオリーであることは、古今のあらゆる戦争が証明している。

そこで三橋大尉は、弟妹宛のこの書簡をつぎの文章で閉じるのである。

「今や敵は間近に我本土を窺《うかが》はんとして居ります。今こそ立つべき時です。茂夫も千恵子も、今こその意気に燃えて本分に邁進して下さい」

古来、武士は起つべきときに起ち、死ぬべきときに死ぬとされている。この武士道美学が、日本男子の行動を美しく爽快なものとするのであり、この武訓こそ三橋大尉の戦争哲学の基本であったといえる。戦いに生き、戦いに死す、戦闘者たる軍人はそれだけを考えればよい。勅語にいう「世論に惑はず、政治に拘《かかわ》らず」の精神こそ、軍人の生きざまを美しくするのである。

此の手紙を書いているうちにも敵機の襲来を見ました。痛憤《つうふん》やるかたなく奮激の極みであります。血は煮え立つ様であります。

海軍大尉　佐藤清

神風特別攻撃隊・第一護皇白鷺隊、昭和20年4月6日、沖縄周辺海域にて戦死、39歳

怒りを忘れたところに男子の堕落が始まる。怒りは男子の行動を支えるもっとも大きな力であり、怒るべきときに怒れぬ腰抜けは、しょせん日本男子の名に値しない。

佐藤大尉は、特攻隊員としてはとび切り年配の三十九歳である。だが、その士魂には烈々たるものがあり、遺書ともなる妻子宛の手紙には、まずこう記している。

「今更何を申すことがありませう。只管《ひたすら》天壌無窮、神州不滅を確信し、必死必中、誓って皇恩に報い、郷恩に応じ、家名の全《まつた》からんを欲し、驕敵撃滅の神機に投ずるのみ」

そして妻初枝に、

「後事は只々《ただただ》貴女様を信じ、何の言ふべき辞《ことば》もありません。御言葉の生れ出る赤ちゃんの名は左記は如何《いかが》。

男なら、佐藤勝利（カツトシ）

女なら、佐藤征子（セイコ）」

この命名からも、佐藤大尉の烈々たる武魂がうかがい知れよう。

そして大尉は子どもたちにこう書き残す。

「昌志よ、優子よ、そして未だ見ぬ腹中の子よ。父は神州男子として護国の大義に殉ずるのだ。必ず驕敵は撃滅せずにはおきません。お前たちはお母さんを中心に、兄妹仲よく助け合ひ導き合ひ、お父さんの志を心として必ず人に笑われぬ様な日本男子に、日本女性になって、強く正しく明るい人に育って下さい」

また大尉は別な手紙で、

「昌志や優子殿元気で、素直で立派な日本人に育っておくれ」
とも綴っている。子どもたちに対する大尉の思いは、「立派な日本人」になってくれとい
う一言に尽きる。これは、日本を心の底から愛すればこそいえる言葉である。しかもこれは
大尉にかぎったことではなく、当時の日本の親という親はみな、我が子が立派な日本人とな
ることを望んだ。「日本」という二字は、彼らにとってはかけがえのない夢であり、希望で
あり、勇気の源泉でもあったのである。

そして大尉の手紙は冒頭の「此の手紙を書いているうちにも敵機の来襲を見ました」とい
う奮激に変わり、さらに弾け出るような武魂をこう綴る。

「私と一緒に突込んで下さる部下の人々は迚《とて》も張り切って、既に準備万般《ばんぱん》整って居ります。元気な若々しい優秀な人達揃ひです。こんな立派な若い神鷲《かみわし》の先頭に立って、敵撃滅の矢面《やおもて》に立ち得た感激を貴女様も昌志も優子も感じとって下さい」

佐藤大尉は自分の死については何も語らない。そんなことよりも、祖国防衛の大任を託さ
れた特攻隊員として出撃することに最高の誇りを感じ、その誇りの中で散華することに喜び
を感じている。真男子とはこういうものである。そして佐藤大尉はこの遺書をつぎのように
結んでいる。

「妻よ子よ、必ず立派な遺族として起ち上って下さい。宮司のお父ふ様、お母あ様もお身を御大事に末長く天寿を全うされん事を神かけてお祈り申しますと共に、初枝や子供達の事をよろしくお願ひ申し上げます。

さらば皆々様、御一同御機嫌よろしく。左様なら」

男子にとって、大いなる義を前にしては、一身の安全などけし粒のようなものである。親のため、妻のため、そして子どもたちのために命を捨てることができるなら、まさに男子の本懐であり、佐藤大尉はその本懐を遂げんと、涼やかにその身を死地に投じていったのである。

〝特攻隊〟ソレハ我等ノミガ参加出来得ルモノナノダ。一度《ひとたび》機上ノ人トナルヤ、必ズ帰ラヌト決マッテヰル此ノ壮挙ヲ、日本人ナラデハ誰ガ出来得ヤウカ。

陸軍軍曹　若尾達夫

陸軍特別攻撃隊・第四三二振武隊、昭和20年5月28日、沖縄周辺海域にて戦死、22歳

十死零生の特攻とは、死してのち、護国の神となって靖国神社に祀られることを、男子最高の誉れとした日本の若者にして初めて為しえた世界史にも例のない壮烈無比の肉弾戦法であり、「日本人ナラデハ誰ガ出来得ヤウカ」という若尾軍曹の言葉はまったく正しい。

かねてより特攻隊員となることを念願していた若尾軍曹は、特攻隊員の要件をつぎのように日記に記している。

「一機一艦ヲ沈ムルモノ、実ニ特攻隊員ダ。体当リヲスル目的ノ為、唯己レノ技倆ヲ向上シ、精神修養ニ努メナケレバナラヌト思フ。人ガ五〇年カヽッテ修養スルモノハ、我々ハ其ノ半分ニモ満タヌ年ヲ以ッテ、完成セネバナラヌノダ。我々ノ一日ハ貴重ダ。後幾何《いくばく》モナキ我ガ命ヲ、此ノ世ニ汚点ヲ残スコトナク、潔ク散ッテ行カウ」

文末の「此ノ世ニ汚点ヲ残スコトナク、潔ク散ッテ行カウ」という一文に、若尾軍曹の特攻魂はすべてこめられているといっても良いであろう。

そして昭和二十年四月八日、若尾軍曹は特攻隊員に任命され、その喜びを日記にこう書き綴った。

「猛訓練ニテ、技倆ハ勿論ノコト、精神的ヨリ見タル覚悟ニモ、絶対ノ自信ガ湧然ト出来《いでき》タノデアッタ。〝絶対ノ自信〟之《これ》サヘ有レバ、何モ要《い》ラヌ。カネテヨリ、磨キニ磨イタル腕ヲ以ッテ、唯真直《まつすぐ》ニ何ノ躊躇《ちゆうちよ》スルコトナク、突込メバ良イノダ。我等ト生死ヲ共ニスル、四〇名ノ戦友モ明朗ダ。覚悟ノ程、頼母《たのも》シイ。俺モ負ケナイゾ」

共に死ぬ戦友がいるということで、若尾軍曹の戦意は大いに高揚している。戦友とはまさしく歌の文句にあるとおり、「血肉分けたる仲ではないが、なぜか気が合《お》うて別れられぬ」仲なのである。

やがて若尾軍曹は出撃待機の身となり、その感慨を日記につぎのように記している。

「我等特攻隊要員ハ、次ノ命令ヲ待ツベク、環境ノ整理ニ、亦《また》写真ヲ撮《と》ッタリ、『死』ヘノ準備ニ一日ヲ送ル。何時《いつ》果テルトモ分ラヌ身ヲ、コウシテ準備ガ出来テカラ、死ネルコトノ出来ルノハ、実ニ幸福ダト思フ」

そして五月二日、若尾軍曹の属する破邪特別攻撃隊に出撃命令が下った。その日、軍曹は「特攻ノ本領」という文章を書いている。

「特攻隊ノ本領ハ、生死ヲ超越シ、真ニ捨身必殺ノ精神ト、卓抜ナル戦技トヲ以ッテ、独自ノ戦闘威力ヲ遺憾ナク発揮シ、航行又ハ泊地ニ於ケル敵艦艇ニ驀進《ばくしん》衝突シ、之ヲ必沈シテ敵ノ企図ヲ覆滅シ、全軍戦勝ノ道ヲ開クニアリ」

要するに特攻とは、「全軍戦勝ノ道ヲ開ク」捨て石ということであり、この捨て石の精神を堅持できるか否かが、真の特攻隊員か否かの分かれ目でもある。そして若尾軍曹は両親宛に遺書を認めた。

「出撃の前夜。心は何時《いつ》もと少しも変らぬ平静です。自分の今の心境は唯《ただ》必沈あるのみです。今米鬼の攻撃を目の前に見て志気愈々《いよいよ》旺盛なり。

最後の飛びたつ飛行場は九州の最南西端知覧飛行場（実際は万世飛行場）です。此処《ここ》から六〇〇粁《キロ》飛んで沖縄へ行き、敵艦上に突込みます。勿論帰路のガソリンは有りません。

若し敵艦が見つからなかったならば、島でも、敵陣地でも敵の居る処に突込む覚悟であります。達夫は最後まで元気で御国の為に喜んで散華して行きます」

見事な闘魂といえよう。男子と生まれて、このような一大決戦に参加できる喜びの前には、己れの死など鴻毛の軽きに置くのが、日本軍人というものである。

明日は「敵機だ、空母だ、戦艦だ」の歌をうたひながら突入する考へです。小生あの晩から彼《か》の歌をうたひつづけです。機上でも、地上でも、本当によい歌です。

海軍中尉　中西達二

神風特別攻撃隊・常盤忠華隊、昭和20年4月12日、南西諸島海域にて戦死、22歳

軍歌、戦時歌謡ほど当時の国民に愛唱された歌はない。特攻隊の定番といえる『同期の桜』に『若鷲の歌（予科練の歌）』、国民を歓呼させた『出征兵士を送る歌』、学徒兵に熱唱された『あゝ紅《くれない》の血は燃ゆる』、そして荘厳な名曲『海征かば』、これらの歌がいかに国民を鼓舞したか図り知れない。

中西中尉は「敵機だ、空母だ、戦艦だ」を四六時中、口ずさみ、大いに闘志を喚起させたという。陸戦、海戦というのは、ほとんどの場合、あらかじめ開戦時刻というものがわかるが、空戦はつねに突如に始まるものであり、飛行機乗りは四六時中、精神の緊張を強《し》いられ、地上で待機のときであっても、油断は厳禁とされた。

まして空中にあるときは、一瞬の油断が死と直結するから、四方八方に警戒の目を向けなければならない。しかも単座戦闘機の場合は、たった一人の孤独にも耐えなければならない。そういう空中勤務者を鼓舞したのが、軍歌や戦時歌謡であり、誰もが中西中尉のように愛唱

歌を持っていた。

その中西中尉が烈々たる武魂を宣言したのが、四月九日に兵学校七十二期の同期生へ送ったつぎの遺書である。

「小生共、愈々《いよいよ》明日十日、菊水二号作戦の唯一の艦攻特攻隊として出撃します。飛行機の調子もよく、搭乗員の元気も上々です。我に天佑神助あり、必中疑ひなしです。キット空母に体当りします。列機をつれてゆきますので、必ず轟沈し得ると確信してゐます。戦果の発表を楽しみにしていてください」

だが中西中尉は決して、戦局を楽観していたわけではなかった。

「こちらに来て一層日本の危機を感じました。敵の物量は我々の考へてゐたよりずっとずっと凄いものです。まだ、敵の空母は約二十隻この近海に遊弋《ゆうよく》しています」

そして中西中尉は戦艦大和をはじめとした沖縄水上特攻隊が撃滅されて連合艦隊が全滅し、残された戦力は航空部隊しかないとしてこう記した。

「帝国海軍の最大の航空兵力は我々十航艦特攻隊と思はれます。それも既に十二連空は殆《ほと》んど底をはたいた有様です。残るは十一連空のみです」

さらに中西中尉は、「陸軍特攻隊は殆んど頼みになりません」という。それは陸軍部隊は海上航法が未熟で、九州から沖縄まで確実に飛行できる操縦士が少ないという理由による。

そのため本土防衛には、日本に残された最強の航空部隊である第十航空艦隊を、全機、特攻隊として出撃させねばならぬと中西中尉は考えるのである。

「敵を九州に上陸させては皇国は滅亡すると思はれます。これを喰い止めるものは、兄等《けいら》十二連空の残存部隊だと思います。どうか兄等益々自重されて、とき到らば必ず、莫大なる敵を撃滅されんことを願ひます。小生、一足先に地獄に赴き、兄等の奮戦を楽しみに待ちます。では呉々《くれぐれ》もごきげんよう。後を願ひます」

中西中尉はこの三日後の四月十二日に特攻散華しているが、そのころ軍上層部では、航空艦隊の全機特攻どころか、一億玉砕、一億総特攻という馬鹿げたスローガンを打ち出した。戦争は戦闘を本領とする軍人が行なうから、絵にもなるし詩にもなるのであって、一億玉砕や一億総特攻などをスローガンとして、無辜《むこ》の国民を戦場に引きずり出すなど、軍人にあるまじき愚行、蛮行であり、このような発想をすること自体、軍人失格である。国家が国民によって成り立っているという国家成立の根本原理を知らぬ、そのような愚人、狂人には、国家と国民のために我が身を犠牲にして散華した特攻隊の若者たちの爪の垢を煎じて呑ませるほかない。

作戦に参加するともなれば、もとより一死奉公、生還もとより期し難いものあり。私が潔ぎよく散りましたならば、何卒《なにとぞ》定義よくやったとほめてやって下さい。……命令一下、男として見事散る決心です。

海軍少尉　土井定義

神風特別攻撃隊・第五七生隊、昭和20年4月29日、沖縄周辺海域にて戦死、23歳

国家の危急存亡の秋《とき》に闘魂をたぎらせるのが、戦闘者たる軍人の本領である。それゆえいくら学問があって諸知識を身につけていようとも、闘魂を失えばもはや軍人とはいえない。土井少尉も戦局の逼迫《ひっぱく》を知って、朝鮮元山から家族へつぎのような手紙を送っている。

「いよいよ戦争も大事。本土に火がつき、私達もじっとしていられません。多分近い将来命令も下ると存じますが、或《あるい》は此の手紙のつく頃、進撃命令が出るかも知れない程、身近に迫って居ります」

そこで冒頭の一死奉公、生還を期せずという壮烈な言葉となるのである。土井少尉は、「命令一下、男として見事散る」と決心する。この国家の命令には絶対に従うというところに、軍人の本領があり、男のロマンがある。この当時、飛行機乗りに下される命令とは特攻出撃であり、まさに「命令一下、死にゆく我れは」ということになる。戦いに命を賭ける男にとって、これほどのロマンはあるまい。そして特攻隊の若者たちはこのロマンに自らの意志で殉じていったからこそ、特攻には馥郁《ふくいく》とした詩情が流れ出るのである。そして土井少尉はこうつづける。

「思い出せば、短い様で長かった生活でした。又長い様で短い生活、今の心境は何の未練もありません。只《ただ》御両親はじめ皆様が末永く生きられ、私達のきずく勝利をよく御覧下さいます様に。万一の事があり、荷物がつくも決して慌《あわ》てず、立派なものもありますから処置して

下さい。衣は美智子の平素衣に、日本刀と短刀は決して身離さずに御持ち下さい」――そして土井少尉は烈々たる武魂を明らかにする。

「今は実に朗らかです。早く戦争に行きたいものです。尚《なお》私の荷物は遺品等と云はず、散った後も南の空で毎日戦って居るものと思って下さい。とにかく元気一杯戦って死んで参ります」

日本軍人の見事さはここにある。敵がいかに強大であろうとも、「早く戦争に行きたいものです」といい、「元気一杯戦って死んで参ります」と断言する。武士に二言なしとあるように、土井少尉も力の限りに戦い、立派に死んだに違いない。かく戦い、かく死んでこそ日本男子である。その人生が一編の詩になる者を英雄というが、特攻隊の若き勇士たちはすべからく英雄であった。

祖国日本のために──我等の屍によって祖国が勝てるなら満足だ

私は日本をほんとうの意味の祖国として郷土として意識し、その清らかさ、高さ、尊さ、美しさを護るために死ぬことができるであろう。

海軍中尉　林憲正

神風特別攻撃隊・第七御楯隊、昭和20年8月9日、本州東方海域にて戦死、25歳

学徒動員で海軍に入隊した林中尉が初期教育中に痛感したことは、「我々に明日はない。昨日もない。ただあるものは今日、否、現在のみ!」ということであった。学徒兵が本格的に訓練に入ったのは昭和十九年早々であったが、当時、日本の敗勢は明らかであり、その敗勢を挽回する最大の戦力が学徒兵であることは、自他共に認めるところであった。それゆえ林中尉自身も、只今現在に全力を尽くすことを己れ

に誓ったのである。

そして中尉は日本の軍人であるかぎり、人間的にも美しくなければならぬとして、「無法松の一生」という映画を見た感想をつぎのように記している。

「人間の美しさというものは、身分とか地位或いは衣服、化粧等、さらには学問とかいうものによってではなく、その人間のこころの美しさであることをしみじみ知るであろう。ほんとうに美しい人間とは『松』（映画の主人公）のごときであるかもしれない」

そして林中尉は、見事な軍人として大谷恒太郎中尉の名をあげる。

「今朝の整列のとき、隊長は大谷中尉の血書を示された。ハンカチに『特攻隊死願大谷恒太郎』と書き、日の丸が真中に染められてあった。まだ生々しい血の色であった。たぶん、先日の特攻隊編成のときのものであろう。頭が下がる」

昭和二十年二月、林中尉は新鋭機流星の搭乗員に選ばれ、その感激を日記につぎのように書きつけた。

「お母さん！　私のクラスの者五千人の中で新鋭機『流星』に乗るのは私と池浦中尉が第一番目です。この名誉をよろこんで下さい」

そして林中尉は祖国日本を思う。

「私は郷土を護るためには死ぬことができるであろう。私にとって郷土は愛すべき土地、愛すべき人であるからである。私は故郷を後にして故郷を今や大きく眺めることができる。私は日本を近い将来に大きく眺める立場となるであろう。私は日本を離れるのであるから」

そして林中尉は「そのときこそ」として、冒頭の文章を綴るのである。中尉にとって祖国日本とは、清らかさ、高さ、尊さ、美しさの象徴であり、その祖国日本を護ることこそ軍人の本懐と思いきわめたのである。

昭和二十年の真夏の盛りの七月三十一日、林中尉は特攻出撃を待望しつつ、日記にこう記した。

「昨夜身につけるものもすっかり更《か》えた。母上の送って下さった千人針も腹につけた。国立の小母様の下さった新しい純白のマフラーも用意した。私の身の廻りにある最上等のものを身につけたわけである」

八月三日、石野という少尉の搭乗機が東京湾に墜落した。

「悔みてもあまりあることだ。あの日、敵機動部隊が来ておれば、彼は俺とともに出撃し、その若き祖国愛に燃ゆる生命をもって米空母一隻を轟沈せしめたであろうに……」

そして中尉は、

「快晴の夏がつづいて俺は未だ生きている」

と記した。だが六日後の八月九日、ついに中尉に出撃命令が出た。中尉は日記の最後のページにこう書き残した。

「敵機動部隊が本土に近接して来た。一時間半後に、私は特攻隊としてここを出撃する。秋の立った空はあくまで蒼く深い。

8月9日！　この日、私は新鋭機流星を駆《か》って、米空母に体当りするのである。

御両親初め皆様さようなら。

戦友諸君、ありがとう」

大東亜戦争が終わったのは、それからわずか六日後のことであった。


我が故郷よ、無尽の幸あれ。そして生れくる国の子供等をいつまでもいつまでも育《はぐ》くんでくれ。我がふるさと人よ、いつまでもいつまでも純粋であってくれ。

海軍少尉　小久保節弥

神風特別攻撃隊・隊名不明、昭和20年4月16日、南西諸島海域にて戦死、22歳

特攻隊の若者たちが出撃に際して、まず心に浮かべるのは、自分を育んでくれた両親や祖父母であり、共に遊んだ兄弟姉妹であり、次いで自分が生まれ育った懐かしい故郷の山河である。たとえば小久保少尉の遺書はつぎのように始まっている。

「我が御両親は慈悲深き御両親であった。今にして想えば不孝の数々慚愧《ざんき》にたえぬ。二十有余年のあいだ、かくも立派に育てて下さった御両親、誠にありがとうございました。私は日頃父上の言われる大義に生きます」

つぎに「祖母様」として、小久保少尉はこう記す。

「長いあいだわがままを言い、しかも祖母様は何でもはいはいときいてくれました。どうか御健康に注意されていつまでもいつまでも御無事にお暮し下さい」

弟妹に対しては、少尉はこう記している。

「弟に対してはもっともっと兄らしくしてやりたかった。しかし、彼も今は立派な軍人たるの訓練を受けている。俺のいう誠を忘れずに軍務に励むよう祈る。弟の武運長久を祈る」

「妹よ、あくまでも御両親に孝養をつくしてくれ。末女のお前をおいて御両親を看てくれと頼む者はほかにない。純情で誠をもって世を渡れ。健康に注意されたし」

どの文章をとっても、家族へのあふれるほどの愛情がひしひしと伝わってくる少尉の遺書である。そして話題は故郷の美しい山河におよぶ。まず少尉は万感の想いをもって、

「我が故郷の何と美しきことよ」

と綴り、さらにこうつづける。

「四季とりどりの花は咲き、鳥は歌い、山あり、海あり、太平洋の雄大なあの土用波の光景が眼にうかぶ」

この美しい光景の中に、小久保少尉の幼年期、少年期の想い出はすべてこもっているのである。

「椿は咲く、紅い花が咲く。その下で図画を書いたこともあったっけ。えのぐ筆をなめなめ稚《つたな》い絵を書いた。或《ある》いは夕野田に鮒釣《ふなつり》に行った。稲を荒して叱られたこともあったっけ」

死にゆく若者の瞼の底には、故郷の美しい光景がつぎつぎと浮かんで来たのであろう。

「海！　そのもつひびき、何と雄々《おお》しきことよ。幼時より海辺に育ち、真に偉大なる海に親しむことができた。ドンとうつ波の音は太古より未来永久につづくであろう」

そこで冒頭の「我が故郷よ、無尽の幸あれ」という一節になるのである。この美しい故郷の山河を守るために小久保少尉は戦う。それはまた愛《いと》しい家族を守るための戦いであり、その戦いは少尉にとっては、自分の命を捨ててかかるだけの意義が十二分にあったのである。

美しきわが愛する祖国の山河。俺を愛し温《あたた》めてくれる人々。それらを守るべく、俺は全力を奮《ふる》おう。

海軍少尉　小森寿一

神風特別攻撃隊・隊名不明、昭和20年1月15日、ルソン島周辺海域にて戦死、23歳

小森少尉は学徒動員で海軍に入り、霞ヶ浦航空隊に配属された。そこでの訓練は過酷をきわめ、死傷者が続出した。少尉は訓練中に死亡した者を初めて見たときの恐怖を、友への書簡でつぎのように記している。

「ある日、霞ヶ浦航空隊の一機が土浦に不時着して火を発し、風防が開かず、俺たちの見ている前で搭乗員はことごとく惨死した。なすべき術《すべ》もなく手を束《つか》ねて見ている俺たちには、のた打ち回る搭乗員の姿がありありと見えたし、その叫び声も耳を打ったように思う」

この凄惨な光景を見てから、少尉の死生観は大きく変わったという。当初、少尉が描いていた死とはつぎのようなものであった。

「若い搭乗員たちは、戦場で出撃相次ぎ、肉体的苦痛が最高度に達すると、死がたまらない魅力になり、進んで死地につきたがるそうだ。俺の安心立命も、多くの理論の粉飾を除けば、実はこの程度の安易なるものであった」

この頃の少尉は、死に対してさしたる恐怖感も緊張感も持っていなかったということである。しかも現実の死というものを見ていないから、死ぬということも観念的にしか捉えることができなかった。だが事故死の現場を見て、少尉は「自己の生死観の再検討を余儀なくされた」という。

「正直に言ってまず死は、従来よりはるかに怖く、厭《いと》うべき存在となった。祖国への奉仕は、かくも呪うべき死をも賭《と》さねばならぬのであるか」

少尉はまずこう問題提起して、個人と国家の問題を考える。

「問題は必然に、個人と国家の相関存在状態の根本理念の考察に移った。換言すれば、死を多少ロマンチックに見て『捨身の美しさ』などと言っていたのが、厳しき現実の死に直面して再反省を促されたのだ」

だが小森少尉がそういう観念的な思考に時間を費やしている間にも、戦局は日に日に緊迫し、悪化していった。そして敵が日本の絶対国防圏に侵攻し、サイパンが玉砕すると、少尉は、死に対する小難《こむずか》しい理屈づけよりも、

「祖国への全力的な献身は必然的に死を齎《もた》らす」

というごく単純な結論に達し、

「運命に押し流されつつ、あえてその運命を試みん」

という決意を固め、冒頭の言葉にあるように美しい祖国の山河とそこに住む愛しい人々を守るために、全力を尽くして戦おうという覚悟を固めたのである。そして少尉は友への書簡にこう記した。

「その前程《(ママ)》に快き捨身の道あらば、それを辿《たど》ろう。厭《いと》わしく呪うべき死あるも、また止むを得ない。万一僥倖《ぎょうこう》あらば、また君と歓談し、痛飲する機もあろう。俺は今そんな気持でいる」

男子なら戦いを避けて通ることはできない。まして戦争である。男は男らしく戦うほかない。小森少尉は自分の生死のことよりも、祖国の山河とそこに住む人々を守ることを優先した。戦いを放棄すれば、確かに命は永らえることができよう。だがそんな命にどれほどの価値があるのか。人間の命は何よりも尊いが、真に尊いのは、自分のためにではなく、人の命を救うために自分の命を使うことだと小森少尉は確信したのである。

そしてその象徴的行為が特攻であり、特攻隊の若者たちは、人の命を救うことのみを考え、敢えて自分の命を捨てにかかったのである。この崇高な精神を思い合わせれば、特攻隊を批難する資格など誰にもない。

日本は危機にある。それは言うまでもない。それを克服し得るかどうかは疑問である。しかしたとえ明日亡びるにしても、明日の没落の鐘が鳴るまでは、我々は戦わねばならない。

海軍少尉　林尹夫《ただお》

海軍美保航空隊、昭和20年7月28日、九州南方海域にて戦死、24歳

学徒出陣（注、海軍第十四期飛行予備学生）で海軍に入った林少尉は、軍隊の精神偏重主義にはつねに批判的であった。

「我々は、自由を保持するため戦う。それに死することを光栄とする。僕の今は、我々の民族の保全のために戦うという気持はあっても、また体力を作り、技を練り、有能な軍人たらんと欲するが、しかしどうしても優れた軍人精神の所有者たらんとはそう望まない。我々は自己の精神的風土を捨てることを拒む」

林少尉は「有能な軍人」になりたいとしつつも、「優れた軍人精神の所有者」であることは望まない。当時の軍人として、これは大変ユニークな思想といえるが、おそらく少尉の内面では、独立自尊の自我が確立していたのであろう。それゆえ林少尉は日記にこう書き留めている。

「とにかく孤独でも、なお一人強く生きてゆきたいのだ。一人で生きて、そして一人だけに

終わらぬ意味を作りだしたい」

　またこうも記す。

「何よりも大切なのは、目をそこなわぬということである。俺は一流の偵察将校にはなりたいから。精神の高揚に生きよ、すべからく」

　そして戦局が悪化してゆくなかで、林少尉は「歴史の捨石」ということを考える。

「戦争の大なる変化の中に多くのものが亡びる。それはやむを得ない。社会的に、否、世界史そのものの性格上やむを得ぬ犠牲であろう。しかし一個の人間が無価値なる虫ケラのように押しつぶされてゆく事実は、果して必然であっただけですむのであろうか。俺は、かかる事態は必然であるとは思う。日本の興亡、その故の犠牲、やむを得ざる歴史の捨石ということは真実だ」

　人は誰でも祖国をもつし、祖国には必ず歴史がある。それゆえ、どういう理屈を並べたてても、人は祖国とその歴史からは離れられず、逆に祖国の歴史の最後の一人として、現在を生かされているのだと自覚することによって、揺るぎない祖国愛が生まれる。

　この祖国愛というのはイデオロギーとはまったく別なもので、冒頭の文章にあるように「日本は危機にある」と自覚したなら、何はさておき、「我々は戦わねばならない」というのが真の愛国心なのである。

　それゆえ林少尉は、

「歴史を恨み得ぬと考える以上、いたずらな泣き事を捨てよう」

と前置きして、さらにこう記す。

「そしてたとえ現代日本は実に文化的に貧困であろうとも、それがよき健全なる社会でなかろうとも、欺瞞《ぎまん》と不明朗の塊《かたまり》であろうとも、我々日本人は日本という島国を離れて歴史的世界を持ち得ぬ人間であり、我々はこの地盤が悪かろうとも、しかもそれ以外に我々の地盤はなく、いわば我々は我々の土壌しか耕せぬ人間であると考える以上、俺は泣き事を言ってはならない」

人が人を好きになるのに理屈はいらない。好きだから好きで十分なのである。同じようによい所も悪い所も全部ひっくるめて国家に傾倒する心が真の愛国心というものであり、この心を持ったかぎり、林少尉のいうように何が起ころうとも泣き事を言ってはならず、国家が危急存亡の秋《とき》にあったなら、全力を尽くして国に仇なす敵と戦わなければならないのである。

当時、学徒に愛唱された「あゝ紅の血は燃ゆる」の歌詞に、

「花も蕾《つぼみ》の若桜　五尺の命ひっさげて　国の大事に殉ずるは　我等学徒の面目ぞ」

とあるが、この心映えこそが、日本男子の生きざまを美しくするのである。

空こそ男の征くところで、空に勝つものが戦《いくさ》に勝つものであります、大義に殉じて潔く死んで行けるのは、実に男子の本懐であります。

海軍少尉　石塚隆三

神風特別攻撃隊・第一神雷爆戦隊、昭和20年6月22日、南西諸島海域にて戦死、25歳

よほど勇敢な人間を除けば、闘志というものは我が内なる心に自らかきたてるものである。戦場で敵を見つけたら、その敵を不倶戴天《ふぐたいてん》の仇と思わなければ、個人的には恨みもつらみもない敵を殺せるものではない。

学徒出陣した石塚少尉は、自分の闘魂がいかに培われたかを家族宛の手紙でつぎのように記している。

「顧みれば、早くも軍隊にきて足かけ三年（正味は実は短いのでありますが）になります。入隊当初は、いきなりの環境の大きな変化にいささかたじたじ致しました。しかしながら少し馴《な》れてくるに従って、無理を通すのが、かえって男らしさを感ずるまでになって参りました。そして自分ながら今日まで、実に正しく歩んで来たことを、我とわが身に誇るのであります」

そして石塚少尉は、軍隊生活のメリットをつぎのように述べている。

「考え方によっては、厳正な規律づくめの軍隊生活は窮屈にも思われますが、よい試練と瘦《やせ》我慢《がまん》でも押し通すのは、何か男らしいものを感じて愉快なものです。〝男らしさ〟と〝瘦我慢〟この両者は一脈相通ずるものがあります」

軍人の仕事の前提は死の恐怖に耐えることである。この恐怖を克服しなくては、戦場で敵と命のやり取りなどできるものではない。かの武士道教本『葉隠』も、

——武士は命を惜しまぬに極《きわ》まりたり。

といい、

——勇は歯噛みなり。前後に心付けず（後先のことを考えず）、歯噛みして踏み破る迄なり。

といっている。痩せ我慢こそ、勇気の源泉といえるのである。それゆえ少尉はこうも記す。

「毎日の生活を苦しいと思えば思うほど、それは味気ないものと思われるのですが、私はこの肉体的に、また精神的にいわゆる苦痛と思われるものを歯を喰いしばって克服することに、唯一の満足を見出して参ったのです」

『葉隠』の言葉でいえば、

——武士たる者は、二十八枚の歯を悉《ことごと》くかみ折らねば、物ごと埒《らち》明かず。

ということになる。そして石塚少尉は己れの心身を鍛えることの喜びをこう記す。

「人間の本能たる競争心と簡単に片づけるかもわかりませんが、他人に負けずに頑張ってゆくことはちょっと愉快です。ピュリタン（清教徒）の如く、自分のともすれば走り勝ちな本能、欲望を打ち殺し、これと戦って頑張り通すことは、かえって楽しいことです。そして今まで、よくわが身をこの試練台の上に載せて参ったのであります」

戦さの庭に立つにはそれなりの鍛練が必要であり、ことに飛行機乗りには他の兵科にはない専門技術と強靱な精神力が求められる。そしてその技術や精神力を身につけたとき、待ちうけているのは戦場における激烈な戦闘である。そしてその日が間近に迫っていることを確信する石塚少尉は、家族への手紙の末尾にこうつけ加えた。

「花と砕ける日も間もないことと思いますが、いまだ軍隊生活の日なお浅い私は、最後の日まで軍人としての人格完成に努力して参るつもりであります。二度と皆様にお会いする機会もございません。しかし私は、以前の私よりは確かに強くなりました。そして喜んで、大君にこの命を捧げております。どうか私だけでなく、皆様も更に強くなられますよう切に祈って止みません」

人間は死ぬその時までは努力をつづけるべきなのであろう。そして死ぬまさにその時には、全力を尽くして立派に死ぬ努力をする。特攻隊の若者たちにとっては、それが最高の生き甲斐であり、また死に甲斐でもあったのである。

祖国敗るれば、親も同胞も安らかに生きてゆくことは出来ぬのだ。我等の屍によって祖国が勝てるなら満足ではないか。

海軍少尉　久家《くけ》稔

回天特別攻撃隊・轟隊、昭和20年6月28日、マリアナ東方海域にて戦死、22歳

戦争で軍人が死ぬのは宿命であり、民間人が犠牲になるよりはるかにましである。それに軍人にとって戦場での死は名誉でこそあれ恥ではない。戦死とは戦場において敵に殺される

ことであり、それ自体は戦争の一つの帰結であり、立場が違えば敵を殺していたかもしれない。いわば殺すか殺されるかが戦争の実相であり、その善悪を論じても意味はない。なぜならば戦争自体が絶対的な悪だからである。

そして悪と知りつつも、祖国を守るためにいつの時代もどの国においても、軍人は力の限りに戦う。それが善悪を超越した軍人の宿命であり、かつ使命なのである。それゆえ久家少尉は手記にこう記す。

「俺等は、俺等の親を、兄弟を、姉妹を愛し、同胞を愛する故に、彼等を安泰に置かんがためには、自己をも犠牲にせねばならぬ」

私利私欲のために戦争をする者はいないから、無私の精神、無償の奉仕をもって、軍人は戦争を遂行することになる。当然、そこで要求されるのは自己犠牲の精神であり、この精神の強弱で軍隊の実力も決定される。

大東亜戦争下、圧倒的な物量を誇る米英軍に、日本軍将兵があれほど善戦できたのは、この自己犠牲の崇高な精神が、陸海軍全軍の将兵にみなぎっていたからに他ならない。米軍と同じ武器弾薬を手に堂々と四ツに組んで戦ったなら、決して負けはしなかったというのが、日本軍将兵に共通した認識であり、日本軍将兵の比類なき敢闘精神は、戦場で実際に日本軍と銃火を交えた連合軍兵士が誰よりも知るところであった。

日本軍将兵は何よりも日本という国を愛していた。愛しているからこそ、国を守るために我が身を犠牲にすることをいささかもためらわなかった。それでなければ万余の若者が自ら望んで特攻隊を志願した理由がつかない。

久家少尉が記したように、「祖国敗るれば、親も同胞も安らかに生きてゆくことは出来ぬのだ」という思いが誰の胸にもあり、またそれが若者の至純の魂に直接作用して、「我等の屍によって祖国が勝てるなら満足ではないか」という尊い自己犠牲の精神を喚起し、ついに特攻隊の出現となり、彼らは祖国と同胞のために力の限りに戦ってくれたのである。

久家少尉は回天特攻隊として三度出撃したが、二度は艇の故障のため発進できず、三度目でようやく念願の特攻散華ができた。そしてその三度目の突撃直前、少尉は「基地隊の皆様へ」として、つぎのような遺書を残している。

「艇の故障でまた三人が帰ります。いっしょにと思い仲よくしてきた六人のうち、私たちだけ三人が先に征くことは、私たちとしても淋しいかぎりです。みなさんお願いします。園田、横田、野村、みなはじめてではないのです。二度目、三度目の帰還です。……この三人だけは直《す》ぐまた出撃させてください。最後にはちゃんとした魚雷にのってぶつかるために涙を呑んで帰るのですから、どうかあたたかくむかえてください。お願いします」

そして久家少尉はこの遺書を、

「先に行く私に、このことだけがただひとつの心配ごとなのです」

という一文で締めている。かつての久家少尉も生きたくて生還したのではなく、艇の故障で泣く泣く生還したのである。そのため先に征った戦友にすまぬという慚愧《ざんき》の念に打たれつづけた。これが日本男子の心性の美しさであり、この哀切な真情が理解できなければ、日本精神史に占める特攻の意義はついにわからない。

私ハ笑ッテ敵艦ニ体当リヲ致シ、皇恩ノ万分ノ一ニモ御報《オムクイ》スル覚悟デス。日本人ト生レタコトヲ今日程有難ク思ッタコトハ有リマセン。

海軍少尉　海田茂雄

神風特別攻撃隊・第一護皇白鷺隊、昭和20年4月6日、沖縄周辺海域にて戦死、22歳

国を愛する心は、国に感謝する心から生まれる。国に感謝する心の根本は、自分を生んでくれた両親と自分を育《はぐく》んでくれた故郷の山河に感謝の念を捧げることに尽きる。この心を持たない者は、世界中のどこの国を探してもおるまい。いわば戦争とは、この愛国心と愛国心の戦いでもある。

たとえ物理的に戦争に勝ったとしても、愛国心のなき勝利は、歴史の長いスパンで見れば本質的な勝利とはいえない。逆に物理的に戦争に負けたとしても、国民に愛国心があるかぎり、真の敗北にはならず、その国家と国民は必ず再興する。国家の興亡を考えるとき、愛国心とはそれほど重要な概念となるのである。

海田少尉はこの愛国心を人一倍濃厚に持った軍人であった。そして少尉は出撃直前、特攻基地串良《くしら》で両親宛につぎの遺書を認めていた。

「私此度《このたび》特別攻撃隊和気部隊護皇白鷺隊ノ一員トシテ攻撃ニ参加致ス事トナリマシタ。愛機ト共ニ敵艦ニ散ル、武人ノ本懐之ニ過グルハ無シト心ヨリ満足シテ居リマス。人生二十三年、思ヘバ何一ツ御恩返シノ出来ナカッタ私デハアリマシタガ、モトヨリ国ニ捧ゲタ体、笑ッテ私ノコト御許シ下サイ」

日本人が日本に生まれたかぎり、日本人であることを否定することはできないし、その祖国日本が滅亡の危機にさらされたなら、国家防衛のために銃を手に起ちあがるのが男子の本能というものである。皇統連綿、三千年の長きにわたって流れつづけてきた日本人の血は、国家が危急存亡の秋を迎えれば、自《おの》ずから奔騰する。元来、民族の血というものはそういうものであり、この祖国累卵の危機に遭遇して身内《みうち》に熱い血汐がたぎる者を真正の日本男子という。古来、武士は起つべきときに起ち、死ぬべきときに死ぬ、といわれるのも、そのゆえである。

海田少尉は自分を「モトヨリ国ニ捧ゲタ体」という。一度捧げた体なら、捧げ尽くすのが人の誠というものであり、海田少尉も国家百年の大計のためにその身を捨て石とすることに毫《ごう》も疑問を抱かず、

「戦ハ益々重大時期ニ突入致シマシタガ、私ハ皇国ノ必勝ヲ信ジテ居リマス。後ニ続ク者ヲ信ジテ居リマス」

と記して、冒頭の「私ハ笑ッテ敵艦ニ体当リヲ致シ、皇恩ノ万分ノ一ニモ御報スル覚悟デス」という壮烈な文章を綴るのである。

しかも少尉は、「日本人ト生レタコトヲ今日程有難ク思ッタコトハ有リマセン」という。祖国とそこに暮らす多くの国民の幸福のために死ぬことができれば、男子にとってこれほどの痛快事はなく、そこに見果てぬ夢と詩情を見るのが男のロマンというものである。

どの民族もどの国家も、全力をあげてその民族、その国の発展をはかってこそ人類の歴史に進歩があるのだと思う。あくまで、積極的に戦いぬくべきだと思う。

海軍少尉　佐々木八郎

神風特別攻撃隊・第一昭和隊、昭和20年4月14日、南西諸島海域にて戦死、23歳

学徒出陣で海軍へ入った佐々木少尉は、大変リベラルな考えの持ち主であった。たとえば佐々木少尉は正と不正について、手記にこう記している。

「正しいものには常に味方をしたい。そして不正なもの、心驕《おご》れるものに対しては、敵味方の差別なく憎みたい。……単に国籍が異るというだけで、人間として本当は崇高であり美しいものを尊敬する事を怠り、醜い、卑劣なことを見逃すことをしたくないのだ」

これはきわめてヒューマニスティックな考えといえよう。現代なら訳知り顔の反戦主義者が口にしそうな言葉である。だが彼らと佐々木少尉のもっとも違う点は、祖国防衛のために

佐々木少尉はもっとも死ぬ確率の高いといわれた海軍航空隊に自らの強い意志で志願したということである。口舌の徒と実践者はここがまったく違う。

佐々木少尉は自ら飛行機乗りを志願した理由をこう述べている。

「この世に生れた一人の人間として、偶然おかれたこの日本の土地、この父母、そして今までに受けて来た学問と、鍛えあげた体とを、一人の学生として、それらの事情を運命として担《にな》う人間としての職務をつくしたい、全力をささげて人間としての一生をその運命の命ずるままに送りたい、そういう気持なんだ」

佐々木少尉は日本に生まれたという運命を敢然と受け容れた。日本に生まれ、日本人として育ちながら、日本と日本人を卑下し貶《おとし》める自虐的な生き方は、佐々木少尉の取るところではなかった。それゆえ佐々木少尉はこう語る。

「お互いに、生れもった運命を背に担いつつ、お互い、それぞれにきまったように力一ぱい働き、力一ぱい戦おうではないか。そんな気持なのだ。つまらない理屈をつけて、自分にきまった道から逃げかくれする事は卑怯である。お互いに、きまった道を進んで、天の命ずるままに勝敗を決しよう」

これはきわめて潔く男らしい考え方であり、思想云々《うんぬん》の前に卑怯を何よりも嫌う佐々木少尉の男性的気質が濃厚に出ている。そして少尉はさらにこう語る。

「お互いがお互いにきまったように全力をつくす所に、世界史の進歩もあるのだと信ずる。一箇の人間として、どこまでも、人間らしく、卑怯でないように、生きたいものだと思う」

またこの考えは、捨て石の精神とも密接なつながりがあり、佐々木少尉はその点をつぎのように述べている。

「世界が正しく、よくなるために一つの石を積み重ねるのである。なるべく、大きく、据《すわ》りのいい石を、先人の積んだ塔の上に重ねたいものだ。不安定な石を置いて、後から積んだ人のも、もろともに倒し、落すような石でありたくないものだと思う」

見事な捨て石の精神である。これは、自分の死が祖国の未来のための礎《いしずえ》になるなら、たとえその身が滅びてもいささかも悔いるところはないといった強靭な精神によって支えられており、佐々木少尉の思想の堅牢さがここからもうかがえる。そして少尉はこう結論する。

「出来る事なら我らの祖国が新しい世界史における主体的役割を担ってくれるといいと思う。また我々はそれを可能ならしめるように全力を尽さねばならない」

佐々木少尉にとって、日本に生まれたことは運命であり、その祖国日本を偉大ならしめるためには、定められた運命の中で、日本人一人一人が正々堂々と全力を尽くして戦い抜かねばならぬとするのである。

主要引用文献＊『雲ながるる果てに』白鷗遺族会編　河出文庫＊『海軍特別攻撃隊の遺書』真継不二夫編　KKベストセラーズ＊『あゝ同期の桜』海軍飛行予備学生第十四期会編　毎日新聞社＊『知覧特別攻撃隊』村永薫編　ジャプラン＊『群青』知覧高女なでしこ会編　高城書房出版＊『万世特攻隊員の遺書』苗村七郎編著　現代評論社＊『今日われ生きてあり』神坂次郎　新潮文庫＊『恩愛の絆断ち難し』河内山譲　光人社＊『父へ、母へ、最後の手紙』辺見じゅん　角川文庫＊『妻よ、子どもたちよ、最後の祈り』辺見じゅん　角川文庫＊『妹へ、弟へ、最後の詩』辺見じゅん　角川文庫＊『いざさらば我はみくにの山桜』靖国神社編　展転社＊『父上さま母上さま』神社新報企画編　神社新報社＊『十八歳の遺書』大野景範　昭和出版＊『きけわだつみのこえ』日本戦没者記念会編　岩波文庫＊『神風』ベルナール・ミロー　早川書房

単行本　平成十九年十一月「特攻隊語録 命のことば」改題　光人社刊

NF文庫

特攻隊語録

二〇一七年九月十九日 印刷
二〇一七年九月二十三日 発行
著 者 北影雄幸
発行者 高城直一
発行所 株式会社潮書房光人社
〒102-0073 東京都千代田区九段北一-九-十一
振替／〇〇一七〇-六-五四六九三
電話／〇三-三二六五-一八六四㈹
印刷・製本 図書印刷株式会社
定価はカバーに表示してあります
乱丁・落丁のものはお取りかえ致します。本文は中性紙を使用
ISBN978-4-7698-3028-3 C0195
http://www.kojinsha.co.jp

NF文庫

刊行のことば

第二次世界大戦の戦火が熄《や》んで五〇年——その間、小社は夥しい数の戦争の記録を渉猟し、発掘し、常に公正なる立場を貫いて書誌とし、大方の絶讃を博して今日に及ぶが、その源は、散華された世代への熱き思い入れであり、同時に、その記録を誌して平和の礎とし、後世に伝えんとするにある。

小社の出版物は、戦記、伝記、文学、エッセイ、写真集、その他、すでに一、〇〇〇点を越え、加えて戦後五〇年になんなんとするを契機として、「光人社NF（ノンフィクション）文庫」を創刊して、読者諸賢の熱烈要望におこたえする次第である。人生のバイブルとして、心弱きときの活性の糧《かて》として、散華の世代からの感動の肉声に、あなたもぜひ、耳を傾けて下さい。